COLLECTION
FOLIO CLASSIQUE

Honoré de Balzac

La Maison Nucingen

précédé de

Melmoth réconcilié

Édition présentée,
établie et annotée
par Anne-Marie Meininger

Gallimard

PRÉFACE

Balzac est-il un auteur fantastique ou réaliste ? Qui était le banquier Nucingen ? Il m'est apparu plus facile de répondre à la seconde question qu'à la première. Et les faits découverts se sont révélés à la mesure de Nucingen, le plus « reparaissant » de tous les personnages de La Comédie humaine. *Ressentir fantastique ou réalisme relève du tempérament de chacun, et, par conséquent, se résout par lecture personnelle. Aussi bien, les deux questions m'ont paru pouvoir être posées par le rapprochement de* Melmoth réconcilié *et de* La Maison Nucingen.

Ce rapprochement est inédit. Melmoth réconcilié *appartient aux* Études philosophiques *et* La Maison Nucingen *aux* Études de mœurs. *L'un, « conte fantastique », a pour « vrai sujet, le poids d'une idée religieuse » ; l'autre est une nouvelle plus que réaliste, matérialiste. L'une par l'autre, ces deux œuvres un peu méconnues s'éclairent et éclairent la diversité, jamais assez dite, de la création chez Balzac, variant à l'infini esprit et fond, genres, angles et ton, et la forme, des romans les plus longs aux courtes nouvelles, comme c'est ici le cas.*

Le sujet, l'héroïne des deux récits, c'est l'action en

Bourse. Tout se cote, même un pouvoir satanique, comme on le voit dans Melmoth réconcilié, *où la liquidation s'opère au Royaume de Dieu ; tandis que, dans* La Maison Nucingen, *on voit une liquidation faire d'un homme parti de rien et qui ne croit en rien, sinon en la cote, un roi au vrai Royaume d'ici-bas, la Haute Banque. N'est-ce pas la seconde histoire qui, au fond, est réellement fantastique ?*

Liées par le sujet, ces œuvres le furent aussi par un lien méconnu et cependant essentiel : celui de la création. C'est dans la même lettre que, le 11 mars 1835, Balzac annonce qu'il achève Melmoth réconcilié *et qu'il projette* La Faillite de M. de Nucingen[1] *qui deviendra* La Haute Banque *en 1836 puis, en 1837, lors de sa rédaction,* La Maison Nucingen. *Preuve de la logique de la construction du monde romanesque de Balzac, cet épisode s'inscrivait d'abord dans la logique des faits de son monde réel.*

Pourquoi Nucingen ?

Le banquier Nucingen apparut pour la première fois dans Le Père Goriot. *Ce roman n'était pas achevé que Balzac commençait* Melmoth réconcilié, *où Nucingen revient déjà par son caissier, et, avant même d'avoir fini* Melmoth, *Balzac concevait* La Maison Nucingen *dont le banquier sera le héros avec ses coups de Bourse. Cela est, me semble-t-il, éclairé par ceci : en 1816, il y avait 5 valeurs cotées en Bourse ; en 1847, il y en aura 198[2]. Nucingen,* Melmoth réconcilié, La Maison Nucingen *naquirent dans les années décisives de l'industrialisation. Cette révolution, la première provoquée non par des idées mais par la technique, plus peut-être que 1789, donna naissance à notre société, avec, en outre, valeur de premier avertissement. Les ouvriers qui brisaient les machines les privant de travail et de pain, luttaient contre un phénomène inéluctable : une période de forte accélération dans le cours de l'inventivité humaine. Sous la Restauration, il s'enregistrait en moyenne 250 brevets d'invention par an ; en 1847, 2 150*[3]*. Fonderies, houillères, industries mécaniques, vapeur, gaz — l'éclairage même fit une révolution —, exportations et importations, et tout cela demanda voies et moyens de transport, sans lesquels rien n'est possible. Le bond technique dans la construction des voitures réduisait d'un tiers le temps des trajets des messageries en 1830*[4]*. Et du besoin de transport des marchandises naquirent, sous la Restauration, des spéculations sur les canaux qui culminaient alors même que Balzac créait Nucingen et* Melmoth réconcilié ; *elles devaient toucher au délire pour les chemins de fer trois ans plus tard, au moment de* La Maison Nucingen. *Car les inventions techniques industrielles demandent des capitaux. Or, elles ne trouvèrent en France qu'un numéraire rare*[5]*, peu mobilisable et, de plus, confisqué pour un quart par les bas de laine*[6] *; aucun système de crédit organisé ; une situation monétaire malsaine ; 286 millions de francs en 1834 et, péniblement, 311 en 1847. Les liquidités se composaient essentiellement de pièces métalliques — du cuivre à l'or —, insuffisantes en quantité et en valeur, et très impropres à la circulation ; et de trop peu de billets de banque, en outre très inadaptés : jusqu'en 1845, la plus petite coupure fut le billet de 500 francs*[7]*. D'où billets à ordre et lettres de change à escompte et arithmétique variables, usure, les commandites pourries, les spéculations funambulesques, et un agiotage fou. Il se* *pouvait aussi bien qu'une action, comme celle des mines de Nucingen, tombe au tiers de sa valeur et que celle d'un chemin de fer double. D'où, aussi, des crises sévères, notamment celle de 1826-1828, qui mit en faillite à peu près toutes les vieilles maisons de banque et dont Nucingen profite pour effectuer sa fameuse « troisième liquidation », sujet de* La Maison Nucingen. *Elle ne ruine que les niais et l'intronise dans la « Haute Banque ».*

Prévu comme titre par Balzac et aujourd'hui sans signification, le terme de Haute Banque veut ici une explication. Apparu au début du XIXe siècle, il désignait le groupe d'une vingtaine de banquiers, chefs de « maisons privées qui avaient acquis sur le marché financier une prépondérance sans rivale[8] *», à peu près tous d'origine continentale, et Juifs ou protestants.*

Entre autres choses occultées par nos écoles d'Histoire, ce fait est dû, indirectement mais sans conteste, à Louis XVI et aux mesures que son esprit de tolérance imposa. C'est contre de virulentes oppositions que, dès janvier 1784, il abolissait par un Édit l'ignominieux péage corporel qui assimilait les Juifs aux porcs à l'entrée des villes. Cette même année, il chargeait Malesherbes de redonner un état civil aux protestants. L' « Édit sur les protestants » — dit « de Tolérance » — était promulgué en 1787 et, aussitôt, le roi chargeait Malesherbes du même travail en faveur des Juifs[9]*. Arrêtées par la Révolution, et la Constituante votant orageusement le 27 septembre 1791 un statut incomplet — la totale « émancipation » des Juifs ne sera acquise que par la loi du 8 février 1831 au lendemain de Juillet —, les mesures en faveur des Juifs venant après celles en faveur des protestants firent que, bien avant la Révolution, les uns et les autres* *vinrent s'établir à Paris, en nombre et surtout en qualité notables. Car, ayant également subi persécutions et dispersion de par toute l'Europe, et également industrieux, protestants et Juifs avaient respectivement établi des liens confessionnels et familiaux aussi étendus que forts et confiants, particulièrement propices aux affaires. Ils avaient, par exemple, mis au point la lettre de change qui supprimait les frais et risques énormes des transports d'espèces. Les uns et les autres arrivèrent donc avec tout à la fois leurs réseaux européens, des pratiques bancaires et une maîtrise des places et activités financières qui leur assuraient une avance quasi irrattrapable sur l'archaïsme et les parcellisations locales des « négociants-banquiers » français. Lors des crises de la Révolution, de 1810, 1826, 1830, ces derniers s'effondreront successivement, tandis que la Haute Banque se consolidait et s'affermirait définitivement avec la Monarchie de Juillet dans la vie économique et politique. L'origine et la carrière de Nucingen dans* La Comédie humaine *témoignent de ces faits de l'Histoire.*

1830 allait faire naître toutes les aventures, y compris les pires. Pas de Nucingen sans niais : c'est en 1834 que Daumier créait M. Gogo. Pour les meilleures, l'essor lié de la banque et de l'industrie vint alors en grande partie de jeunes esprits brillants, les saint-simoniens, pour la plupart polytechniciens, dont certains des plus éminents, et ce n'est pas un hasard, issus ou proches de la Haute Banque, tels, nous le verrons, les frères Rodrigues et les frères Pereire. Leur mot d'ordre, « organisation », fit d'eux des maîtres dans les théories des sciences financières, industrielles et sociales, et dans les réalisations : Suez plus tard, ou le Crédit Mobilier des Pereire, dérivé du Crédit hypo-

thécaire d'Olinde Rodrigues créé sous la Restauration.

Exactement en même temps que Melmoth réconcilié *et que* La Maison Nucingen, *naissait notre réseau ferroviaire grâce à Émile Pereire. Conçu en 1832, comme* Melmoth réconcilié, *le premier chemin de fer sera inauguré en 1837, à la veille de* La Maison Nucingen. *Il s'agissait de la ligne Paris-Saint-Germain, sur la rive droite de la Seine. En 1836, peu avant le contrat de Balzac pour* La Maison Nucingen, *un projet de Paris-Versailles par la rive gauche obligeait la Société du Paris-Saint-Germain à prolonger le sien jusqu'à Versailles pour un Paris-Versailles par la rive droite. Les lois de concession pour ces deux lignes sont votées en juin 1836 et les adjudications ont lieu en avril 1837. La spéculation va se déchaîner. Au moment même où Balzac élabore* La Maison Nucingen, *le 20 septembre,* La Presse *annonçait que les actions du rive droite venaient d'atteindre « au double de leur valeur ». Or derrière ces faits, ces personnages se trouvait le Nucingen du monde réel.*

De 1828 à 1837

Balzac savait tout cela. Et qu'il vivait un temps où l'on pouvait devenir rentier en quelques années de travail. Ou tout perdre. Il avait payé pour le savoir. Poussé par ses parents dans les affaires, avec l'assurance, selon son père, qu'il « aura fait sa fortune en cinq ou six ans », éditeur en 1825, imprimeur en 1826 et fondeur de caractères d'imprimerie en 1827 — donc en pleine crise —, il dut liquider en 1828 avec 60 000 francs de dettes.

1828 : une année à retenir dans la genèse de Melmoth réconcilié *et de* La Maison Nucingen. *Le*

3 février, dissolution des sociétés de fonderie et d'imprimerie de Balzac; ses associés le quittent. Le 5 avril, Balzac achète le droit de réimprimer Melmoth ou l'Homme errant *de l'Irlandais Maturin, dont sera issu le personnage de 1835. Le 16 avril, dissolution de sa société de fonderie. En mai, il découvre le fantastique et Hoffmann dont, le premier en France, il imprime une œuvre dans* Le Gymnase[10]*. Le 16 août, liquidation de son imprimerie : il ne réimprimera pas* Melmoth *mais décide d'être, pour de bon, écrivain et, pour* Les Chouans, *son premier ouvrage avoué et signé, il s'invite en septembre chez le baron de Pommereul auquel, plus tard, sera dédié* Melmoth réconcilié. *1828 : dans la fiction, la troisième liquidation de Nucingen l'a fait colossalement et définitivement riche : il acquiert le symbole éclatant de sa réussite, un domaine princier aux environs de Paris. 1828, dans la réalité, la troisième liquidation de Balzac a définitivement obéré sa vie.*

Au début de 1830, Balzac a publié Les Chouans, *la* Physiologie du mariage *et les* Scènes de la vie privée. *Que lui a rapporté près d'un an et demi de travail? Pas 2 800 francs d'argent frais. Pour seulement vivre, il a dépensé 2 186 francs en 1829*[11]*... En regard de sa dette de 60 000 francs — augmentant des frais alors exorbitants qui lui feront plus tard évoquer une dette de 100 000 francs —, il sait qu'il ne pourra jamais se libérer avec sa seule plume. D'où les mille et une idées d'affaires qui jalonneront sa vie et qui n'ont pas fini d'égayer les sots. Ainsi, de 1830 à l'automne 1833, il s'évertuera à sa « grande affaire » : une société d'édition et de vente de romans par abonnements, cent cinquante ans en avance sur les clubs de livres. L'idée échoue, mais, bien comprise par Girardin, elle abou-*

tira à l'attractive innovation du roman inédit par tranches, le roman-feuilleton, dont le premier sera à l'automne 1836, La Vieille Fille *que devait suivre* La Haute Banque, *dans* La Presse.

En 1836, nouvelle grande affaire. En avril, doit être votée la concession du Canal latéral à la Loire inférieure, conçu par le beau-frère de Balzac, le polytechnicien Surville. Si la loi passe, « j'ai une espérance pour mon propre compte », écrit Balzac : « C'est d'acheter la concession [...] et de tâcher de gagner dessus en la revendant à un banquier [...] et je pourrais, en 2 mois, gagner deux cents mille francs qui calmeraient toutes mes plaies[12] *». Le 1*er *mai, il a décidé du banquier : Rothschild. Mais depuis 1835, Rothschild est engagé à la tête des actionnaires du Paris-Saint-Germain. Entre canaux et chemins de fer, il a choisi et, en juin 1836, sa concession sera votée. Bilan de Balzac en août : « d'énormes engagements, et nulle ressource ».*

1837 : la Bourse et Paris vivent au bruit des réclames et de la flambée des Paris-Versailles rive droite et rive gauche, et de la rivalité de leurs concessionnaires respectifs, plaisamment nommés par Heine[13] *le « grand rabbin de la rive droite » et le « grand rabbin de la rive gauche » : Rothschild et un homme à peu près inconnu hors du milieu de la Haute Banque, Fould. Balzac — et c'est ce que l'on ignorait — le connaissait.* Melmoth réconcilié *a participé de ce fait et, le moment venu,* La Maison Nucingen *plus encore.*

MELMOTH RÉCONCILIÉ

Melmoth réconcilié *parut pour la première fois en juin 1835 dans* Le Livre des conteurs [14]. *Balzac l'avait fait suivre d'une* Note *qui, maintenant, apparaît comme un indispensable préliminaire :*

Ce conte, pour nous servir de l'expression à la mode et sous laquelle on confond tous les travaux de l'auteur, de quelque nature qu'ils puissent être, ce conte est presque inintelligible pour ceux qui ne connaissent pas le roman du Révérend Maturin, prêtre irlandais, intitulé *MELMOTH ou l'Homme errant*, traduit par M. Cohen. Ce roman est pris dans l'idée-mère à laquelle nous devions déjà le drame de Faust, et dans laquelle lord Byron a taillé depuis Manfred ; l'œuvre de Maturin n'est pas moins puissante que celle de Goethe, et repose sur une donnée plus dramatique peut-être, en ce sens que la lassitude des sentiments humains y préexiste, et que l'intérêt vient d'une condition dans le pacte qui laisse un espoir au damné. Son salut peut se faire encore, s'il trouve un remplaçant, mot technique qui traduit brièvement le sens de cet article secret du pacte. Melmoth passe sa vie et emploie son pouvoir à plonger les hommes dans les plus épouvantables malheurs, sans rencontrer un homme qui veuille changer sa situation contre celle du tentateur. Maturin a fait preuve de bon sens en n'amenant pas son héros à Paris ; mais il est extraordinaire que ce demi-démon ne sache pas aller là où il eût trouvé mille personnes pour une qui eussent accepté son pouvoir. Il est encore plus singulier qu'il n'ait pas montré Melmoth essayant d'obtenir par des bienfaits ce que l'on refuse à sa tyrannie. Aussi l'œuvre de l'auteur irlandais est-elle défectueuse en plusieurs points, quoique surprenante par les détails.

Cette note aidera sans doute à comprendre la nouvelle de M. de Balzac.

Melmoth ou l'Homme errant *avait connu un tel succès lors de sa publication en Angleterre en 1821 que sa traduction parut la même année en France où il trouva un large public. Mais, aujourd'hui, ceux qui risquent de trouver le conte de Balzac « presque inintelligible » parce qu'ils « ne connaissent pas le roman du Révérend Maturin » doivent former une large majorité.*

En bref, Melmoth, gentilhomme irlandais du XVIIe *siècle, fait un pacte avec le diable ; il vivra sans vieillir et doté du pouvoir de réaliser n'importe quel désir ; mais, au bout de cent cinquante ans, il appartiendra au diable, sauf s'il trouve un remplaçant pour reprendre le pacte et ses conditions ; à la suite d'une succession de fantasmagories et d'horreurs délirantes, Melmoth fait accepter le pacte, par amour, à une créature particulièrement innocente et pure.*

Dès 1822, Balzac — sous le nom d'Horace de Saint-Aubin — démarquait l'argument dans Le Centenaire. *Devenu imprimeur, il manifestait la persistance de son intérêt pour Maturin par l'impression, en 1828, des derniers romans du révérend,* Le Jeune Irlandais *et* Connal *et, en projet,* Melmoth. *Or, précisément à ce moment, la vogue du roman noir, dont* Melmoth *avait été un des premiers et des plus brillants spécimens, s'éteignait, et un nouvel astre se levait : le fantastique.*

En 1830, Berlioz deviendra célèbre du jour au

lendemain avec sa Symphonie fantastique. Melmoth réconcilié participera de ces conceptions qui, dans tous les arts, naquirent de la vague déferlante du fantastique. Depuis, le genre connut des récurrences, en périodes socialement instables, telles qu'une définition semble nécessaire. Celle de Pierre-Georges Castex s'impose. Il différencie le fantastique des féeries et fantasmagories situées dans un passé indéterminé et le caractérise « par l'intrusion brutale du mystère dans le cadre de la vie réelle ; il est lié généralement aux états morbides de la conscience » ; ainsi, Hoffmann, son créateur, « décrit des hallucinations cruellement présentes à la conscience affolée, et dont le relief insolite se détache de manière saisissante sur un fond de réalité familière[15] ». Concernant Melmoth réconcilié, une double réalité apparaît : sa sortie en 1835 alors que la vogue du fantastique s'était, à son tour, éteinte ; et son classement dans les Études philosophiques.

La création du fantastique

Pour comprendre une œuvre de Balzac, chaque témoin compte, tant, dans sa création, gestation, évolution, réalisation peuvent varier. Par témoins, j'entends projets, ébauches, titres modifiés, manuscrit, épreuves, éditions, et les dates de chaque étape. Pour Melmoth réconcilié, l'essentiel, c'est-à-dire le manuscrit et les premières épreuves, manque. Voyons le reste.

Au départ, l'œuvre est « conte » et « fantastique » de façon explicite : Le Dernier Bienfait de Melmoth. Conte fantastique, tel est le titre initial inscrit par Balzac dans son carnet de Pensées, Sujets, Fragments, au f° 2 où il coexiste, et c'est à noter, avec un autre titre : La Dette. Manque la date. Balzac s'adonna au *genre dans un temps limité ; en octobre 1830 avec* Zéro, conte fantastique *et* L'Élixir de longue vie, *annoncé comme « conte fantastique », puis en décembre 1830 avec* Le Petit Souper, conte fantastique. *Et c'est bien d'alors que l'on peut dater le projet initial de* Melmoth réconcilié. *Le confirment trois débuts ébauchés, deux au verso de notes relatives à la « grande affaire » d'abonnements à ses débuts en octobre-novembre 1830, le troisième au verso de quelques mots pour* L'Élixir[16]. *Logiquement postérieures à octobre, deux de ces ébauches portent, en outre, un titre :* Le Dernier Bienfait de Melmoth-le-voyageur, *d'où a disparu la référence hoffmannienne au conte fantastique. Aussi bien constate-t-on à ce moment précis l'évolution de Balzac. Se démarquant d'Hoffmann, il crée un fantastique qui lui est propre — avec, à vrai dire, une part de réel nettement accrue —, et qui trouve sa forme accomplie dans* La Peau de chagrin. *Or, ce roman a été commencé exactement à la fin de 1830, dans les derniers jours de novembre ou les premiers de décembre. Cette entreprise considérable explique, me semble-t-il, que Balzac ait alors délaissé son* Melmoth. *Pour autant, il ne faudrait pas dédaigner ce premier* Melmoth, *sa dernière ébauche en particulier, dont le rôle peut avoir été de conséquence. Son texte, en effet, m'apparaît comme l'embryon, comme la découverte par Balzac, du fantastique de Paris. Éclairant le non-vu autant que le visible, l'inconscient autant que le conscient, par la rupture avec les perceptions ordinaires, il obtiendra et communiquera une signification en quelque sorte au-delà du « Paris physique » et du « Paris moral », de ses systèmes matériels et sociaux. Cette observation visionnaire imprégnera des textes qui comptent, outre leur splendeur, parmi les plus importants de son œuvre et dont la création eut lieu après* La Peau de chagrin *et avant* Melmoth réconcilié : *l'*Histoire des Treize *et* Le Père Goriot.

C'est en 1832 que l'on trouve la première étape de Melmoth réconcilié. *Sous ce titre, déjà, il doit alors être intégré dans les* Conversations entre onze heures et minuit, *en projet entre le 2 juillet et la fin de septembre*[17]. *A cette époque, Balzac revient à Maturin : vers la fin de juillet, il veut relire* Le Jeune Irlandais[18]. *Sur la non-réalisation de* Melmoth *alors, je risque une hypothèse en anticipant sur le* Melmoth *ensuite réalisé. Ce dernier sera largement construit sur un épisode réel qui eut lieu, justement, en 1832, et, pour sa phase publique, en août. Si Balzac vit le parti qu'il pouvait en tirer, il comprit aussi que l'histoire, dès lors, déborderait tout à fait du cadre des petits récits successifs qui devaient former la construction à tiroir des* Conversations.

*Enfin, le 1*er *septembre 1834, Balzac vend* La Fin de Melmoth *pour* Le Livre des conteurs, *puis promet cette « étude » pour la première quinzaine de novembre*[19]. *Mais vers la fin de septembre, il a commencé* Le Père Goriot, *simple nouvelle au départ, qui, devenant roman et grand roman, ne sera achevé qu'en janvier 1835. Cependant, soit que le plus fort du travail de* Goriot *ait été accompli, soit que des affinités le permettent, Balzac a tout de même commencé* Melmoth réconcilié *vers le 20 décembre. Dès les 19 et 20 janvier, il a les épreuves des deux tiers du récit. Il finit le « 6 mai 1835*[20] *». Cette date implique un sérieux accident de parcours puisque le 11 mars, il avait annoncé à Mme Hanska : « J'ai achevé une œuvre assez importante intitulée* Melmoth réconcilié *».*

Le 19 avril, il offre un assortiment d'épreuves corrigées au prince autrichien Alfred Schönburg-Hartenstein. Recouvrant à peu près toute l'œuvre, mais non tous ses stades, ces épreuves témoignent de difficultés : Apponyi les voit comme une chose « toute tachée et biffée », trouve son compatriote bouffon d'être « ravi de Balzac et de son cadeau » et se demande si Balzac a « voulu se moquer du prince »[21]*. Il est vrai que les corrections, déjà foisonnantes en général, se trouvent ici accrues par l'accident d'un changement de cap, vers le 9 avril. Balzac en explique l'intention à son éditeur : « laissez-moi encore 8 jours [...] parce que je referai au complet la 2*^{e} *moitié où est le vrai sujet, le poids d'une idée religieuse*[22] *». Les épreuves de Schönburg montrent ce tournant essentiel. C'est bien dans la deuxième moitié du récit et sur épreuves que Balzac introduit le choc mystique de Castanier, caissier indélicat de Nucingen et premier légataire des pouvoirs de Melmoth : le pacte signé, il a la foudroyante révélation du néant de son « énorme puissance » et ne peut « plus penser qu'au ciel »*[23]*. Dans cette révélation, joue un rôle déterminant le don de double vue, de la vision au-delà acquise au premier rang de ses pouvoirs. Or, ce don, dans le système métaphysique de Balzac, n'est nullement une fantasmagorie, mais une réalité de privilège. Le « poids de l'idée religieuse », pour être intervenu tardivement, a donc parachevé le trajet allant du « conte fantastique » à l'*Étude philosophique.

Si bien des témoins manquent pour suivre en détail la marche de la création, du moins doit-on constater un fait : sa conception première et sa réalisation lient Melmoth réconcilié *à deux œuvres capitales,* La Peau de chagrin *et* Le Père Goriot. *Que la vie de Castanier soit placée sous la double dépendance d'Aquilina, sa maîtresse, reprise de* La Peau de chagrin, *et de Nucingen, son patron, repris du* Père Goriot, *me paraît non un détail de hasard, mais un signe. Dans l'économie de* La Comédie humaine, *l'œuvre globale, où les* Études de mœurs *forment « l'assise » des* Études philosophiques, *les premières constituant « l'inventaire » de la Société sur lequel s'élèvent les secondes « où le moyen social de tous les effets se trouve démontré »*[24], La Peau de chagrin *et* Le Père Goriot *occupent des positions clefs. Première des* Études philosophiques, La Peau de chagrin *en commande tout le système, et* Le Père Goriot *commande le système des* Études de mœurs *puisque leurs deux concepts fondamentaux y furent pour la première fois mis en œuvre ensemble : le principe du retour des personnages qui en détermine l'unité, et le principe d'une représentation complète de la société. Par ses liens avec ces deux romans,* Melmoth réconcilié *se révèle donc comme une œuvre charnière dans la création de Balzac. Avec* Melmoth réconcilié, *souligne P.-G. Castex : « Le temps où [Balzac] fixe sous sa forme définitive, comme pour n'y plus jamais revenir, sa doctrine illuministe, est aussi celui où il affirme, dans* Le Père Goriot, *sa vocation réaliste*[25] *».*

Aussi bien, cette étude philosophique est-elle inscrite dans un temps de la vie de son créateur et dans les réalités de ce temps.

Les réalités du fantastique

Comme bien souvent, c'est par les variantes du texte que peuvent se retrouver les traces de faits ou de personnages réels sur lesquels Balzac a bâti. Tantôt, élément de construction, une réalité apparaît ; tantôt, élément d'échafaudage, une réalité disparaît. Le caissier, personnage principal de Melmoth réconcilié, donna lieu aux deux phénomènes. Le premier intervint avec son nom : initialement Poivrier, finalement Castanier. Or, à l'époque même où Balzac créait ce héros indélicat, un personnage réel faisait parler de lui, un avoué dénoncé comme « voleur » par un petit journal de Bourse en 1834, et cet homme déconsidéré se nommait Castagnet[26]. Le phénomène inverse apparaît avec un nom supprimé dans une phrase essentielle, puisqu'il s'agit de l'instant où Castanier constate que ses dettes ont atteint « l'impossibilité » du remboursement et décide « d'augmenter le nombre de ses créanciers en empruntant, à la façon du célèbre caissier du Trésor-Royal, la somme nécessaire pour vivre heureux le reste de ses jours en pays étranger ». D'abord, Balzac avait écrit : « à la façon de Mathéo, le célèbre caissier... » Or, Mathéo existait. Et sa célébrité. Dans ses Mémoires, l'ex-chef de la Sûreté Canler devait évoquer ce caissier du Trésor qui avait disparu en laissant un déficit énorme. L'affaire avait fait d'autant plus de scandale que ce fonctionnaire de confiance, qui « logeait alors avec son épouse rue Saint-Lazare », avait fait toutes ses folies pour Mlle Bégrand, de la Porte-Saint-Martin, « qui avait séduit le très passionné caissier Mathéo, en montrant ses belles formes aux amateurs, lorsqu'elle jouait le rôle de Suzanne dans le ballet de ce nom, et que couverte d'un simple voile transparent elle se plongeait dans le bain. Il avait fait beaucoup de dépenses pour cette belle ». Comme Castanier, Mathéo avait luxueusement installé « la Chaste Suzanne » dans le plus bel appartement d'une maison d' « apparence aristocratique » de la rue Le

Peletier, où elle se faisait appeler « Mme de Saint-Amour ». Et l'on accuse Balzac de démesure, lui qui fait prendre par Aquilina le nom de Mme de La Garde, lui dont le caissier ne vole que 500 00 francs... Quand Mathéo fut jugé par contumace, il fut établi qu'il avait « soustrait frauduleusement la somme de 1 873 000 francs ». Le jugement était intervenu le 13 août 1821[27].

1821 est la date de l'intrigue de *Melmoth réconcilié* : autre variante notable puisque les ébauches de 1830 situaient l'intrigue en 1815. Si l'affaire Mathéo a joué sur le choix final en faveur de la date de 1821 pour l'époque de l'action, c'est donc lors de la rédaction, non lors de la conception. Il est possible que le projet initial n'ait pas comporté d'histoire de caissier. Pour l'introduire dans l'intrigue, le réel a sans doute pesé, un réel de 1832. Ainsi s'expliquerait pourquoi, à ce moment où Balzac reprend son projet pour les *Conversations entre onze heures et minuit*, il n'aille pas plus loin que le titre : changée par l'important apport de l'histoire du caissier, la mise en œuvre se trouva momentanément bloquée par débordement du cadre, en devenant œuvre et non plus élément d'une œuvre. En 1832, en effet, et juste après le projet de *Melmoth réconcilié* pour les *Conversations*, éclatait un scandale qui, évidemment, rappela l'affaire Mathéo. Il s'agissait de l'affaire Kesner.

Le 12 janvier 1832, courait le bruit que Rodolphe Kesner, caissier général du Trésor royal, avait tenté de s'asphyxier à sa campagne de Montmorency. Deux détails : Balzac nous fait apprendre par Aquilina que le prénom de Castanier est Rodolphe, et par Mme de Nucingen qu'il a une « campagne » à « Soisy » ; aujourd'hui Soisy-sous-Montmorency... S'agissant du *respectable Rodolphe Kesner, des rumeurs d'imprudences en Bourse circulent, avec mille précautions : « La probité de M. Kesner est si bien établie. » Celle de Castanier aussi. Au point que, le jour même, la presse annonçait : « les chefs des principales maisons de banque de Paris, tels que MM. Aguado, Fould, Hagermann, Rothschild, etc., voulant donner à M. Kesner un témoignage de l'intérêt que sa position leur inspire, se sont réunis pour lui fournir la somme nécessaire à l'arrangement de ses affaires*[28]*. » Hélas ! le lundi 16 février, on apprenait que l'honorable M. Kesner avait disparu. Castanier aussi se ménage trois jours en fin de semaine pour disparaître. Kesner fut jugé par coutumace le 6 août 1832, donc peu après le projet de* Melmoth réconcilié *pour les* Conversations entre onze heures et minuit. *Le jugement révéla que le « déficit reconnu » était de 4 500 000 francs*[29]*. De quoi alimenter un beau scandale et, pour un romancier, plus qu'une* « conversation »*. Balzac fut frappé par l'affaire au point qu'elle lui devint une sorte de référence personnelle. Des années plus tard, devait rapporter Gozlan, alors que Balzac reparlait souvent de son « passé commercial » : « Voilà le déficit Kessner* [sic] *qui revient sur l'eau ! disions-nous dès qu'il ouvrait la bouche pour parler de la maison d'imprimerie qu'il avait fondée dans les premiers temps de son installation à Paris, et cause éternelle de sa ruine*[30]*. » On apprit la mort de Kesner au début de décembre 1834, donc au moment où Balzac allait commencer* Melmoth réconcilié. *Il était mort à Londres, et c'est à Londres que Castanier compte s'enfuir. Plus tard, la* Chronique de Paris, *de Balzac, rappellera que le remords pesa sur la fin de Kesner : « sa raison se brisa* [...] *il tomba en enfance et mourut*[31]*. » Ainsi finit Castanier.*

Le « déficit Kesner » révèle, outre un élément déterminant de la création de Melmoth réconcilié, *l'action du réel. Elle donne d'autant plus de force au fantastique qu'il est lui-même fort, et que Balzac peut s'identifier à lui. En l'occurrence, sa dette est du même ordre que celle de Mathéo ou de Kesner : hors de proportion. Il y a, pour lui comme pour Castanier, « impossibilité ».*

« Il n'y a rien de fantastique. Nous n'imaginons que ce qui est, sera ou a été », nota Balzac dans son carnet[32]*. Par Castanier interposé,* Melmoth réconcilié *est fantasme et conjuration. D'où ses deux dons : le pouvoir de fortune, le pouvoir de double vue. Singulièrement, après Melmoth et Castanier, le pacte du Diable ne portera plus que sur le premier pouvoir, celui de la fortune, et il s'effondre comme la vulgaire valeur en Bourse qu'il est devenu. Le don de voyance reste sauf, préservé par Balzac sans explication. Il y a là comme une dérobade de sa part. Aussi bien, l'explication est claire : dans la mesure où il s'implique lui-même, il préserve ce qui, pour lui, est essentiel. Avec* Melmoth réconcilié, *Balzac donne raison à ceux qui le jugent visionnaire.*

Simplement, semble-t-il, il est visionnaire du réel et, à cet égard, Melmoth réconcilié *marque un moment crucial de l'évolution de Balzac. Après Melmoth et Castanier, il n'est plus question de réconciliation avec Dieu. Au prix de la fortune laissée au Diable, cela aussi est préservé. Or, la réconciliation avec Dieu est aussi, à l'évidence, la réconciliation avec sa création, la terre, la vie, le réel. Et après* Melmoth réconcilié, *c'est bien la vie, le réel que Balzac va exclusivement considérer. En novembre 1830, lorsqu'il concevait* Melmoth *pour la première fois, Balzac avait écrit un conte philosophique. Il l'avait intitulé* La Comédie du Diable[33]. *Avec* Melmoth réconcilié, *dernier conte philosophique,* La Comédie du Diable *s'achève et* La Comédie humaine *a commencé.*

Ce n'est sûrement pas un hasard, me semble-t-il, que ce soit en « décembre 1834 », alors même qu'il créait Le Père Goriot *et* Melmoth réconcilié, *que Balzac éprouva le besoin de fixer « le sens général de son œuvre » dans l'*Introduction aux Études philosophiques, Introduction *qui est déjà, et souvent à la lettre, l'*Avant-Propos *de* La Comédie humaine.

LA MAISON NUCINGEN

« Vous me demandez ce que devient Mme de Nucingen », écrit Balzac à Mme Hanska le 11 mars 1835 ; « elle sera, ainsi que son mari le personnage le plus comiquement dramatique de Une vue du monde, *si longtemps annoncée par la* Revue de Paris. *C'est* La Faillite de M. de Nucingen ». *La première trace de* Une vue du monde *date de mars 1832, et ce titre revient dans* Pensées, Sujets, Fragments *d'abord comme* conte philosophique *puis comme scène de la vie parisienne jusqu'en 1834*[34]. *Ici encore l'étude philosophique précède l'étude de mœurs. Il est difficile d'imaginer ce que recouvrait ce titre passe-partout avant* Le Père Goriot *où les Nucingen apparaissent pour la première fois. « Mais il faut du temps pour ces conceptions », ajoutait Balzac à l'annonce de* La Faillite de M. de Nucingen. *C'est seulement le 2 novembre 1836 et sous le titre de* La Haute Banque *que Balzac reprend le*

sujet, le propose à Karr pour son Figaro *aussitôt mort que né, et que Girardin le prend, le 19 novembre, pour le publier en feuilleton dans* La Presse. *En mai 1837, il se plaint d'avoir annoncé à plusieurs reprises* La Famille Nucingen *sans l'avoir reçue. En juillet, Balzac n'a toujours pas commencé* La Maison Nucingen et Cie. *En août, il va se mettre à* La Maison Nucingen ou la Haute Banque. *Quand il s'y met, c'est, définitivement,* La Maison Nucingen, *qui sera écrite entre la mi-octobre et la fin de décembre 1837, « en même temps » que* César Birotteau. La Maison Nucingen *paraîtra pour la première fois en librairie en octobre 1838; Girardin avait catégoriquement refusé de la publier*[35]. *Ce refus fait aussi partie de l'histoire du roman.*

Le côté le plus méconnu du génie de Balzac est son inventivité technique. Pas un roman de lui qui n'en fasse preuve. Ici, la construction en abîme. Un couple en partie fine dans un cabinet particulier d'un cabaret élégant, quatre des « plus hardis cormorans » de Paris dans le cabinet voisin, une cloison un peu mince. « Je » du premier cabinet reconnaît les voix de Finot, « prélat industriel », de son caudataire le journaliste Blondet, du spéculateur Couture et de Bixiou, « celui de 1836 » : « le misanthrope bouffon ». « Je » écoute et, ici, rapporte leur conversation. Peu à peu, elle se cristallise sur un sujet, chacun disant ce qu'il sait, ce qu'il a entendu dire, rapportant des propos, lesquels propos, et ainsi de suite. Mais « je » trie, sa mémoire est subjective; les cormorans ont fait de même, et la trouvaille d'exposé se révèle de nécessité puisqu'il s'agit d'une affaire ardue : un coup de Bourse sur une liquidation organisée. La vision par prisme psychologique — le journaliste ne voit, ne sent et ne dit pas comme le spéculateur, lequel ne voit, ne sent et ne dit pas comme l'industriel, lequel... — est rendue très rapide par le jeu des personnages reparaissants que sont les quatre cormorans. Et l'apparent décousu d'une conversation, les brusques changements de cap ne contribuent pas moins à aller, fût-ce par embardées, plus vite au plus vif, et de l'accessoire au principal. A savoir la fortune de Rastignac, sans le sou en 1819, encore en 1827, et riche un an après grâce à la liquidation ; et, avec un effet de contraste tout balzacien, la chute de de Beaudenord, riche héritier piégé dans un mariage avec Isaure d'Aldrigger, fille d'un grand banquier de Strasbourg déjà entamé et dont la femme sera radicalement ruinée ainsi que leur fille aînée, Malvina ; tout comme le général d'Aiglemont, Matifat, Charles Grandet. Voilà pour l'accessoire. Le principal est l'auteur de tout cela : Nucingen.

Si Nucingen enrichit l'un et ruine les autres, c'est par le coup de Bourse qui l'intronisera définitivement dans la Haute Banque : sa « Troisième liquidation[36] *». La Liquidation est sa spécialité. Les deux premières ont constitué les étapes de son irrésistible ascension. Pour la troisième, génialement fausse, il a besoin de la ruine des uns, fût-ce de la famille de d'Aldrigger qui l'a sorti du néant et a été son premier patron. Nulle vengeance, les sentiments sont trop coûteux. De même, s'il fait la fortune de Rastignac, c'est parce qu'il le juge le meilleur des complices, celui qui ignore qu'il l'est et propage de bonne foi faux bruits et mauvais conseils ; de plus l'amant de sa femme ne sera plus pauvre : c'est avantageux.*

Voilà bien la suite du Père Goriot, *annoncée dès l'achèvement de ce roman où s'était constitué le trio mari, femme, amant. Car si la « Troisième liquidation » et le Nucingen de 1837 devaient s'édifier sur des faits de cette année et bien réels, le procédé créateur par contraste, le plus constant chez Balzac, a pourtant joué dès la conception de 1835. Dans* Le Père Goriot, *que voit-on? un père qui sacrifie tout à ses deux filles et qui, ruiné, pauvre, et enfin miséreux, continue jusqu'à sa mort à se dévouer pour elles. Dans* La Maison Nucingen, *contraste parfait avec Mme d'Aldrigger, mère égoïste et ruineuse pour qui ses filles se sacrifient absolument. Et c'est ce sujet-là que Balzac développe quand il commence* La Maison Nucingen. *Or, quand il l'achève, et qu'il finit « en même temps »* César Birotteau, *il a produit un autre sujet et un autre contraste, puis deux : Nucingen fait une faillite truquée qui lui procure une des premières fortunes de Paris ; et Birotteau fait une faillite honnête qui le ruine et le tue. Quel sujet joua sur l'autre? Dans ces deux « œuvres symétriques et complémentaires », Pierre Citron a trouvé des fragments de textes passés de l'une à l'autre lors des corrections d'épreuves. En outre, il ressort de celles de* La Maison Nucingen *un nombre anormal, même pour Balzac, d'ajouts et de suppressions. « L'examen des variantes montre que c'est surtout sur Nucingen et ses affaires financières que Balzac a ajouté, et surtout sur l'histoire d'amour de Godefroid de Beaudenord et d'Isaure d'Aldrigger qu'il a retranché. » Au fil des épreuves, « l'histoire sentimentale se trouvait ainsi peu à peu laminée, alors que la carrière de Nucingen était grossie de détails nouveaux à chaque épreuve »*[37].

Le modèle de Nucingen

Si chaque détail levait un peu du mystère de Nucingen, homme à peu près inconnu de ses contem-

porains, précise Balzac, chacun le rapprochait d'un banquier du temps, bien réel, aussi peu connu en ce temps, et aujourd'hui encore. Mais le rapprochait pour le personnage de La Maison Nucingen, *le banquier, non l'homme. Le mari de Mme de Nucingen en particulier : cette dernière n'a aucune existence dans le roman de 1837 contrairement au projet initial. Son identité romanesque acquise dans* Le Père Goriot *créait une difficulté, à l'inverse de Nucingen qui n'y avait ni rôle, ni caractère. Balzac se trouvait donc libre d'utiliser Nucingen pour introduire une réalité que ses contemporains, l'ignorant, prendraient pour de la fiction, alors que lui, la connaissant et l'estimant à sa valeur, pouvait la faire figurer dans son tableau complet des mœurs de son temps. De fait, le banquier réel méritait, et aujourd'hui encore, l'intérêt. Et la découverte de documents inexplorés sur lui m'a permis de vérifier un fait que j'avais déjà constaté : on peut retrouver des réalités de cette époque en partant d'indications données par Balzac. Surtout quand il s'agit de personnages représentatifs d'un rôle social donné. Alain disait avoir appris plus de philosophie chez Balzac que chez les philosophes. Les historiens pourraient suivre la même voie pour l'Histoire du* XIXe *siècle. Par exception, l'un d'eux s'était fait une conviction sur notre sujet. Comme il était spécialiste de la banque de l'époque, son avis aurait dû compter. C'est en vain pourtant que Bertrand Gille écrivit : « Les Fould prirent la curieuse habitude de liquider à chaque crise grave pour réapparaître le danger écarté » ; et : « Ils sont, plus que les Rothschild, le prototype de la maison Nucingen »*[38].

Cette brève indication basée sur une pratique anormale de la liquidation m'a incitée à entreprendre une enquête sur Fould dont B. Gille signalait qu'on ignore à peu près tout. Enquête d'autant plus logique que Balzac a évoqué Fould une seule fois, mais qui compte. En mars 1848, période de crise grave s'il en fut, il écrit à Mme Hanska : « l'on parle de Fould qui, selon ses habitudes, liquidera certainement[39] ».

Bertrand Gille nie Rothschild, mais il le cite parce qu'il est donné, de façon réglée, comme le modèle de Nucingen. Or, Balzac précise, dans La Maison Nucingen, *que Nucingen « jalousait secrètement les frères Rothschild ». Prendre Balzac à la lettre conduit bien plus qu'on ne le croit au réel qu'il jugea intéressant et, par là, à comprendre les raisons d'une création, telle qu'elle naquit puis évolua et à tel moment. En l'occurrence,* La Maison Nucingen *en 1837.*

Prenons les traits essentiels de Nucingen. Il est d'origine plus qu'obscure, de l'Est, Juif mais converti, de langue évidemment allemande mais de nationalité française, très pauvre puisque obligé de travailler à douze ans, en 1775 ; son patron est un très important banquier de Strasbourg. Il a été dans les fournitures, est arrivé à Paris à une date inconnue, émerge de l'anonymat vers 1804 mais son nom est alors « restreint au quartier Poissonnière » ; son activité est d'un négociant-banquier, mêlant les services propres à la banque aux spéculations sur vins, indigos, laines, etc., en relations avec l'étranger ; puis il a une affaire cotée en Bourse, le Wortschin. Il se hisse du néant à la fortune en trois liquidations : la première le fait connaître, la deuxième lui permet l'achat d'un somptueux hôtel particulier dans le quartier Poissonnière, la troisième, en 1828, le fait membre de la Haute Banque et propriétaire d'un domaine princier près de Paris ; après quoi, puisque français, il pourra être député, homme politique. A part l'accent tudesque, Nucingen n'a aucun point commun avec les Rothschild en général, avec celui de Paris, James, en particulier, né à Francfort près de quarante ans après lui, Juif resté Juif, qui, né riche, n'eut jamais de « patron », s'installa en 1815 seulement à Paris, déjà connu et pourvu d'importantes relations, fit comme toute sa famille uniquement de la banque, spécialiste des prêts et emprunts des princes et des États et qui, enfin, était Allemand et le resta : il mourra en 1868 « Bourgeois de Francfort », « Consul général impérial d'Autriche à Paris » et, à cette date, « sujet prussien » [40]*. Et Rothschild n'avait jamais liquidé.*

Enfin Nucingen est, selon Bixiou, « carré de base comme de hauteur » : le contraire du sec baron James. Alors qu'un portrait de 1840 par Ary Scheffer et qu'une silhouette en pied par Isabey montrent Fould bel et bien carré de base comme de hauteur : un cube. Mais, avant de comparer Nucingen et Fould, voyons la rivalité avec Rothschild. J'ai déjà évoqué celle de Fould avec Rothschild, « grand rabbin de la rive gauche » contre « grand rabbin de la rive droite ». Ces « deux rabbins de la haute banque, rabbins rivaux qui se jalousent avec autant d'animosité », il est intéressant que ce soit Heine qui en parle parce qu'il connaissait bien Fould, mais aussi Balzac, lequel, c'est à noter, le mentionne pour la première fois justement le 19 juillet 1837 ; « Hier, je parlais à Heine... [41] *». La rivalité évoquée par Heine rapproche Nucingen de Fould de façon d'autant plus remarquable qu'elle existait entre Fould et Rothschild en grandeur réelle et, pour notre histoire, à la bonne date. La guerre des deux Paris-Versailles rivaux faisait rage, avec de grands effets en Bourse, et, il faut le rappeler, c'est le 26 août 1837* *qu'avait lieu l'inauguration du premier tronçon de la ligne Rothschild. Tout Paris s'y intéressait et Balzac qui, le 16 septembre, achetait sa maison des Jardies à Sèvres : « Au bout de ma propriété est l'embarcadère du chemin de fer de Paris à Versailles. » Le temps de s'y installer et il commençait* La Maison Nucingen. *Girardin s'y intéressait aussi. Le rive droite faisait alors l'objet d'attaques meurtrières dans* La Presse *qui vantait sans mesure les mérites du rive gauche. On entr'aperçoit déjà ici une raison pour que Girardin n'ait pas apprécié l'histoire de Nucingen.*

« La prospérité de la maison Nucingen est un des phénomènes les plus extraordinaires de notre époque. » On aurait pu en dire autant de la maison Fould si, nos historiens accordant autant d'intérêt que les Anglo-Saxons aux biographies de financiers, l'histoire de Fould avait été écrite. Balzac a été son seul biographe. Et il a su bien des choses. Nombre de sources manuscrites de nos diverses archives m'ont permis de vérifier ce fait. Non sans lacunes puisque, par exemple, la totalité des archives de la maison Fould a disparu, vendue à des marchands de timbres et de marques postales[42]*. De plus, Fould était un homme secret, comme Nucingen dont Balzac fait dire par Bixiou . « Il est impénétrable ». Ainsi, Fould avait-il ménagé une quasi-impénétrabilité aux actes passés chez les successifs notaires de son étude attitrée ; étude devenue, en 1832, celle de son neveu*[43]*, ce qui renforça évidemment le secret*[44]*.*

A ce jeu, la curiosité se pique. Celle de Balzac, contemporain d'un des phénomènes les plus extraordinaires de son époque, devait être stimulée et fut assez largement satisfaite. Voyons dans quelle mesure et, parce qu'il voulait faire œuvre d'historien des mœurs, voyons ce qu'il choisit pour créer Nucingen.

L'origine. L'unique révélation sur l'origine de Fould parut, bien après la mort de Balzac et la sienne, dans un recueil d'intérêt régional, Biographie alsacienne-lorraine, *à l'article FOULD :*

On ne connaît pas communément l'histoire de cette famille financière ni sa curieuse origine. Dans le siècle dernier, vivait à Nancy, en grand seigneur et considéré, le banquier Cerfberr de Médelsheim, syndic général des juifs d'Alsace et de Lorraine [...] Au bas de la fenêtre du banquier se tenait un petit décrotteur juif qui illustrait les souliers des personnes qui se rendaient chez le financier. Celui-ci remarqua cet enfant, qui ramassait les papiers qu'on jetait à la rue et s'exerçait avec un crayon à écrire et à compter. Charmé de cette application [...] il appela le gagne-petit, et lui dit : « Mets-toi là, mon enfant, tu es studieux, tu es sage ; désormais tu partageras à cette table les exercices de mes fils, et j'espère que cela vous servira à tous. » Ce qui fut dit fut fait ; le jeune décrotteur fut installé dans l'hôtel du banquier ; il profita de l'instruction qu'il recevait si libéralement, devint valet de chambre, factotum de la maison, puis employé, puis caissier. Il épousa l'une des femmes de chambre de Mme Cerfberr de Médelsheim, et enfin voulut s'établir à son compte et fonder une maison de banque à Paris. Pour cela, son bienfaiteur lui fit une avance de trente mille francs ; mais ils ne suffirent pas, et la nouvelle banque sombra. Une nouvelle somme de trente mille francs fut avancée, qui ne releva pas les affaires ; enfin, une troisième somme de pareille valeur fut apportée en poste au failli [...] Cette fois, la fortune sourit aux efforts de Fould et ne le quitta plus. Quant à la reconnaissance qu'il aurait dû vouer, lui et sa famille, à ses bienfaiteurs, il ne nous appartient pas d'en parler.

L'auteur de ce témoignage était Alfred Cerfberr de Médelsheim[45]*, descendant direct du banquier et, concernant les débuts dans la vie de Fould, un des rares informés. On pourrait presque se contenter de son témoignage pour établir les ressemblances entre Nucingen et Fould. Même naissance aussi pauvre qu'obscure avec les débuts de Nucingen tout « enfant » chez un grand banquier — Balzac dit « à douze ans » —, les trois banqueroutes, l'ingratitude envers le patron bienfaiteur. Mais, ne serait-ce que par l'identité ici révélée du d'Aldrigger de Fould, plus de faits sont à connaître, fût-ce au prix de quelques détours et en commençant par Cerfberr.* La Maison Nucingen *prouve que d'Aldrigger et les siens sont de nécessité dans l'histoire de Nucingen.*

De Cerf Berr au baron d'Aldrigger

Si le sujet de Balzac avait été une histoire des Juifs de France, ce qu'il n'est pas, d'Aldrigger aurait un rôle considérable qui, aujourd'hui, demanderait force explications tant notre Histoire, qui s'applique à faire connaître la saga du moindre hameau de nos régionalismes, occulte une instruction même élémentaire sur les communautés juives de notre pays. A la veille de la Révolution, deux communautés, environ 40 000 personnes, formaient une partie de la « Nation juive » de l'Europe. Chacune était dirigée pour le temporel par ses propres élus, levant les impôts, administrant ses propres tribunaux, son propre état civil, etc. En France, il y avait la « Nation juive » de l'Est, des provinces d'Alsace, de Lorraine et des Trois-Évêchés, celle des Juifs dits « allemands », Ashkénazes, mal tolérés, donc très repliés, traditionalistes parlant entre eux le yiddish et l'écrivant en employant les caractères hébraïques ; cette communauté comptait à peu près les trois quarts des Juifs de France. L'autre était la « Nation juive » du Sud-Ouest, implantée surtout à Bordeaux et à Saint-Esprit (face à Bayonne, au bord de l'Adour), celle des Juifs dits « portugais », Sépharades, installés au XVI*e* *siècle ; demeurés secrètement fidèles au judaïsme jusqu'au* XVIII*e* *siècle, mais officiellement convertis au catholicisme, ils avaient acquis de ce fait le droit de « naturalité » ; tenus d'adopter le mode de vie des chrétiens et ayant noué avec eux de bonnes relations, ils se trouvaient largement « intégrés ». De ces différences avaient fini par découler, entre Ashkénazes et Sépharades, des oppositions, voire des animosités actives quand Louis XVI chargea Malesherbes de préparer « l'émancipation » des Juifs dans l'instance dite « commission Lamoignon ». Sous la Constituante, il se forma même une véritable scission quand il fallut voter : pour les Sépharades, être confondus avec les Ashkénazes constituait une intolérable régression, « une injustice aussi gratuite que cruelle », selon les termes d'une lettre de leur délégation à l'abbé Grégoire.*

Dès l'ouverture de la commission Lamoignon, chaque ville importante des deux Nations avait dépêché un syndic, soit huit au total. Aussitôt, deux dominèrent parce qu'ils étaient les « deux plus considérables individus de leur Nation en France[46] *» : le Bordelais Gradis et l'Alsacien Cerf Berr ; l'un homme du monde très « assimilé », l'autre rigide observateur du moindre rite. Cette importance vaut à notre d'Aldrigger d'origine de n'être pas un inconnu*[47]*.*

Cerf Berr naquit vers 1726 dans le Palatinat alors

français et qui le restera jusqu'en 1815. Riche de naissance, il devait s'enrichir encore dans la fourniture aux armées de France lors de la Guerre de Sept Ans (1756-1763). Il restera fournisseur, en vivres jusqu'en 1767, en fourrages ensuite, et deviendra aussi le grand banquier de Strasbourg. C'est Balzac qui a raison en faisant d'Aldrigger grand banquier de Strasbourg, non Alfred Cerfberr qui fait Cerf Berr banquier à Nancy. Longtemps Cerf Berr vécut à Bisheim-am-Saum, à trois quarts de lieue hors les murs de Strasbourg, comme l'y astreignaient les vieux privilèges de la ville interdisant aux Juifs d'y habiter et d'y posséder une habitation. Malgré sa puissance de « conseiller de commerce de plusieurs Cours d'Allemagne », ses liens avec les Maskilim, *les « partisans des Lumières », de Berlin, sa fortune qui lui valait considération et protections jusqu'à la Cour de France, notamment, sous Louis XV, celle de Choiseul, il ne put cependant obtenir de ce dernier, en 1767, d'avoir au moins pour l'hiver une résidence à Strasbourg. Ce droit, c'est Louis XVI qui devait l'accorder à Cerf Berr, en 1774, pour lui et sa famille, par Lettres de Naturalité lui conférant les mêmes droits que ses sujets.*

Aussitôt, Cerf Berr s'installait dans l'hôtel de Ribeaupierre, habitation princière : Caroline de Hesse-Darmstadt y était née. Dans Strasbourg, cette première et voyante intrusion de Juifs dans la cité fit émeute. D'autant que, outre sa femme — née Ratisbonne, ce qui dans la banque réelle valait l'Adolphus de la femme de d'Aldrigger —, la « famille » de Cerf Berr comptait soixante-dix personnes et occupa trois importantes maisons. Les choses devaient se gâter tout à fait en 1784. Les Strasbourgeois apprirent alors que

Louis XVI abolissait le droit de péage corporel sur les Juifs à l'entrée de leur ville. Et, lors de la mort du général de Latouche, ambassadeur de France en Prusse et propriétaire en titre de l'hôtel de Ribeaupierre depuis 1771, ils découvraient que leur noble compatriote n'avait été que le prête-nom de Cerf Berr, le véritable propriétaire. C'en était trop. La ville fit un procès — Strasbourg contre Louis XVI... —, pour que les droits accordés à Cerf Berr soient reconnus illégaux et qu'il soit expulsé. Un long procès. En septembre 1787, le bruit courut que le Juif allait avoir gain de cause : « La bourgeoisie redoute cet événement comme le fléau le plus destructeur qu'il y ait à appréhender », écrit un émissaire secret à Brienne. En 1789, le procès durait toujours. L'expulsion de Cerf Berr était réclamée dans le Cahier des doléances de Strasbourg. La haine durait aussi, largement partagée ailleurs. Louis XVI devait mourir aux cris, vociférés dans Paris depuis 1790, de « Mort au roi des Juifs » [48].

On avait beaucoup vu Cerf Berr à la Cour. En 1784, il avait loué un appartement à Paris, place des Victoires, et un carrosse à quatre roues, glaces et coussins, pour aller « partout où la Cour pourrait aller ou résider [49] *». Son titre : « Fournisseur général des fourrages septentrionaux » ou « des provinces du Nord » : Alsace, Lorraine, Trois-Évêchés. Ainsi s'explique, par ses affaires en Lorraine, la résidence à Nancy mentionnée par Alfred Cerfberr. En février 1786* [50]*, il avait acquis aux portes de la ville le domaine seigneurial et le château de Tomblaine, auparavant propriété d'un Biron, puis de Marc de Beauveau, prince de Craon, puis d'une Wendel. De ce fait, il était devenu « seigneur de Tomblaine », annobli comme d'Aldrigger a été baronnifié. Toujours grand* *maître des fourrages et devenu, en 1787, « préposé de la Nation juive d'Alsace*[51] *», représentant 19624 Juifs ; en 1789 il sera « Syndic général de la Nation juive » des trois provinces. En 1792, un marchand de vin parisien dénonce « Cerbêrre un des plus riches Juiffe de france », un « particulière » qui n'est pas « en faveur de la révolution ». Alors pourtant, Cerf Berr n'était plus un des plus riches Juifs de France. Si à sa mort, en 1794, il laissait à ses enfants un « héritage sans tache », comme d'Aldrigger, il le laissait aussi entamé et compromis. Pour l'occurrence et comme souvent, Balzac a procédé par décalage et synthèse. D'Aldrigger s'est ruiné pour avoir cru en Napoléon. Cerf Berr pour avoir cru en Louis XVI. Mais, comme toute manipulation dans la hâte, celle-là entraîne une erreur. Balzac fait mourir d'Aldrigger en 1823 à cinquante-neuf ans. Il serait donc né en 1764. Le vieux patron finit ainsi par être plus jeune que Nucingen, né en 1763...*

En fait, Balzac donne à d'Aldrigger l'origine, la fortune, la respectabilité de Cerf Berr à Strasbourg[52]*, puis l'âge de ses fils, nés entre 1758 et 1766. Comme les descendants de d'Aldrigger, les fils de Cerf Berr devaient consommer la ruine totale de l'immense patrimoine jadis connu à leur père*[53]*. La Restauration les verra, comme le gendre d'Aldrigger, solliciter des places.*

Naturellement, une erreur recèle une indication. Les fils de Cerf Berr devaient donc être intéressants. De fait, l'un d'eux — nommés désormais MM. Cerfberr — m'a révélé un des chemins d'accès de Balzac aux réalités de l'histoire de La Maison Nucingen. *Il s'agit de Lippmann, qui se prénomma un temps Lépineau*[54]*, puis, autorisé par décret impérial, Hippolyte. Un*

moment de sa vie, de sa chute, est à connaître.
A la fin de novembre 1792, la Convention à peine née ordonne une enquête sur les marchés des subsistances à l'armée de Belgique, notamment à l'encontre d'un certain Malus. Le Directoire des subsistances générales charge Lippmann Cerfberr d'aller assurer le service à Liège pour un mois[55]*. Il y arrive le 10 décembre — veille de l'ouverture du procès de Louis XVI à Paris — et fait aussitôt savoir que les magasins sont vides, qu'il ne rencontre que pièges et chicanes et qu'il lui faut de l'aide. A Paris, où les rivalités se font terribles, le bruit court que le Directoire des achats*[56] *a poussé au choix de Lippmann parce qu'il est « un homme stupide ou qui affecte de l'être ». Ce Directoire est dirigé, entre autres, par Marx Cerfberr, l'aîné, qui y emploie ses deux autres frères, Baruch et Théodore. En Belgique, Dumouriez clame contre ces « trois juifs de Strasbourg nommés Cerf-Berr ». Le 20, le Directoire des subsistances envoie de l'aide sous la forme d'un « citoyen » qui avait été son Directeur et venait d'être remplacé. A peine arrivé, le citoyen s'empoigne avec Lippmann et repart séance tenante en lui laissant une « lettre insultante » qu'il prend soin de faire imprimer à l'appui d'un « Mémoire justificatif » ; il informe le Directoire des subsistances qu'il lui est « impossible de rien faire avec un tel homme » et qu'il se retire. Planant sur les rivalités, il y avait la Terreur. Le 21 janvier 1793, le roi était guillotiné. Le 26, Delacroix demandait à la Convention l'arrestation de Marx Cerfberr et de ses associés dans leur « établissement contre-révolutionnaire ». De son côté, Lippmann a tenté de riposter en alertant sur le citoyen, « attaché à l'ancienne administration » et qui a été « un des agents du monstre Narbonne ». Inutilement : c'est le*

citoyen qui l'emporte. Lippmann le constate : « J'apprends que le sieur Sallambier a reçu le prix de ses soins, il est aujourd'hui à la tête de la nouvelle administration ». C'était vrai. Et le sieur Sallambier était le grand-père de Balzac.

Avant même d'être né, le biographe de d'Aldrigger et de Nucingen avait donc eu des témoins dans la place, nécessairement bien renseignés, et de longue date. Lippmann écrit de Sallambier : « j'avais eu autrefois des relations d'affaires » avec ce « sieur » et « le connaissais parfaitement »[57]*. La réciproque était, évidemment, vraie. Outre le grand-père, il y avait eu aussi Malus, dont le fils deviendra l'un des gendres de Sallambier. Et l'autre gendre sera Bernard-François Balzac, le père de notre historien des mœurs. Trésorier des Subsistances sous Sallambier et débarqué avec lui en 1792, il avait alors été nommé à Verdun où il restera de la fin de mai à la fin d'août comme « Trésorier du Bureau central des Fourrages de l'Armée du Nord*[58] *». A Verdun, en plein Trois-Évêchés, et dans les Fourrages, le père de Balzac s'était donc trouvé au cœur même de l'empire Cerf Berr. Que de détails il pourra donner à son fils, sur des faits oubliés ou même inconnus. Sur les débuts de Fould chez Cerf Berr, par exemple. Balzac n'omettra pas de préciser, dès* Melmoth réconcilié, *que Nucingen avait été fournisseur avant d'être banquier. Qu'avait-il appris ?*

Origine et fortune de Fould

Rien sur la naissance de Fould, probablement. Prénommé Beer-Lyon — qui deviendra Beer-Léon ou Bernard-Léon —, le « petit décrotteur juif » était né le

5 mars 1767 à Boulay. Cette petite ville de Moselle proche de Metz était alors la métropole religieuse des Ashkénazes lorrains. Comptant dix-neuf des familles juives sur les soixante-treize autorisées en 1721 à résider en Lorraine, cette supériorité en nombre y avait déterminé l'établissement d' « une synagogue centrale d'où relevaient toutes les autres[59] *». Le premier Fould venu en France était l'arrière-grand-père de Beer-Léon, Jacob Foulde, nommé d'après sa ville d'origine, Fulda, en Hesse ; il s'établit à Metz où il mourut en 1710. Le père de Beer-Léon, Jacob-Beer Foulde, quitta Metz pour Boulay quand il épousa Reiklé, fille de Benedic Reims, chef d'une des quinze familles juives autorisées à la résidence de Boulay par Stanislas en 1753. Jacob et Reiklé s'étaient mariés en 1761*[60]*. Leur pauvreté rend plausible le témoignage d'Alfred Cerfberr sur les débuts de notre futur banquier, l'enfant « décrotteur », sans doute pas à Nancy mais plutôt à Metz où le maître des fourrages des Trois-Évêchés avait aussi un établissement.*

Prenons que l'enfant Fould soit entré chez Cerf Berr vers douze ans. Sur ce point, Balzac a pu être renseigné. La suite est inconnue. Balzac en dit autant de Nucingen jusqu'à sa première liquidation à Paris. Quand Fould arriva-t-il à Paris ? Qu'y fit-il avant de sortir de l'anonymat ? A la recherche de Nucingen, j'ai trouvé quelques réponses. C'est sans doute au début de 1787 que Fould arrive à Paris : le 27 mars, il passe son premier acte chez Raffeneau de Lille, notaire de Cerf Berr, pour le compte de ce dernier, mais au titre de « négociant, demeurant rue Quincampoix ». En février 1788, Cerf Berr s'installe dans tout un hôtel particulier de la rue Neuve-Saint-Augustin, n° 3, à l'angle de la rue Sainte-Anne. Il peut y loger Fould qui régularise sa situation : le premier acte qui suit le dit « caissier de M. Cerf Berr, Directeur Général des Fourrages septentrionaux ». Il y restera jusqu'à son mariage qui eut lieu « selon la loi de Moïse et d'Israël », le 30 octobre 1791, au château de Tomblaine. La mariée, Charlotte, était la fille d'un négociant de Bamberg, Volff Mayer Brillen. En fait, Brull, transcrit d'après la prononciation Nucingen[61].

Marié, Fould s'installe rue Favart, n° 4, au troisième au-dessus de l'entresol. Près de Cerf Berr, restant lié avec lui, avec ses fils, mais désormais à son compte, tantôt banquier, tantôt négociant, tantôt négociant-banquier[62]*. L'époque est rude, périlleuse. Le 8 septembre 1793, à une heure un quart du matin, le « Commissaire du Comité révolutionnaire de la Section de 1792 » vient perquisitionner chez le « Citoyen Ber-Léon Fould », ouvre portes, armoires et secrétaire, inspecte tous les papiers du cabinet du fond et appose les scellés. Notre citoyen ne peut signer le procès-verbal « en ce moment pour cause de son culte ». Le 9, c'est le « Commissaire du Comité de Surveillance » qui grimpe les étages de « Foult » et, conformément aux instructions du Procureur Syndic, inventorie. Du moins, il essaie : le citoyen n'a qu' « un seul registre dont il se sert pour ses affaires » et... il est « en hébreu »*[63]*. Parmi d'autres, une traite de l'étranger sur Fould, de 255 184 livres 1 sol, prouve que s'il n'est pas encore « connu », il se débrouille déjà. Mais, au moins en surface, chez son notaire notamment, ses activités restent très discrètes. Il chemine cependant et devient propriétaire : le premier acte le disant « demeurant rue Saint-Georges, n° 3 », est du 3 pluviôse an VII (22 janvier 1799).*

Voici la première liquidation[64]*. Elle eut lieu le*

26 pluviôse an VII (14 février 1799). Passif et actif furent établis. Liste des créanciers : 235 dans toute la France — le plus important à Bordeaux où, Balzac le précise, Nucingen fait des affaires —, et dans de nombreux pays étrangers ; on trouve à Francfort une « Vve F. Fuld ». Liste des débiteurs : 240, aussi épars avec, curieux « actif », une somme pour « Procès et arrangements avec les Cerf Berr ». « Attermoyement » demandé, on découvrira finalement un passif de 1 561 816,18 francs et un actif de 2 818 904,95 francs. Dans l'arsenal des ruses de Nucingen, Balzac met au premier rang son art de combiner une fausse faillite. Et sa tactique consistant à inquiéter, disparaître, puis désintéresser et reprendre ses paiements à sa guise. Cela, et de la chance, fait qu'il réussit chaque liquidation et, chaque fois, monte. Le 6 messidor an VII (24 juin 1799), Fould laissait une procuration à sa femme : il est « sur le point de faire un voyage ». Disparition de quatre mois : l'acte suivant, chez son notaire, est du 22 vendémiaire an VIII[65] (14 octobre 1799).

Nucingen a ses hommes de paille. De même, Fould a fait acheter son hôtel de la rue Saint-Georges par un prête-nom. La première liquidation de Nucingen lui permet d'acquérir son second hôtel, l'imposant, le luxueux et fameux hôtel de la rue Saint-Lazare. Sa première liquidation réussie, l'hôtel de la rue Saint-Georges revendu à M. de Rastignac[66], Fould achetait le 21 septembre 1802 son second hôtel, aussi imposant et riche que celui de Nucingen : situé rue Bergère, à l'angle de la rue de Trévise, il s'étendait, avec ses dépendances et jardin, tout le long de cette rue jusqu'à la rue Richer[67] : dans l'épicentre du « quartier Poissonnière ». Comme Nucingen, Fould a ses bureaux au rez-de-chaussée et ses appartements aux étages. Pour le luxe, Fould vaut Nucingen. Reçu plus tard, Castellane y verra « un luxe incroyable dans les meubles et les dorures. Les dessins des étoffes ont été faits exprès à Lyon » : « C'est là l'aristocratie de l'époque »[68]. *Même la marquise d'Espard s'en convaincra et finira par recevoir Nucingen.*

Après sa première liquidation, Nucingen commence à opérer en grand, grâce aux mines de Wortschin, affaire en commandite, par actions, autorisée par ordonnance. Il fabrique des millions avec « une main de papier rose » et « une pierre lithographique » : jolies actions pour gogos, des actions réelles servant « à fonder l'affaire ». Spéculations, finesses incompréhensibles à la quasi-totalité du genre humain, cette affaire industrielle va permettre les jongleries des deuxième et troisième liquidations.

Depuis la Révolution, une troisième communauté juive était devenue française, celle des « Juifs du Pape » d'Avignon et du Comtat Venaissin. C'est là que Fould trouva sa mine. A la fin de mars 1807, il acquiert à Avignon et Aiguille un conglomérat de fonderies, usines, assorti de moulins à garance et à farine, fouloirs, etc. Dix jours plus tard, il lance des offres de souscription auprès de grands banquiers[69] *pour « fonder » la « Société qu'il vient de former sous le titre Compagnie des Fonderies de Vaucluse en commandite, par actions pour une exploitation pendant vingt-quatre ans », à compter du 1er mai. Le 27 octobre, un décret impérial confirme. L'action est une des cinq alors cotées en Bourse. Versement de Fould : 1 200 000 francs pour 600 actions, dont la moitié « libres ». Fonds social : 2 400 000 francs. Nucingen s'est procuré ses Wortschin à « vingt pour* *cent » au-dessous de leur valeur d'émission. L'action de Fould, tirée sur pierre lithographique et gracieusement ornementée, sinon sur papier rose, détaille les activités de sa Société : manufactures de cuivre, de fer forgé, de tôle et, bien dans l'époque, de plomb, et fonderie de canons*[70].

Cependant les autres activités de Fould continuaient, dont évidemment la banque[71]. *Par ailleurs, selon la police, il opère de gros transferts d'espèces à l'étranger, malgré l'interdit*[72].

Pour Fould comme pour Nucingen, cette double activité aboutira aux mêmes conséquences. En 1809, des banquiers de poids reprochent à Fould « de vouloir être industriel et banquier », mais lui ouvrent un crédit sur des actions de Vaucluse[73]. *Arrive 1810, désastreuse pour l'économie ; parmi les grandes banques, il y eut 283 dépôts de bilans importants, dont 266 pour le seul département de la Seine*[74]. *Alors, Fould est assez « connu » pour que, le 21 décembre, le ministre Mollien prévienne Napoléon que le « Juif Fould » laisse en souffrance, pour sa banque de la rue Bergère et le Vaucluse, environ trois millions d'engagements*[75].

Le Wortschin de Vaucluse aura la même destinée, fluctuant selon chances et coups de Bourse, que le Wortschin romanesque. Au bord de la chute lors de la crise de 1825-1827, puis en février 1831, avec implications des plus grands banquiers étrangers, surtout suisses, ou français, ce Phénix boursier renaîtra jusqu'à sa fin en 1843 — des années après La Maison Nucingen *—, et alors passé en d'autres mains*[76]. *Dans le roman de 1837, Bixiou se défend d'en dire trop sur « l'entreprise inventée par le génie financier de Nucingen, ce serait d'autant plus inconvenant qu'elle existe encore aujourd'hui, ses actions sont cotées à la*

Bourse », « plusieurs maisons de banque de premier ordre y ont participé » ; « La crise financière de 1827 les fit fléchir, la Révolution de Juillet les abattit, mais l'affaire a des réalités dans le ventre ». Voilà pour la deuxième liquidation.

La troisième liquidation de Fould est une énigme. De fait, la troisième liquidation de Nucingen étant la plus magistralement fausse, elle n'aurait guère pu laisser de traces. Balzac la fait assez notoire en Bourse pour la consacrer sujet de son récit. Dans ce milieu, celle de Fould le fut tout autant, et on l'évoquait dans le temps même où Balzac projetait notre roman : dans son Censeur judiciaire et financier, *journal de pression sur la Bourse et les « Loups cerviers », Fournier-Verneuil propose, le 15 juin 1835, de faire figurer* « les trois bilans de M. Fould » *sur le blason de ce financier*[77].

C'est après le plus violent de la tempête de 1825 que, le 30 mars 1826, les Régents et Censeurs de la Banque de France réinscrivaient Fould sur le registre des banquiers[78].

En guise de bouquet du feu d'artifice technique de sa troisième liquidation, qui fait définitivement de « l'ancien Juif d'Alsace » venu du néant un pair de la Haute Banque, en 1827-1828, Nucingen achète « un magnifique domaine aux portes de Paris ». Le 23 mai 1828, Fould achetait le château de Rocquencourt[79]. *Magnifique et même princier : avant la Révolution, il appartenait à Monsieur, comte de Provence, frère de Louis XVI et, lors de cette acquisition, le feu roi Louis XVIII. Aux portes de Paris, ce château touchait Versailles. Or, à Versailles, en 1828, Balzac y était aussi, souvent : la duchesse d'Abrantès, alors sa maîtresse, y habitait, et ses propres parents et le ménage de sa sœur. En mai, il vient de liquider sa fonderie ; il liquide son imprimerie le 16 août. A l'évidence, la comparaison de son sort avec celui de Fould, l'homme « aux trois bilans », son désastre personnel et ce triomphe, tellement simultanés, devaient laisser leur marque.* La Maison Nucingen, *Nucingen le prouvent.*

A Versailles, l'événement suscité par Fould dut naturellement intéresser son père, de qui Balzac dut apprendre alors ce qu'il sut sur le banquier, notamment sur ses débuts. L'ancien employé aux Fourrages à Verdun, le gendre du citoyen Sallambier et sa femme s'étaient installés à Versailles durant l'été 1826. Selon l'auteur de Balzac mis à nu, *ils avaient voulu se rapprocher des Doumerc, leurs protecteurs et amis de longue date, qui résidaient à Versailles. Le père, Daniel Doumerc, régisseur des Vivres, avait été l'un des premiers employeurs de Bernard-François vers 1775 ; et, à la Restauration, son fils Auguste avait sauvé sa mise au père de Balzac. Les Doumerc, ajoutaient le même auteur, habitaient alors le château de Rocquencourt*[80]*. C'était une erreur, mais explicable : en l'an XI, Rocquencourt avait été acheté par un cousin et souvent associé de Daniel Doumerc, Daniel Doumerc-Belan. Il y avait habité jusqu'en 1822. Le 22 août de cette année, il vendait. C'est l'acheteuse d'alors qui le revendra à Fould en 1828. Le nom et l'état civil de cette femme doivent aussi être connus : Caroline Murat, duchesse de Corigliano, duchesse d'Empire s'il en fut, comme sa quasi-homonyme dans* La Comédie humaine, *la duchesse de Carigliano, créée en octobre 1829. Déjà une marque de 1828.*

Ce faisceau de signes montre que, de Nucingen à Fould, les analogies ne sont pas de hasard. D'autant que si, à un moment aussi dramatiquement sensible pour Balzac, son père renseignait le futur historiographe de La Maison Nucingen, *les Doumerc pouvaient aussi se mettre de cette partie, tant sur les débuts et les fournitures que, moins connue de Bernard-François, la deuxième liquidation : le « sieur Auguste Doumerc, Banquier » avait été nommé, le 11 janvier 1811, syndic de la faillite de Beer-Léon Fould*[81]. *En pleine rédaction de* La Maison Nucingen, *Balzac avertit l'imprimeur qu'il a besoin d'une épreuve en double : « il faut que je consulte quelqu'un sur mon ouvrage ». Était-ce Auguste Doumerc ? Toujours en pleine rédaction de ce roman, le 18 novembre 1837, Balzac offrait le manuscrit de* Gambara *à Joséphine Delannoy, fille de Daniel Doumerc et sœur d'Auguste.*

La Maison Nucingen et *César Birotteau*

En 1837, Fould rivalise d'égal à égal avec Rothschild. Pour Balzac, comment ne pas se souvenir, alors, de 1828, cette année où ses liquidations avaient obéré toute sa vie pendant que le liquidateur professionnel accédait au sommet : château et Haute Banque ? 1828 marque et détermine La Maison Nucingen, *et aussi la création simultanée, symétrique et complémentaire :* César Birotteau. *Birotteau, l'honnête failli et Nucingen, son contraire, ont leurs racines dans le contraste saisissant, et vécu, de 1828.*

Mais, outre le contraste et les éléments personnels, les faits de 1837 et la maison Fould de cette époque offraient assez d'étoffe pour deux romans. Si Beer-Léon Fould, le fondateur, s'occupa de sa maison jusqu'à sa mort en 1855, en 1837 elle avait changé.

Ses trois fils y travaillaient : Benedic, né en 1792 et devenu Benoît ; Wolf, né en 1794 et devenu Louis ; Achille-Marcus — nommé d'après l'ami Marcus Heiné [prononciation tudesque et Nucingen pour Heine] —, né en 1800 et devenu Achille. Benoît avait épousé une Oppenheim de la grande banque de Cologne, Louis une Brull de Bamberg, Achille une Goldschmidt de Londres. Cette dernière appartenait à une famille convertie à l'anglicanisme et, selon la loi juive, ses enfants seraient protestants. Cette union et celle de la fille de Beer-Léon, Rose, avec Élie Furtado, « Portugais » de Saint-Esprit, prouvaient une remarquable ouverture d'esprit chez un Ashkénaze de cette époque. Fils et gendre travaillaient à et pour la Maison : politique maritale et bancaire inverse de celle, consanguine et centripète, des Rothschild. A l'occasion du mariage de Benoît, la maison Fould était devenue la « Société B.-L. Fould et Fould-Oppenheim ». Balzac prend la différence en compte, comme il le fait pour Cerf Berr et ses fils, qui ne formaient d'abord, en quelque sorte, qu'un, et les fils devenant la descendance ruinée ensuite. Fould devenu Fould et Fould-Oppenheim procurait des personnages nécessaires justement en même temps.

Nécessaires ou s'imposant ? Est-ce l'intrigue et pour les deux romans simultanés, La Maison Nucingen *et* César Birotteau, *qui créa le besoin de Nucingen* et *des Keller, ou est-ce la réalité qui donne à créer, outre Nucingen, les Keller ? Constatons, en tout cas, l'arrivée dans* César Birotteau, *et pour la première fois dans l'œuvre de Balzac, de trois frères qui, par variantes, deviennent deux frères et un cousin et forment une nouvelle famille de banque dans cette œuvre : les fameux Keller et Gobenheim-Keller. Il y a l'aîné,*

François, qui tient le rôle de l'homme facile en affaires ; à l'époque de son apparition, il est député, orateur. Il y a Adolphe, co-directeur et, alors, vrai patron de la banque, le plus fin, vrai loup-cervier, « l'homme difficile ». Il y a leur frère Paul, qu'une rature supprime. Enfin, il y a Gobenheim-Keller, chef de la banque à Paris. Benoît Fould, l'aîné, connu à l'époque même de la création pour avoir « vingt millions de fortune[82] », plus mondain mais moins « fin » qu'Achille, était député lors de la survenue romanesque de Keller l'aîné et, orateur, il intervenait souvent à la Chambre ; en janvier 1835, il se signalait en proposant un amendement pour faciliter la réhabilitation des faillis. Dans César Birotteau, du Tillet espère que Gobenheim-Keller sera désigné comme juge commissaire de la faillite Birotteau ; Fould-Oppenheim était membre du Tribunal de commerce, qui désignait de tels juges, depuis 1827. Louis Fould n'avait pas plus de consistance bancaire que Paul Keller et aujourd'hui encore, certaines biographies le donnent pour « cousin » des « deux frères qui fondèrent la banque Fould-Oppenheim ». Achille, qui deviendra un homme politique à partir de son élection à la députation en 1842, dirigeait en fait la maison pendant les mandats de son frère, donc pendant la création de César Birotteau. « Mélange de froideur et de politesse[83] », sa dureté en affaires était connue. Il devait pourtant se révéler tel que Nucingen finira dans Splendeurs et misères des courtisanes. « On allait souvent à Cythère », notera un témoin ; outre l'intérêt d'Achille pour les jeunes comparses de théâtre, ses frasques pour Rachel feront autant de bruit, dans le monde réel, que celles de Nucingen pour Esther[84].

Nucingen est un converti et les Keller sont « d'ori-

gine juive ». A l'époque, si l'on tenait les Fould pour convertis, il ne s'en trouve pas de trace directe. Il est de fait que les enfants d'Achille et aussi ceux de Louis avaient été reçus catéchumènes par les pasteurs Coquerel et Monod, et le service funèbre pour Achille devait être célébré au Temple de l'Oratoire[85]

Enfin, Balzac fera plus tard Nucingen pair de France. La pairie de Benoît Fould, enregistrée dans les Annuaires *et pourtant manquée, fit quelque éclat jusqu'à la Chambre des députés, avec rumeurs de corruption et d'entente à prix d'argent pour cette pairie. Girardin fut le plus vif défenseur de Benoît. On déduisit, rapportera Rémusat, « que Girardin avait su le fait par Mme Fould avec laquelle il était intimement lié*[86] *». Ces liens de Girardin avec Mme Fould, et avec les Fould en général, que manifestait la campagne de* La Presse *pour le chemin de fer rive gauche dès 1837, doivent, me semble-t-il, être versés au dossier de* La Maison Nucingen *et du refus de Girardin, lecture faite de cette histoire, de la publier dans* La Presse. *Pour faire bon poids, il faut ajouter qu'en 1837-1838, le préposé aux feuilletons de* La Presse *était un Aldrigger petit-fils, le fils de notre ami Lépineau : Max-Théodore Cerfberr.*

Sous le roman l'Histoire

Il eût été dommage de négliger d'Aldrigger, le patron. Il en va de même avec le caissier. Celui de Fould. S'il ne bouleverse pas l'étude de la création de Balzac, il m'a permis de trouver quelques faits inédits sur des événements du temps, tels que le saint-simonisme ou les chemins de fer. Il s'agit, précisément, du caissier du Wortschin de Fould. Ashkénaze sans préjugés, Fould choisit un Sépharade : Isaac Rodrigues-Henriques, dit Rodrigues Fils. Fould fit appel à lui après ses ennuis de 1810. Homme estimé, Rodrigues était aussi un praticien averti. « Teneur de livres » à Bordeaux, devenu « négociant » à Paris, puis professeur de comptabilité, il était aussi « courtier d'agent de change ». Fould le connut sans doute à ce titre qu'il emploie dans les procurations qu'il fait à Isaac dès 1807. Rodrigues habite alors 26, rue de l'Échiquier, rue qui prolonge la rue Bergère. En 1812, il devient « Caissier général des Fonderies de Vaucluse ». En 1815, il marie sa fille aînée, Sophronie-Judith, à David Andrade, fils du Grand Rabbin de Bordeaux ; Beer-Léon Fould est témoin de la mariée. En 1818, à la mort de la femme de Fould, Charlotte, Isaac est nommé subrogé tuteur des enfants mineurs. De fait, pour l'intelligence de l'éducation comme pour celle du cœur, il avait fait ses preuves.

En 1794, âgé de vingt-trois ans, Isaac Rodrigues avait épousé une jeune fille de seize ans, Sara-Sophie Lopes-Fonseca, de Saint-Esprit. Après la naissance de leur premier enfant, en 1795, ils vinrent habiter Paris où naîtront leurs sept autres enfants. Isaac fut un des premiers Israélites à envoyer ses fils au lycée. Si le cadet mourut jeune, l'aîné devait faire honneur à l'initiative de son père. Ce fils d'Isaac compte dans l'histoire du XIXe *siècle : c'était Olinde Rodrigues*[87]*. Désigné par Saint-Simon comme son héritier spirituel et son continuateur, évincé en gloire par le bateleur Enfantin, il posa les bases des théories économiques du saint-simonisme d'où découleraient les réalisations qui devaient bouleverser finance et industrie du siècle. Ses articles du* Producteur, *qu'il fonda, puis ceux du* Globe *en témoignent. Et ses dons : docteur de la*

Faculté des Sciences de Paris à vingt ans, en 1815, il trouve alors la formule, dite de Rodrigues, qui introduisait en théorie des surfaces la représentation sphérique. A la fin de la Restauration, il est directeur général de la Caisse hypothécaire. Sa personnalité attire rue de l'Échiquier, Juifs et Goys mêlés, les Mendelssohn de la musique, les Hottinguer de la banque protestante, Humann, Benoît Fould, Vital-Roux. Il voyait aussi le milieu des jeunes libéraux et, notamment, Sautelet chez lequel il retrouvait Carrel, Ary Scheffer, Albert Stapfer. Ami de Sautelet, Balzac put rencontrer Olinde ou, au moins, entendre parler de lui[88].

Si Olinde Rodrigues est assez connu, le rôle joué par le hasard des liens de sa famille dans les grandes aventures du siècle ne l'est pas. La femme d'Isaac Rodrigues avait une sœur, Rebecca. Née aussi à Saint-Esprit, elle se mariait en 1800 à Bordeaux, à vingt-deux ans passés, avec un homme de trente-deux ans, Isaac Rodrigues-Pereire. Fils d'un homme honoré à la Cour de France pour ses rééducations de sourds-muets et mort sans fortune[89]*, Isaac était pauvre, maladif et malheureux en commerce. Il meurt en 1806. Pour élever ses fils, Jacob-Émile, Mardochée-Télèphe, qui mourra bientôt, et Isaac, né un mois après la mort de son père, Rebecca monte une mercerie. La crise de 1813 à Bordeaux la contraint à la fermer, ses fils arrêtent leurs études et l'aîné entre chez un marchand immobilier. De Paris, Isaac Rodrigues aide sa belle-sœur puis, jugeant sans avenir la situation des Juifs bordelais, il fait venir à Paris les deux neveux de sa femme ; l'aîné en 1822, le cadet en novembre 1823. Ces deux neveux, ces deux cousins germains d'Olinde Rodrigues, tout le siècle les connaîtra : Émile et Jacob*

Pereire. En avril 1824, Émile épousait sa cousine Herminie, la troisième des filles d'Isaac Rodrigues[90]*.*

Il est singulier qu'aujourd'hui encore soit ignorée l'exacte parenté des frères Pereire avec les Rodrigues, tant elle fut déterminante dans leurs célèbres destinées. Sans Isaac, seraient-ils venus à Paris ? Auraient-ils acquis leurs solides connaissances en matière d'économie théorique et pratique sans Isaac et Olinde ? Sans Olinde, pas d'engagement saint-simonien pour eux ni, décisives, les relations qu'ils nouèrent dans le mouvement, notamment parmi ses polytechniciens.

Le grand début des Pereire se fera par les chemins de fer. Dès 1830, ils s'y intéressent. En 1832, Émile Pereire rencontre les polytechniciens spécialistes Lamy et Clapeyron. Est-ce un hasard si Balzac, beau-frère de Surville évincé en 1836 d'un projet de chemin de fer, donne en 1837 dans La Maison Nucingen *et* César Birotteau, *le nom de Claparon à un flibustier, homme de paille de Nucingen ? En 1835, le roi signait la loi accordant à Émile Pereire l'exécution du Paris-Saint-Germain, qui sera le rive droite. Ce que nous savons maintenant des liens d'Émile Pereire avec Isaac Rodrigues, et des liens d'Isaac Rodrigues avec Fould conduit à s'interroger. Pourquoi Émile Pereire avec Rothschild et non avec Fould ? Les malheurs du Vaucluse après 1830 avaient-ils brouillé Fould et Isaac Rodrigues ? Après la mort de la femme de ce dernier, l'inventaire de ses papiers fait état d'une « Liquidation de communauté Fould. 21 octobre 1846 ». Cette date rend plus probable que les difficultés de 1830 aient alors dissuadé Fould, pour un temps, de s'engager dans une autre aventure industrielle*[91]*. Dès avant 1835, Rothschild est décidé. Fould se décidera seulement en 1836.*

Quoi qu'il en ait été, les liens ne seront jamais rompus entre les Fould et les Rodrigues et Pereire. Le neveu de Beer-Léon, Émile Fould, sera du début à la fin le notaire des Pereire, chez lequel s'entasseront tous les actes de leurs vies, des mariages aux chemins de fer, des établissements financiers aux créations immobilières. Et, bien après notre histoire, ils reprendront leurs liens naturels dans la longue rivalité entre Rothschild et Fould ; sous le Second Empire, la maison Fould et les frères Pereire du Crédit mobilier seront alliés dans la plus acharnée des guerres contre Rothschild[92].

L'ignorance des liens de ces hommes, si importants dans l'histoire de notre XIX*e* *siècle, est singulière. Il peut paraître plus singulier encore que ce soit une étude de la création balzacienne qui m'ait permis de les découvrir.*

En fait, avec Balzac, cette aventure se produit logiquement. L'Histoire traditionnelle ne retient que les événements, guerres, traités, coups d'État, révolutions, mouvements de politique et les hommes qui les font. La vie de la société et ses personnages tombent dans l'oubli. Or, Balzac s'est voulu historien et, en cela encore novateur, historien non de l'événementiel, mais des mœurs, des faits et des acteurs de la vie sociale. Par conséquent, toute recherche sur sa création conduit à les retrouver et parfois d'autres encore.

Anne-Marie Meininger

NOTES DE LA PRÉFACE

1. *LH* [*Lettres à Mme Hanska* éditées par Roger Pierrot, Bibliophiles de l'originale, 1967], t. I, p. 310 et 313.

2. A. Wurmser, *La Comédie inhumaine*, Gallimard, 1965, p. 41.

3. *Ibid*, p. 33.

4. R. Bigo, *Les Banques françaises au cours du XIXe siècle*, Recueil Sirey, 1947, p. 6 : « Au début du siècle, les diligences mettaient 60 heures pour parcourir 100 lieues. En 1830, la durée de ce trajet fut réduite à 40 heures. »

5. Rareté avérée mais difficile à chiffrer. L'Ancien Régime laissait environ 2 milliards de numéraire. Après la ruine révolutionnaire, une certaine confiance et une reprise produisaient 1 850 millions en 1803. La fin de l'Empire creusa un trou de près de 504 millions. Les financements industriels sous la Restauration furent surtout le fait de capitaux étrangers. Mais en 1843, la France détiendra le tiers du numéraire de l'Europe : 3 milliards en argent et 500 millions en or (J. Besson, *Histoire financière de la France*, Bachelier, 1929, t. II, p. 294 ; Bigo, *op. cit.*, p. 39-40).

6. R. Bigo, *op. cit.*, p. 41-45. Peu mobilisables : jusqu'en 1850, les paiements se firent pour 3 % en or, 90 % en argent et 7 % en billets. Or, 10 000 écus représentaient un poids de 50 kilos, et il y avait en outre les frais et les dangers du transport.

7. R. Bigo, *op. cit.*, p. 75 ; A. Wurmser, *op. cit.*, p. 42.

8. B. Gille, *La Banque et le crédit de France de 1815 à 1848*, P.U.F., 1959, p. 52. Voir aussi M. Lévy-Leboyer, *Les Banques européennes et l'industrialisation internationale dans la première moitié du XIXe siècle*, P.U.F., 1964, p. 432.

9. P. Grosclaude, *Malesherbes, témoin et interprète de son temps*, Fischbacher, 1961, 2e partie, chapitres VIII et XI.

10. P.-G. Castex, *Le Conte fantastique en France de Nodier à Maupassant*, José Corti, 1951, p. 45.
11. R. Chollet, « Un épisode inconnu de l'histoire de la librairie. La Société d'abonnement général », *Revue des Sciences humaines*, janvier-mars 1971, p. 57.
12. *LH*, t. I, p. 413-414.
13. Heine, *Lutèce*, Michel Lévy, 1855, p. 66.
14. Voir la Notice de *Melmoth réconcilié*.
15. P.-G. Castex, *op. cit.*, p. 8.
16. Voir les Documents.
17. *PSF* [*Pensées, sujets, fragments*], f° 18 ; *Corr.* [H. de Balzac, *Correspondance* éditée par R. Pierrot, Classiques Garnier, 1960-1969], t. II, p. 36 et 144.
18. *Corr.*, t. II, p. 78.
19. *Ibid*, p. 548 et 564.
20. *LH*, t. I, p. 282-283 ; *Corr.*, t. V, p. 849 n. 1 ; pour la date, l'édition originale.
21. *Corr.*, t. V, p. 850 ; *Journal du comte Rodolphe Apponyi*, Plon, 1914, t. III, p. 77.
22. *Corr.*, t. V, p. 849 et n. 1.
23. Le texte ajouté sur la deuxième épreuve va, grosso modo, dans notre édition de : « Le Caissier se sentit changé complètement » jusqu'à : « L'Anglais demeurait rue Férou » (p. 104 à 109).
24. *Avant-Propos* de *La Comédie humaine*.
25. P.-G. Castex, *op. cit.*, p. 211.
26. Le journal de l'ex-notaire Fournier-Verneuil fut publié sous des titres successifs. C'est dans *Le Censeur judiciaire et financier* qu'il attaqua Castagnet de novembre 1833 à décembre 1834.
27. *Mémoires de Canler*, Hetzel, 1862, chapitre « Mathéo et la danseuse » ; Froment, *La Police dévoilée*, Lemonnier, 1829, t. III, p. 134-136 ; C.-L. Lesur, *Annuaire historique universel* pour 1821, p. 740.
28. *Le Globe*, 12 janvier 1832.
29. *Gazette des tribunaux*, 7 août 1832.
30. L. Gozlan, *Balzac en pantoufles*, Michel Lévy, 1865, p. 244.
31. *Chronique de Paris*, 20 novembre 1836, p. 356.
32. *PSF*, f° 21.
33. Les *Études philosophiques* écrites ensuite, *Le Chef-d'œuvre inconnu* remanié, *Gambara* et *Massimila Doni*, abordent exclusivement « les ravages de la pensée » dans la création artistique.

34. *Corr.*, t. I, p. 687 ; *PSF*, f°s 17, 21, 26, 30, 31 ; *Corr.*, t. II, p. 501.

35. Voir la Notice de *La Maison Nucingen.*

36. Titre prévu pour le chapitre V, sur épreuves, quand Balzac pensait publier son roman en chapitres.

37. Introduction de *La Maison Nucingen* dans *La Comédie humaine*, nouvelle édition à la Bibliothèque de la Pléiade, t. IV, p. 326-327.

38. *Op. cit.*, p. 60 et n. 3.

39. *LH*, t. IV, p. 248.

40. A.P. [Archives de Paris], DQ^7 10.702 et 10.796.

41. *LH*, t. I, p. 520. Fould était en vieilles relations d'affaires et d'amitié avec la famille du poète. Venu à Paris, Henri Heine correspondait avec son cousin Carl, fils du grand banquier de Hambourg, Salomon Heine. Dès son arrivée, « Harry » reçut d'incessantes recommandations de la part de Carl d'aller voir les Fould. Ce que fit Harry, qui devait en outre devenir un peu membre de leur famille quand Carl épousa la petite-fille de Beer-Léon Fould, Cécile Furtado (A.N. [Archives nationales], 31 AP 396, Lettres de Carl à Henri Heine dans les Archives Murat). Par ailleurs, Gudin rapporte un dîner chez lui, certainement antérieur à 1836, où il fit se rencontrer Balzac, Sue, Lamartine, Heine et Furtado, le gendre de Fould (*Souvenirs du baron Gudin*, Plon-Nourrit, 1921, p. 38).

42. B. Gille, *op. cit.*, p. 10.

43. MN [Minutier central des notaires], étude IX. Émile Fould (voir la note 60) en devint le titulaire le 7 novembre 1832.

44. A l'étude IX, on retrouve, pendant les quarante-six années antérieures à l'installation du neveu, environ un acte en minute pour une dizaine en brevet, et une procuration en nom pour une dizaine en blanc. A partir du moment où fils et gendre y travaillèrent, la maison Fould fut régie par « convention verbale ». Il n'y eut aucun inventaire après le décès de Beer-Léon Fould, d'après un principe établi : « En aucun cas le décès de l'un des associés ne pourra donner ouverture soit à une apposition de scellés, soit à un Inventaire judiciaire sur les livres, papiers, valeurs et actions de la Société » (A.N., 31 AP 396).

45. A. Cerfberr de Médelsheim, *Biographie alsacienne-lorraine*, A. Lemerre, 1878, p. 157-158.

46. P.-L. Roederer, *Journal de Paris* du 22 frimaire an VII (12 décembre 1798).

47. Sauf mention spéciale, l'essentiel des informations qui sui-

vent proviennent des *Notes et documents concernant la famille Cerfberr recueillis par un de ses membres* [R. Lévylier], Plon-Nourrit, 1902-1906, 3 vol. Puis, en partie sur Cerf Berr, mais plus généralement sur la question juive, j'ai fait usage de : G. Weill, « L'Alsace » dans *Histoire des Juifs en France* publiée sous la direction de B. Blumenkrantz, Toulouse, E. Privat, 1972, p. 179-181 et notes, et de *Les Juifs et la Révolution française*, publié sous la direction de B. Blumenkrantz et A. Soboul, Toulouse, E. Privat, 1976.

48. R. Lévylier, *op. cit.* et Léon Kahn, *Les Juifs de Paris pendant la Révolution*, Ollendorff, 1898, p. 44, 64 et 80.

49. MN, XXI, 8 janvier et 13 mars 1784.

50. MN, XXI, 26 février.

51. MN, XXI, 2 juin : dépôt de pièces.

52. Au moment de quitter Cerf Berr, il faut indiquer ici au moins quelques traits du personnage qu'une comparaison littéraire délaisse nécessairement. Aujourd'hui encore, il est respecté dans la mémoire juive. Il usa largement de sa fortune et de son influence en faveur de ses coreligionnaires. En 1781, il demandait en vain une représentation juive aux assemblées communales d'Alsace. Dans le même temps, il faisait traduire l'ouvrage capital de Dohm, inspiré par Moses Mendelsohn, *Amélioration de la condition civile des Juifs*, et en fit envoyer en France 600 exemplaires qui devaient être saisis ; Mirabeau en donna un à Malesherbes. En 1785, il achetait un terrain au Petit-Vanves pour en faire don à la Nation juive pour ses inhumations. A Tomblaine, il fonda deux manufactures pour les Juifs indigents et sans métier. Lors des travaux sur l'émancipation, il fut « la meilleure source d'information » de Malesherbes — quoique plutôt rigide — puis de Necker. Détail amusant : c'est l'un de ses descendants, Anatole Cerfberr, descendant de son plus jeune fils, Théodore, qui, avec Jules Christophe, devait établir la première liste des personnages de Balzac, le *Répertoire de la Comédie humaine de Balzac* (Calmann-Lévy, 1925).

53. Les enfants de Cerf Berr ne devaient jamais obtenir le remboursement des 48 000 livres avancées par leur père au Trésor royal ; ni ses prêts à des particuliers comme le cardinal de Rohan — qui avait du moins épongé la dette de la comtesse de La Motte envers « Cerbère » — ou comme le duc d'Orléans, futur Égalité. Ses efforts en vue du vote de 1791 pour l'émancipation, en recherchant à l'Assemblée nationale des soutiens, lui coûtèrent des sommes considérables, comme l'en accusa le prince de Broglie à la séance du

18 janvier de cette année-là. En 1793, il prêta 130 000 livres aux communautés juives d'Alsace frappées de contributions aussi discriminatoires que forcées, dont le remboursement devait être annulé définitivement en 1820. La dette des fournitures aux armées du père et des fils, cubant à 3 346 301 francs, fut niée tout net par Napoléon.

54. MN, XXI, à partir du 7 ventôse an III (27 février 1795).

55. J. Bouchary, *Les Manieurs d'argent à Paris à la fin du XVIIIe siècle,* t. I, p. 178.

56. Ch. Poisson, *Les Fournitures aux armées sous la Révolution française. J. Bidermann, A. Cousin, Marx-Berr,* Margraff, 1932.

57. A.N., AD^{vi} 38.

58. Ph. Havard de la Montagne, « Rétif de la Bretonne a-t-il connu le père de Balzac ? », *Études rétiviennes,* n° 7 de décembre 1987, p. 107.

59. Chr. Pfister, *Histoire de Nancy,* Berger-Levrault, 1902-1909, t. III, p. 318-319.

60. Quelques renseignements sur les premiers Fould, très maltraités par les quelques recueils biographiques dans lesquels ils figurent. M. Gilbert Cahen, conservateur-adjoint des Archives de la Région lorraine et du département de la Moselle, et M. P.-A. Meyer m'ont obligeamment procuré sur les ascendants de B.-L. Fould les précisions inédites qui suivent. Le premier établi en France était son arrière-grand-père, Jacob Foulde, fils de Menahem Fulda, de Foulda ; mort à Metz en 1710, il y avait épousé Gélié (sans nom de famille, comme usuellement). Leur fils, Beer-Jacob Foulde, épousa le 2 août 1734, à Metz, Rachel, fille de Goudchaux Halphen. Ils eurent trois enfants : Gélié, née le 23 août 1735 à Metz où elle épousera, le 10 octobre 1755, Anchel Halphen ; Olry, né le 28 juin 1742 à Metz où il mourra le 15 juin 1752 ; et, entre les deux, le père de Beer-Léon, Jacob-Beer Foulde, né le 26 octobre 1738 à Metz où il épousait le 10 septembre 1761, Reiklé (Rachel), fille de Benedic Reims et de Quendlé. Des documents d'archives et d'autres aimablement fournis par M. Éric de Catheu, descendant d'Achille Fould, me permettent d'ajouter un aperçu sur la famille de Beer-Léon. Sa mère morte en 1793, son père allait s'établir aubergiste à Metz où il devait se remarier deux fois. Mais de Rachel seule il eut des enfants. Après Beer-Lyon (Boulay 5 mars 1767-Paris 13 mai 1855), il y eut Rachel (Boulay v. 1768-Metz 1837) qui épousa Lévy-Marx Guntzberger. Vint ensuite Abraham (Boulay 1772-Paris 2 mars 1840) qui épousa Breinlé Oulif et en eut Eliacum (Metz le 30 août 1803-Paris 12 novembre 1884) qui deviendra Eliacim puis Émile et notaire à

Paris en 1832, succédant à Maître Nolleval, le successeur de Maître Bertrand chez lequel Émile était entré en 1824, puis Rachel, dite Rose, qui épousera le fils de sa tante Rachel, Lévy Guntzberger, puis Clarisse qui deviendra Mme Maurice Émerique, et enfin Eugène dont le petit-fils sera baron Fould-Springer en Autriche. L'avant-dernier frère de Beer-Léon était David (Boulay 23 janvier 1774-Ivry 7 mars 1830) sans descendant de son mariage avec Antoinette-Marie Rosetti (sur lui, voir la note 64). Le dernier, Nathan (Boulay v.1775-Saint-Denis 10 septembre 1859) eut de sa femme Nanette Dalsace un fils, Isidore, qui épousera la fille de Myrtil Maas, directeur de la Compagnie d'Assurance l'Union. La graphie du nom de Fould fut adoptée par ces quatre frères. Lors de la naissance de son fils aîné, Berr-Léon le déclara comme « portant le nom de FOULD et le prénom de Benedict, et qu'il entend lui conserver ces nom et prénom » (A.P. Déclaration du 1er frimaire an I : 21 novembre 1792 ; là encore, Fould était en avance : c'est le 20 juillet 1808 qu'un décret de Napoléon ordonnera aux Juifs de faire enregistrer leurs noms et prénoms à l'état civil pour les obliger à user de patronymes stables, ce qui n'était pas généralement le cas).

61. MN, IX, 885 : dépôt du contrat passé le 30 octobre 1791 à Nancy. La graphie Brull est attestée par l'inscription du nom de Charlotte au caveau familial du Père-Lachaise.

62. *Almanach du commerce* de ces années.

63. A.N., F^7 4595 et 4710 dossier 4.

64. En 1804, dit Balzac pour Nucingen. C'est un autre Fould qui fit cette année-là une faillite généralement attribuée, et aujourd'hui encore jusque dans les fichiers d'Archives à Beer-Léon. Il s'agissait de David, alors devenu agent de change. Inventaire clos le 2 octobre 1804 (A.P., D $2U^1$ 29). Il « manque de 1 200 000 livres », écrira un rapporteur de police et, le 13 juin 1805 : « Depuis l'affaire Fould, la Bourse se méfie des gros joueurs » (A.N., F^7 6463 d^r 9969, 6552 d^r 2176, 6577 d^r 3070).

65. MN, IX, 865 et 865 bis.

66. MN, IX, 867 (26 ventôse an X : 17 mars 1802) et A.P., DQ^{18} 332.

67. MN, XV, 1150 ; A.P., DQ^{18} 337 au 10 de la rue Bergère devenu le 22.

68. *Journal du maréchal de Castellane*, Plon-Nourrit, 1896, t. III, p. 283.

69. Par exemple « M. Greffulhe Père » (A.N., 61 AQ 281).

70. A.P., D 32 U^3 5 ; MN, IX, 909.

71. Aux conditions que je trouve dans ses offres à un provincial : commissions de 1/2 % pour ses acceptations à découvert. « L'intérêt fixé à 6 % l'an n'empêche pas que je ne puisse procurer l'escompte de vos remises sur Paris à 4 % » (cet intérêt de 6 % avait été fixé par la loi du 3 septembre 1807) ; avec, en outre « des retours de prime de 5 francs par la diligence, avec laquelle j'ai un accord de 45 Sols le Mille », « 20 Sols d'agio sur les espèces pour n'avoir pas de monnoie » (A.N., 3 AQ 310).

72. E. d'Hauterive, *La Police secrète du Premier Empire*, Librairie académique Perrin, 1913, t. II, p. 268, 281, 548.

73. M. Lévy-Leboyer, *op. cit.*, p. 431 n. 62.

74. O. Viennet, *Napoléon et l'industrie française*, Plon, 1947, chapitre « La crise de 1810-1811 ».

75. A.N., AF^{IV} 1088.

76. MN, IX, 21 décembre 1813 ; M. Lévy-Leboyer, *op. cit.*, p. 431 ; renseignements communiqués par M. Hayez, directeur des Services d'Archives du Vaucluse.

77. N° XXX, p. 4.

78. Archives de la Banque de France, *Délibérations du Conseil général*, t. XV, p. 234.

79. Les renseignements qui suivent sont tirés de A.N., 31 AP 493, dossier « Rocquencourt. Titres de propriétés XVIIIe-XIXe siècles » des Archives Murat. Fould devint maire de Rocquencourt ; la mairie possède la copie de son portrait par Ary Scheffer, dont l'original se trouve, ainsi que l'esquisse d'Isabey, dans les collections de famille.

80. *Balzac mis à nu*, Gaillandre, 1928, p. 9, 12-13, 22.

81. A.P., D 10 U^{3} 1, p. 264.

82. Viennet, *Journal*, Amiot-Dumont, 1955, p. 220, notation du 26 janvier 1838.

83. Claudin, *Mes Souvenirs*, Calmann-Lévy, 1884, p. 209-210.

84. *Un Anglais à Paris*, Plon-Nourrit, 1893-1894, t. I, p. 171 ; A. Houssaye, *Les Confessions*, t. VI, p. 180.

85. Article « Fould » de *The Universal Jewish Encyclopedia* et renseignements communiqués par Mme M. Bartoszewski d'après les Archives du Temple de l'Oratoire et les fonds de la Généalogie protestante de la Société de l'Histoire du protestantisme français.

86. Ch. de Rémusat, *Mémoires de ma vie*, Plon, 1958-1967, t. IV. p. 130-131.

87. Ou Benjamin-Olinde, et seulement Benjamin dans la déclaration de sa naissance à Bordeaux, le 14 vendémiaire an VI (6 octobre 1795).

88. Sur les liens d'Olinde avec Sautelet, Scheffer, Stapfer, voir Henri Malo, *Thiers*, Payot, 1932, p. 93 ; sur les liens de Balzac avec Sautelet et Stapfer, voir « *Catilina*, les conjurations orléanistes [...] », *L'Année balzacienne 1980*, p. 43-44.

89. J. Autin, *Les frères Pereire*, Librairie académique Perrin, 1984, p. 15-20.

90. MN, IX, 1099, contrat de mariage, le 21 avril 1824. Jacob-Émile, commis-négociant demeurant rue de l'Échiquier, 26, apporte 3 000 francs en deniers et effets personnels ; Rachel-Herminie, demeurant aussi rue de l'Échiquier, 26, apporte 6 000 francs en trousseau et 4 000 en logement et nourriture — ce qui signifiait que Jacob Pereire et Rachel demeureraient chez les parents Rodrigues —, plus 600 francs que lui donne son frère aîné Olinde-Benjamin et un piano, don de son autre frère, Eugène-David. Parmi les amis : Pleyel.

91. Chats échaudés... Morte sans enfant en 1891, la veuve de Benoît Fould, Helena Oppenheim, laissa sa fortune aux filles de sa sœur Charlotte Ratisbonne — femme de Jacques-Adolphe Ratisbonne, banquier à Strasbourg (et doublement apparenté à Cerf Berr : par la femme de Cerf Berr et par le fils Cerf Berr, Marx, dont une des filles était la mère de Jacques-Adolphe Ratisbonne). Helena Fould avait adopté ses nièces Ratisbonne, Zélie devenue Mme Lalouel de Sourdeval et Elisa devenue Mme Worms de Romilly, et, leur laissant son opulente fortune, leur prescrivit dans son testament « d'observer rigoureusement » ses conditions : « spécialement dans le réemploi des valeurs laissées par moi » ; « j'exige que l'on ne choisisse aucune valeur industrielle » (A.P., 8 AZ 355). Un dernier détail qui touche à la petite histoire littéraire du temps. Helena Fould n'était pas seulement la tante de Zélie et d'Elisa, mais aussi de leur frère, Louis Ratisbonne, fils de Charlotte Oppenheim, littérateur et exécuteur testamentaire de Vigny. A la mort de Beer-Léon Fould, au double titre d'homme de lettres et de parent, Louis Ratisbonne donna au *Journal des débats* du 16 mai 1855, outre le texte de l'éloge funèbre prononcé au cimetière par Bethmont, sa propre oraison, véritablement hagiographique.

92. Egon Cesar comte Corti, *La Maison Rothschild*, Payot, 1930, t. II, chapitres VII et IX.

A.-M. M.

Melmoth réconcilié

À MONSIEUR LE GÉNÉRAL BARON DE POMMEREUL [1],

En souvenir de la constante amitié qui a lié nos pères et qui subsiste entre les fils.

DE BALZAC.

Il est une nature d'hommes que la Civilisation obtient dans le Règne Social, comme les fleuristes créent dans le Règne végétal par l'éducation de la serre, une espèce hybride qu'ils ne peuvent reproduire ni par semis, ni par bouture. Cet homme est un caissier, véritable produit anthropomorphe, arrosé par les idées religieuses, maintenu par la guillotine, ébranché par le vice, et qui pousse à un troisième étage[2] entre une femme estimable et des enfants ennuyeux. Le nombre des caissiers à Paris sera toujours un problème pour le physiologiste. A-t-on jamais compris les termes de la proposition dont l'X connu est un caissier ? Trouver un homme qui soit sans cesse en présence de la fortune comme un chat devant une souris en cage ? Trouver un homme qui ait la propriété de rester assis sur un fauteuil de canne, dans une loge grillagée, sans avoir plus de pas à y faire que n'en a dans sa cabine un lieutenant de vaisseau, pendant les sept huitièmes de l'année et durant sept à huit heures par jour ? Trouver un homme qui ne s'ankylose à ce métier ni les genoux ni les apophyses du bassin ? Un homme qui ait assez de grandeur pour être petit ? Un homme qui puisse se dégoûter de l'argent à force d'en manier ? Demandez ce produit à quelque Religion, à quelque Morale, à quelque Collège, à quelque Institution que ce soit, et donnez-leur Paris, cette ville aux tentations, cette succursale de l'Enfer, comme le milieu dans lequel sera planté le caissier ? Eh ! bien, les Religions défileront l'une après l'autre, les Collèges, les Institutions, les Morales, toutes les grandes et les petites Lois humaines viendront à vous comme vient un ami intime auquel vous demandez un billet de mille francs. Elles auront un air de deuil, elles se grimeront, elles vous montreront la guillotine, comme votre ami vous indiquera la demeure de l'usurier, l'une des cent portes de l'hôpital. Néanmoins, la nature morale a ses caprices, elle se permet de faire çà et là d'honnêtes gens et des caissiers. Aussi, les corsaires que nous décorons du nom de Banquiers et qui prennent une licence de mille écus [3] comme un forban prend ses lettres de marque, ont-ils une telle vénération pour ces rares produits des incubations de la vertu qu'ils les encagent dans des loges afin de les garder comme les gouvernements gardent les animaux curieux. Si le caissier a de l'imagination, si le caissier a des passions, ou si le caissier le plus parfait aime sa femme, et que cette femme s'ennuie, ait de l'ambition ou simplement de la vanité, le caissier se dissout. Fouillez l'histoire de la caisse ? vous ne citerez pas un seul exemple du caissier parvenant à ce qu'on nomme *une position*. Ils vont au bagne, ils vont à l'étranger, où végètent à quelque second étage, rue Saint-Louis au Marais [4]. Quand les caissiers parisiens auront réfléchi à leur valeur intrinsèque, un caissier sera hors de prix. Il est vrai que certaines gens ne peuvent être que caissiers, comme d'autres sont invinciblement fripons. Étrange civilisation ! La Société décerne à la Vertu cent louis de rente pour sa vieillesse, un second étage, du pain à discrétion, quelques foulards neufs, et une vieille femme accompagnée de ses enfants. Quant au Vice, s'il a quelque hardiesse, s'il peut tourner habilement un article du Code comme Turenne tournait Montécuculli, la Société légitime ses millions volés, lui jette des rubans, le farcit d'honneurs, et l'accable de considération. Le Gouvernement est d'ailleurs en harmonie avec cette Société profondément illogique. Le Gouvernement, lui, lève sur les jeunes intelligences, entre dix-huit et vingt ans, une conscription de talents précoces ; il use par un travail prématuré de grands cerveaux qu'il convoque afin de les trier sur le volet comme les jardiniers font de leurs graines. Il dresse à ce métier des jurés peseurs de talents qui essaient les cervelles comme on essaie l'or à la Monnaie. Puis, sur les cinq cents têtes chauffées à l'espérance que la population la plus avancée lui donne annuellement, il en accepte le tiers, le met dans de grands sacs appelés *ses Écoles*, et l'y remue pendant trois ans. Quoique chacune de ces greffes représente d'énormes capitaux, il en fait pour ainsi dire des caissiers ; il les nomme ingénieurs ordinaires, il les emploie comme capitaines d'artillerie[5] ; enfin, il leur assure tout ce qu'il y a de plus élevé dans les grades subalternes. Puis, quand ces hommes d'élite, engraissés de mathématiques et bourrés de science, ont atteint l'âge de cinquante ans, il leur procure en récompense de leurs services le troisième étage, la femme accompagnée d'enfants, et toutes les douceurs de la médiocrité. Que de ce Peuple-Dupe il s'en échappe cinq à six hommes de génie qui gravissent les sommités sociales, n'est-ce pas un miracle ?

Ceci est le bilan exact du Talent et de la Vertu, dans

leurs rapports avec le Gouvernement et la Société à une époque qui se croit progressive. Sans cette observation préparatoire, une aventure arrivée précipitamment à Paris paraîtrait invraisemblable, tandis que, dominée par ce sommaire, elle pourra peut-être occuper les esprits assez supérieurs pour avoir deviné les véritables plaies de notre civilisation qui, depuis 1815, a remplacé le principe Honneur par le principe Argent.

Par une sombre journée d'automne, vers cinq heures du soir, le caissier d'une des plus fortes maisons de banque de Paris travaillait encore à la lueur d'une lampe allumée déjà depuis quelque temps. Suivant les us et coutumes du commerce, la caisse était située dans la partie la plus sombre d'un entresol étroit et bas d'étage. Pour y arriver, il fallait traverser un couloir éclairé par des jours de souffrance, et qui longeait les bureaux dont les portes étiquetées ressemblaient à celles d'un établissement de bains. Le concierge avait dit flegmatiquement dès quatre heures, suivant sa consigne : — *La Caisse est fermée.* En ce moment, les bureaux étaient déserts, les courriers expédiés, les employés partis, les femmes des chefs de la maison attendaient leurs amants, les deux banquiers dînaient chez leurs maîtresses. Tout était en ordre. L'endroit où les coffres-forts avaient été scellés dans le fer se trouvait derrière la loge grillée du caissier, sans doute occupé à faire sa caisse. La devanture ouverte permettait de voir une armoire en fer mouchetée par le marteau, qui, grâce aux découvertes de la serrurerie moderne, était d'un si grand poids, que les voleurs n'auraient pu l'emporter. Cette porte ne s'ouvrait qu'à la volonté de celui qui savait écrire le mot d'ordre dont les lettres de la serrure gardent le secret sans se laisser corrompre, belle réalisation du *Sésame ouvre-toi?* des

Mille et Une Nuits. Ce n'était rien encore. Cette serrure lâchait un coup de tromblon à la figure de celui qui, ayant surpris le mot d'ordre, ignorait un dernier secret, l'*ultima ratio* du dragon de la Mécanique. La porte de la chambre, les murs de la chambre, les volets des fenêtres de la chambre, toute la chambre était garnie de feuilles en tôle de quatre lignes d'épaisseur, déguisées par une boiserie légère. Ces volets avaient été poussés, cette porte avait été fermée. Si jamais un homme put se croire dans une solitude profonde et loin de tous les regards, cet homme était le caissier de la maison Nucingen et compagnie, rue Saint-Lazare. Aussi, le plus grand silence régnait-il dans cette cave de fer. Le poêle éteint jetait cette chaleur tiède qui produit sur le cerveau les effets pâteux et l'inquiétude nauséabonde que cause une orgie à son lendemain. Le poêle endort, il hébète et contribue singulièrement à crétiniser les portiers et les employés. Une chambre à poêle est un matras où se dissolvent les hommes d'énergie, où s'amincissent leurs ressorts, où s'use leur volonté. Les Bureaux sont la grande fabrique des médiocrités nécessaires aux gouvernements pour maintenir la féodalité de l'argent sur laquelle s'appuie le contrat social actuel. (Voyez *les Employés.*) La chaleur méphitique qu'y produit une réunion d'hommes n'est pas une des moindres raisons de l'abâtardissement progressif des intelligences, le cerveau d'où se dégage le plus d'azote asphyxie les autres à la longue.

Le caissier était un homme âgé d'environ quarante ans, dont le crâne chauve reluisait sous la lueur d'une lampe-Carcel[6] qui se trouvait sur sa table. Cette lumière faisait briller les cheveux blancs mélangés de cheveux noirs qui accompagnaient les deux côtés de sa tête, à laquelle les formes rondes de sa figure prêtaient l'apparence d'une boule. Son teint était d'un rouge de brique. Quelques rides enchâssaient ses yeux bleus. Il avait la main potelée de l'homme gras. Son habit de drap bleu, légèrement usé sur les endroits saillants, et les plis de son pantalon miroité, présentaient à l'œil cette espèce de flétrissure qu'y imprime l'usage, que combat vainement la brosse, et qui donne aux gens superficiels une haute idée de l'économie, de la probité d'un homme assez philosophe ou assez aristocrate pour porter de vieux habits. Mais il n'est pas rare de voir les gens qui liardent sur des riens se montrer faciles, prodigues ou incapables dans les choses capitales de la vie. La boutonnière du caissier était ornée du ruban de la Légion-d'Honneur, car il avait été chef d'escadron dans les Dragons sous l'Empereur. Monsieur de Nucingen, fournisseur avant d'être banquier, ayant été jadis à même de connaître les sentiments de délicatesse de son caissier en le rencontrant dans une position élevée d'où le malheur l'avait fait descendre, y eut égard, en lui donnant cinq cents francs d'appointements par mois. Ce militaire était caissier depuis 1813, époque à laquelle il fut guéri d'une blessure reçue au combat de Studzianka, pendant la déroute de Moscou, mais après avoir langui six mois à Strasbourg où quelques officiers supérieurs avaient été transportés par les ordres de l'Empereur pour y être particulièrement soignés. Cet ancien officier, nommé Castanier, avait le grade honoraire de colonel et deux mille quatre cents francs de retraite.

Castanier, en qui depuis dix ans le caissier avait tué le militaire, inspirait au banquier une si grande confiance, qu'il dirigeait également les écritures du cabinet particulier situé derrière sa caisse et où descendait le baron par un escalier dérobé. Là se décidaient les affaires. Là était le blutoir où l'on tamisait les propositions, le parloir où s'examinait la place. De là, partaient les lettres de crédit ; enfin là se trouvaient le Grand-livre[7] et le Journal où se résumait le travail des autres bureaux. Après être allé fermer la porte de communication à laquelle aboutissait l'escalier qui menait au bureau d'apparat où se tenaient les deux banquiers[8] au premier étage de leur hôtel, Castanier était revenu s'asseoir et contemplait depuis un instant plusieurs lettres de crédit tirées sur la maison Watschildine[9] à Londres. Puis, il avait pris la plume et venait de contrefaire, au bas de toutes, la signature *Nucingen.* Au moment où il cherchait laquelle de toutes ces fausses signatures était la plus parfaitement imitée, il leva la tête comme s'il eût été piqué par une mouche en obéissant à un pressentiment qui lui avait crié dans le cœur : — *Tu n'es pas seul !* Et le faussaire vit derrière le grillage, à la chatière de sa caisse, un homme dont la respiration ne s'était pas fait entendre, qui lui parut ne pas respirer, et qui sans doute était entré par la porte du couloir que Castanier aperçut toute grande ouverte. L'ancien militaire éprouva, pour la première fois de sa vie, une peur qui le fit rester la bouche béante et les yeux hébétés devant cet homme, dont l'aspect était d'ailleurs assez effrayant pour ne pas avoir besoin de circonstances mystérieuses d'une semblable apparition. La coupe oblongue de la figure de l'étranger, les contours bombés de son front, la couleur aigre de sa chair, annonçaient, aussi bien que la forme de ses vêtements, un Anglais. Cet homme puait l'anglais. A voir sa redingote à collet, sa cravate bouffante dans laquelle se heurtait un jabot à tuyaux écrasés, et dont la blancheur faisait ressortir la lividité permanente d'une figure impassible dont les lèvres rouges et froides semblaient destinées à sucer le sang des cadavres, on devinait ses guêtres noires boutonnées jusqu'au-dessus du genou, et cet appareil à demi puritain d'un riche Anglais sorti pour se promener à pied. L'éclat que jetaient les yeux de l'étranger était insupportable et causait à l'âme une impression poignante qu'augmentait encore la rigidité de ses traits. Cet homme sec et décharné semblait avoir en lui comme un principe dévorant qu'il lui était impossible d'assouvir. Il devait si promptement digérer sa nourriture qu'il pouvait sans doute manger incessamment, sans jamais faire rougir le moindre linéament de ses joues. Une tonne de ce vin de Tokay nommé *vin de succession* [10], il pouvait l'avaler sans faire chavirer ni son regard poignardant qui lisait dans les âmes, ni sa cruelle raison qui semblait toujours aller au fond des choses. Il avait un peu de la majesté fauve et tranquille des tigres.

— Monsieur, je viens toucher cette lettre de change, dit-il à Castanier d'une voix qui se mit en communication avec les fibres du caissier et les atteignit toutes avec une violence comparable à celle d'une décharge électrique.

— La caisse est fermée, répondit Castanier.

— Elle est ouverte, dit l'Anglais en montrant la caisse. Demain est dimanche, et je ne saurais attendre. La somme est de cinq cent mille francs, vous l'avez en caisse, et moi, je la dois.

— Mais, monsieur, comment êtes-vous entré ?

L'Anglais sourit, et son sourire terrifia Castanier. Jamais réponse ne fut ni plus ample ni plus péremptoire que ne le fut le pli dédaigneux et impérial formé par les lèvres de l'étranger. Castanier se retourna, prit cinquante paquets de dix mille francs en billets de banque, et, quand il les offrit à l'étranger qui lui avait jeté une lettre de change acceptée par le baron de Nucingen, il fut pris d'une sorte de tremblement convulsif en voyant les rayons rouges qui sortaient des yeux de cet homme, et qui venaient reluire sur la fausse signature de la lettre de crédit.

— Votre... acquit... n'y... est pas, dit Castanier en retournant la lettre de change.

— Passez-moi votre plume, dit l'Anglais.

Castanier présenta la plume dont il venait de se servir pour son faux. L'étranger signa JOHN MELMOTH [11], puis il remit le papier et la plume au caissier. Pendant que Castanier regardait l'écriture de l'inconnu, laquelle allait de droite à gauche à la manière orientale, Melmoth disparut, et fit si peu de bruit que quand le caissier leva la tête, il laissa échapper un cri en ne voyant plus cet homme, et en ressentant les douleurs que notre imagination suppose devoir être produites par l'empoisonnement. La plume dont Melmoth s'était servi lui causait dans les entrailles une sensation chaude et remuante assez semblable à celle que donne l'émétique. Comme il semblait impossible à Castanier que cet Anglais eût deviné son crime, il attribua cette souffrance intérieure à la palpitation que, suivant les idées reçues, doit procurer *un mauvais coup* au moment où il se fait.

— Au diable ! je suis bien bête. Dieu me protège, car si cet animal s'était adressé demain à ces messieurs, j'étais *cuit !* se dit Castanier en jetant dans le poêle les fausses lettres inutiles qui s'y consumèrent.

Il cacheta celle dont il voulait se servir, prit dans la caisse cinq cent mille francs en billets et en *bank-notes,* la ferma, mit tout en ordre, prit son chapeau, son parapluie, éteignit la lampe après avoir allumé son bougeoir, et sortit tranquillement pour aller, suivant son habitude quand le baron était absent, remettre une des deux clefs de la caisse à madame de Nucingen.

— Vous êtes bien heureux, monsieur Castanier, lui dit la femme du banquier en le voyant entrer chez elle, nous avons une fête lundi, vous pourrez aller à la campagne, à Soisy.

— Voudrez-vous avoir la bonté, madame, de dire à Nucingen que la lettre de change des Watschildine, qui était en retard, vient de se présenter ? Les cinq cent mille francs sont payés. Ainsi, je ne reviendrai pas avant mardi, vers midi.

— Adieu, monsieur, bien du plaisir.

— Et vous, *idem*, madame, répondit le vieux dragon en regardant un jeune homme alors à la mode nommé Rastignac qui passait pour être l'amant de madame de Nucingen.

— Madame, dit le jeune homme, ce gros père-là m'a l'air de vouloir vous jouer quelque mauvais tour.

— Ah ! bah ! c'est impossible, il est trop bête.

— Piquoizeau, dit le caissier en entrant dans la loge, pourquoi donc laisses-tu monter à la caisse passé quatre heures ?

— Depuis quatre heures, dit le concierge, j'ai fumé ma pipe sur le pas de la porte, et personne n'est entré dans les bureaux. Il n'en est même sorti que ces messieurs...

— Es-tu sûr de ce que tu dis ?

— Sûr comme de *ma* propre honneur. Il est venu seulement à quatre heures l'ami de monsieur Werbrust, un jeune homme de chez messieurs du Tillet et compagnie, rue Joubert [12].

— Bon ! dit Castanier qui sortit vivement. La

chaleur émétisante que lui avait communiquée sa plume prenait de l'intensité. — Mille diables ! pensait-il en enfilant le boulevard de Gand, ai-je bien pris mes mesures ? Voyons ! Deux jours francs, dimanche et lundi : puis, un jour d'incertitude avant qu'on ne me cherche, ces délais me donnent trois jours et quatre nuits. J'ai deux passeports et deux déguisements différents, n'est-ce pas à dérouter la police la plus habile ? Je toucherai donc mardi matin un million à Londres, au moment où l'on n'aura pas encore ici le moindre soupçon. Je laisse ici mes dettes pour le compte de mes créanciers, qui mettront un P [13] dessus, et je me trouverai, pour le reste de mes jours, heureux en Italie, sous le nom du comte Ferraro, ce pauvre colonel que moi seul ai vu mourir dans les marais de Zembin [14], et de qui je chausserai la pelure. Mille diables, cette femme que je vais traîner après moi pourrait me faire reconnaître ! Une vieille moustache comme moi, s'enjuponner, s'acoquiner à une femme !... pourquoi l'emmener ? il faut la quitter. Oui, j'en aurai le courage. Mais je me connais, je suis assez bête pour revenir à elle. Cependant personne ne connaît Aquilina. L'emmènerai-je ? ne l'emmènerai-je pas ?

— Tu ne l'emmèneras pas ! lui dit une voix qui lui troubla les entrailles.

Castanier se retourna brusquement et vit l'Anglais.

— Le diable s'en mêle donc ! s'écria le caissier à haute voix.

Melmoth avait déjà dépassé sa victime. Si le premier mouvement de Castanier fut de chercher querelle à un homme qui lisait ainsi dans son âme, il était en proie à tant de sentiments contraires, qu'il en résultait une sorte d'inertie momentanée, il reprit donc son allure, et retomba dans cette fièvre de pensée naturelle à un homme assez vivement emporté par la passion pour commettre un crime, mais qui n'avait pas la force de le porter en lui-même sans de cruelles agitations. Aussi, quoique décidé à recueillir le fruit d'un crime à moitié consommé, Castanier hésitait-il encore à poursuivre son entreprise, comme font la plupart des hommes à caractère mixte, chez lesquels il se rencontre autant de force que de faiblesse, et qui peuvent être déterminés aussi bien à rester purs qu'à devenir criminels, suivant la pression des plus légères circonstances. Il s'est trouvé dans le ramas d'hommes enrégimentés par Napoléon beaucoup de gens qui, semblables à Castanier, avaient le courage tout physique du champ de bataille, sans avoir le courage moral qui rend un homme aussi grand dans le crime qu'il pourrait l'être dans la vertu. La lettre de crédit était conçue en de tels termes, qu'à son arrivée à Londres il devait toucher vingt-cinq mille livres sterling chez Watschildine, le correspondant de la maison de Nucingen, avisé déjà du payement par lui-même ; son passage était retenu par un agent pris à Londres au hasard, sous le nom du comte Ferraro, à bord d'un vaisseau qui menait de Portsmouth en Italie une riche famille anglaise. Les plus petites circonstances avaient été prévues. Il s'était arrangé pour se faire chercher à la fois en Belgique et en Suisse pendant qu'il serait en mer. Puis, quand Nucingen pourrait croire être sur ses traces, il espérait avoir gagné Naples, où il comptait vivre sous un faux nom, à la faveur d'un déguisement si complet, qu'il s'était déterminé à changer son visage en y simulant à l'aide d'un acide les ravages de la petite vérole. Malgré toutes ces précautions qui semblaient devoir lui assurer l'impunité, sa conscience le tourmentait. Il avait peur. La vie douce et paisible qu'il avait long-temps menée avait purifié ses mœurs soldatesques. Il était probe encore, il ne se souillait pas sans regret. Il se laissait donc aller pour une dernière fois à toutes les impressions de la bonne nature qui regimbait en lui.

— Bah ! se dit-il au coin du boulevard et de la rue Montmartre, un fiacre me mènera ce soir à Versailles au sortir du spectacle. Une chaise de poste m'y attend chez mon vieux maréchal-des-logis, qui me garderait le secret sur ce départ en présence de douze soldats prêts à le fusiller s'il refusait de répondre. Ainsi, je ne vois aucune chance contre moi. J'emmènerai donc ma petite Naqui, je partirai.

— Tu ne partiras pas, lui dit l'Anglais dont la voix étrange fit affluer au cœur du caissier tout son sang.

Melmoth monta dans un tilbury qui l'attendait, et fut emporté si rapidement que Castanier vit son ennemi secret à cent pas de lui sur la chaussée du boulevard Montmartre, et la montant au grand trot, avant d'avoir eu la pensée de l'arrêter.

— Mais, ma parole d'honneur, ce qui m'arrive est surnaturel, se dit-il. Si j'étais assez bête pour croire en Dieu, je me dirais qu'il a mis saint Michel à mes trousses. Le diable et la police me laisseraient-ils faire pour m'empoigner à temps ? A-t-on jamais vu ! Allons donc, c'est des niaiseries.

Castanier prit la rue du Faubourg-Montmartre, et ralentit sa marche à mesure qu'il avançait vers la rue Richer. Là, dans une maison nouvellement bâtie, au second étage d'un corps de logis donnant sur des jardins, vivait une jeune fille connue dans le quartier sous le nom de madame de La Garde, et qui se trouvait innocemment la cause du crime commis par Castanier. Pour expliquer ce fait et achever de peindre la crise sous laquelle succombait le caissier, il est nécessaire de rapporter succinctement quelques circonstances de sa vie antérieure.

Madame de La Garde, qui cachait son véritable nom à tout le monde, même à Castanier, prétendait être Piémontaise. C'était une de ces jeunes filles qui, soit par la misère la plus profonde, soit par défaut de travail ou par l'effroi de la mort, souvent aussi par la trahison d'un premier amant, sont poussées à prendre un métier que la plupart d'entre elles font avec dégoût, beaucoup avec insouciance, quelques-unes pour obéir aux lois de leur constitution. Au moment de se jeter dans le gouffre de la prostitution parisienne, à l'âge de seize ans, belle et pure comme une Madone, celle-ci rencontra Castanier. Trop mal léché pour avoir des succès dans le monde, fatigué d'aller tous les soirs le long des boulevards à la chasse d'une bonne fortune payée, le vieux dragon désirait depuis long-temps mettre un certain ordre dans l'irrégularité de ses mœurs. Saisi par la beauté de cette pauvre enfant, que le hasard lui mettait entre les bras, il résolut de la sauver du vice à son profit, par une pensée autant égoïste que bienfaisante, comme le sont quelques pensées des hommes les meilleurs. Le naturel est souvent bon, l'État social y mêle son mauvais, de là proviennent certaines intentions mixtes pour lesquelles le juge doit se montrer indulgent. Castanier avait précisément assez d'esprit pour être rusé quand ses intérêts étaient en jeu. Donc, il voulut être philanthrope à coup sûr, et fit d'abord de cette fille sa maîtresse. — « Hé ! hé ! se dit-il dans son langage soldatesque, un vieux loup comme moi ne doit pas se laisser cuire par une brebis. Papa Castanier, avant de te mettre en ménage, pousse une reconnaissance dans le moral de la fille, afin de savoir si elle est susceptible d'attache ! » Pendant la première année de cette union illégale, mais qui la plaçait dans la situation la moins répréhensible de toutes celles que réprouve le monde, la Piémontaise prit pour nom de guerre celui d'Aquilina, l'un des personnages de VENISE SAUVÉE [15], tragédie du théâtre anglais qu'elle avait lue par hasard. Elle croyait ressembler à cette courtisane, soit par les sentiments précoces qu'elle se sentait dans le cœur, soit par sa figure, ou par la physionomie générale de sa personne. Quand Castanier lui vit mener la conduite la plus régulière et la plus vertueuse que pût avoir une femme jetée en dehors des lois et des convenances sociales, il lui manifesta le désir de vivre avec elle maritalement. Elle devint alors madame de La Garde, afin de rentrer, autant que le permettaient les usages parisiens, dans les conditions d'un mariage réel. En effet, l'idée fixe de beaucoup de ces pauvres filles consiste à vouloir se faire accepter comme de bonnes bourgeoises, tout bêtement fidèles à leurs maris ; capables d'être d'excellentes mères de famille, d'écrire leur dépense et de raccommoder le linge de la maison. Ce désir procède d'un sentiment si louable, que la Société devrait le prendre en considération. Mais la Société sera certainement incorrigible, et continuera de considérer la femme mariée comme une corvette à laquelle son pavillon et ses papiers permettent de faire la course, tandis que la femme entretenue est le pirate que l'on pend faute de lettres. Le jour où madame de La Garde voulut signer madame Castanier, le caissier se fâcha. — « Tu ne m'aimes donc pas assez pour m'épouser ? » dit-elle. Castanier ne répondit pas, et resta songeur. La pauvre fille se résigna. L'ex-dragon fut au désespoir. Naqui fut touchée de ce désespoir, elle aurait voulu le calmer ; mais, pour le calmer, ne fallait-il pas en connaître la cause ? Le jour où Naqui voulut apprendre ce secret, sans toutefois le demander, le caissier révéla piteusement l'existence d'une certaine madame Castanier, une épouse légitime, mille fois maudite, qui vivait obscurément à Strasbourg sur un petit bien, et à laquelle il écrivait deux fois chaque année, en gardant sur elle un si profond silence que personne ne le savait marié. Pourquoi cette discrétion ? Si la raison en est connue à beaucoup de militaires qui peuvent se trouver dans le même cas, il est peut-être utile de la dire. Le vrai troupier, s'il est permis d'employer ici le mot dont on se sert à l'armée pour désigner les gens destinés à mourir capitaines, ce serf attaché à la glèbe d'un régiment est une créature essentiellement naïve, un Castanier voué par avance aux roueries des mères de famille qui dans les garnisons se trouvent empêchées de filles difficiles à marier. Donc, à Nancy, pendant un de ces instants si courts où les armées impériales se reposaient en France, Castanier eut le malheur de faire attention à une demoiselle avec laquelle il avait dansé dans une de ces fêtes nommées en province des *Redoutes*, qui souvent étaient offertes à la ville par les officiers de la garnison, *et vice versa.* Aussitôt, l'aimable capitaine fut l'objet d'une de ces séductions pour lesquelles les mères trouvent des complices dans le cœur humain en en faisant jouer tous les ressorts, et chez leurs amis qui conspirent avec elles. Semblables aux personnes qui n'ont qu'une idée, ces mères rapportent tout à leur grand projet, dont elles font une œuvre longtemps élaborée, pareille au cornet de sable au fond duquel se tient le formica-leo [16]. Peut-être personne n'entrera-t-il jamais dans ce dédale si bien bâti, peut-être le formica-leo mourra-t-il de faim et de soif ? Mais s'il y entre quelque bête étourdie, elle y restera. Les secrets calculs d'avarice que chaque homme fait en se mariant, l'espérance, les vanités humaines, tous les fils par lesquels marche un capitaine, furent attaqués chez Castanier. Pour son malheur, il avait vanté la fille à la mère en la lui ramenant après une valse, il s'ensuivit une causerie au bout de laquelle arriva la plus naturelle des invitations. Une fois amené au logis, le dragon y fut ébloui par la bonhomie d'une maison où la richesse semblait se cacher sous une avarice affectée. Il y devint l'objet d'adroites flatteries, et chacun lui vanta les différents trésors qui s'y trouvaient. Un dîner, à propos servi en vaisselle plate prêtée par un oncle, les attentions d'une fille unique, les cancans de la ville, un sous-lieutenant riche qui faisait mine de vouloir lui couper l'herbe sous le pied ; enfin, les mille pièges des formica-leo de province furent si bien tendus que Castanier disait, cinq ans après : « Je ne sais pas encore comment cela s'est fait ! » Le dragon reçut quinze mille francs de dot et une demoiselle heureusement bréhaigne que deux ans de mariage rendirent la plus laide et conséquemment la plus hargneuse femme de la terre. Le teint de cette fille maintenu blanc par un régime sévère, se couperosa ; la figure, dont les vives couleurs annonçaient une séduisante sagesse, se bourgeonna ; la taille, qui paraissait droite, tourna ; l'ange fut une créature grognarde et soupçonneuse qui fit enrager Castanier ; puis la fortune s'envola. Le dragon, ne reconnaissant plus la femme qu'il avait épousée, consigna celle-là dans un petit bien à Strasbourg, en attendant qu'il plût à Dieu d'en orner le paradis. Ce fut une de ces femmes vertueuses qui, faute d'occasions pour faire autrement, assassinent les anges de leurs plaintes, prient Dieu de manière à l'ennuyer s'il les écoute, et qui disent tout doucettement pis que pendre de leurs maris, quand le soir elles achèvent leur boston avec les voisines. Quand Aquilina connut ces malheurs, elle s'attacha sincèrement à Castanier, et le rendit si heureux par les renaissants plaisirs que son génie de femme lui faisait varier tout en les prodiguant, que, sans le savoir, elle causa la perte du caissier. Comme beaucoup de femmes auxquelles la nature semble avoir donné pour destinée de creuser l'amour jusque dans ses dernières profondeurs, madame de La Garde était désintéressée. Elle ne demandait ni or, ni bijoux, ne pensait jamais à l'avenir, vivait dans le présent, et surtout dans le plaisir. Les riches parures, la toilette, l'équipage si ardemment souhaités par les femmes de sa sorte, elle ne les acceptait que comme une harmonie de plus dans le tableau de la vie. Elle ne les voulait point par vanité, par désir de paraître, mais pour être mieux. D'ailleurs, aucune personne ne se passait plus facilement qu'elle de ces sortes de choses. Quand un homme généreux, comme le sont presque tous les militaires, rencontre une femme de cette trempe, il éprouve au cœur une sorte de rage de se trouver inférieur à elle dans l'échange de la vie. Il se sent capable d'arrêter alors une diligence afin de se procurer de l'argent, s'il n'en a pas assez pour ses prodigalités. L'homme est ainsi fait. Il se rend quelquefois coupable d'un crime pour rester grand et noble devant une femme ou devant un public spécial. Un amoureux ressemble au joueur qui se croirait déshonoré, s'il ne rendait pas ce qu'il emprunte au garçon de salle, et qui commet des monstruosités, dépouille sa femme et ses enfants, vole et tue pour arriver les poches pleines, l'honneur sauf aux yeux du monde qui fréquente la fatale maison. Il en fut ainsi de Castanier. D'abord, il avait mis Aquilina dans un modeste appartement à un quatrième étage, et ne lui avait donné que des meubles extrêmement simples. Mais en découvrant les beautés et les grandes qualités de cette jeune fille, en en recevant de ces plaisirs inouïs qu'aucune expression ne peut rendre, il s'en affola et voulut parer son idole. La mise d'Aquilina contrasta si comiquement avec la misère de son logis que, pour tous deux, il fallut en changer. Ce changement emporta presque toutes les économies de Castanier, qui meubla son appartement semi-conjugal avec le luxe spécial de la fille entretenue. Une jolie femme ne veut rien de laid autour d'elle. Ce qui la distingue entre toutes les femmes est le sentiment de l'homogénéité, l'un des besoins les moins observés de notre nature, et qui conduit les vieilles filles à ne s'entourer que de vieilles choses. Ainsi donc il fallut à cette délicieuse Piémontaise les objets les plus nouveaux, les plus à la mode, tout ce que les marchands avaient de plus coquet, des étoffes tendues, de la soie, des bijoux, des meubles légers et fragiles, de belles porcelaines. Elle ne demanda rien. Seulement quand il fallut choisir, quand Castanier lui disait : — « Que veux-tu ? » elle répondait : — « Mais ceci est mieux ! » L'amour qui économise n'est jamais le véritable amour, Castanier prenait donc tout ce qu'il y avait de mieux. Une fois l'échelle de proportion admise, il fallut que tout, dans ce ménage, se trouvât en harmonie. Ce fut le linge, l'argenterie et les mille accessoires d'une maison montée, la batterie de cuisine, les cristaux, le diable ! Quoique Castanier voulût, suivant une expression connue, faire les choses simplement, il s'endetta progressivement. Une chose en nécessitait une autre. Une pendule voulut deux candélabres. La cheminée ornée demanda son foyer. Les draperies, les tentures furent trop fraîches pour qu'on les laissât noircir par la fumée, il fallut faire poser des cheminées élégantes, nouvellement inventées par des gens habiles en prospectus, et qui promettaient un appareil invincible contre la fumée. Puis Aquilina trouva si joli de courir pieds nus sur le tapis de sa chambre, que Castanier mit partout des tapis pour folâtrer avec Naqui ; enfin il lui fit bâtir une salle de bain, toujours pour qu'elle fût mieux. Les marchands, les ouvriers, les fabricants de Paris ont un art inouï pour agrandir le trou qu'un homme fait à sa bourse ; quand on les consulte, ils ne savent le prix de rien, et le paroxysme du désir ne s'accommode jamais d'un retard, ils se font ainsi faire les commandes dans les ténèbres d'un devis approximatif, puis ils ne donnent jamais leurs mémoires, et entraînent le consommateur dans le tourbillon de la fourniture. Tout est délicieux, ravissant, chacun est satisfait. Quelques mois après, ces complaisants fournisseurs reviennent métamorphosés en totaux d'une horrible exigence ; ils ont des besoins, ils ont des paiements urgents, ils font même soi-disant faillite, ils pleurent et ils touchent ! L'abîme s'entr'ouvre alors en vomissant une colonne de chiffres qui marchent quatre par quatre, quand ils devaient aller innocemment trois par trois. Avant que Castanier connût la somme de ses dépenses, il en était venu à donner à sa maîtresse une remise chaque fois qu'elle sortait, au lieu de la laisser monter en fiacre [17]. Castanier était gourmand, il eut une excellente cuisinière ; et, pour lui plaire, Aquilina le régalait de primeurs, de raretés gastronomiques, de vins choisis qu'elle allait acheter elle-même. Mais n'ayant rien à elle, ses cadeaux si précieux par l'attention, par la délicatesse et la grâce qui les dictaient, épuisaient périodiquement la bourse de Castanier, qui ne voulait pas que sa Naqui restât sans argent, et elle était toujours sans argent ! La table fut donc une source de dépenses considérables, relativement à la fortune du caissier. L'ex-dragon dut recourir à des artifices commerciaux pour se procurer de l'argent, car il lui fut impossible de renoncer à ses jouissances. Son amour pour la femme ne lui avait pas permis de résister aux fantaisies de la maîtresse. Il était de ces hommes qui, soit amour-propre, soit faiblesse, ne savent rien refuser à une femme, et qui éprouvent une fausse honte si violente pour dire : — *Je ne puis... Mes moyens ne me permettent pas... Je n'ai pas d'argent,* qu'ils se ruinent. Donc, le jour où Castanier se vit au fond d'un précipice et que pour s'en retirer il dut quitter cette femme et se mettre au pain et à l'eau, afin d'acquitter ses dettes, il s'était si bien accoutumé à cette femme, à cette vie, qu'il ajourna tous les matins ses projets de réforme. Poussé par les circonstances, il emprunta d'abord. Sa position, ses antécédents lui méritaient une confiance dont il profita pour combiner un système d'emprunt en rapport avec ses besoins. Puis, pour déguiser les sommes auxquelles monta rapidement sa dette, il eut recours à ce que le commerce nomme des *circulations.* C'est des billets qui ne représentent ni marchandises ni valeurs pécuniaires fournies, et que le premier endosseur paie pour le complaisant souscripteur, espèce de faux toléré parce qu'il est impossible à constater, et que d'ailleurs ce dol fantastique ne devient réel que par un non-paiement. Enfin, quand Castanier se vit dans l'impossibilité de continuer ses manœuvres financières, soit par l'accroissement du capital, soit par l'énormité des intérêts, il fallut faire faillite à ses créanciers. Le jour où le déshonneur fut échu, Castanier préféra la faillite frauduleuse à la faillite simple, le crime au délit. Il résolut d'escompter la confiance que lui méritait sa probité réelle, et d'augmenter le nombre de ses créanciers en empruntant, à la façon du célèbre caissier du Trésor-Royal [18], la somme nécessaire pour vivre heureux le reste de ses jours en pays étranger. Et il s'y était pris comme on vient de le voir. Aquilina ne connaissait pas l'ennui de cette vie, elle en jouissait, comme font beaucoup de femmes, sans plus se demander comment venait l'argent, que certaines gens ne se demandent comment poussent les blés en mangeant leur petit pain doré ; tandis que les mécomptes et les soins de l'agriculture sont derrière le four des boulangers, comme sous le luxe inaperçu de la plupart des ménages parisiens, reposent d'écrasants soucis et le plus exorbitant travail.

Au moment où Castanier subissait les tortures de l'incertitude, en pensant à une action qui changeait toute sa vie, Aquilina tranquillement assise au coin de son feu, plongée indolemment dans un grand fauteuil, l'attendait en compagnie de sa femme de chambre. Semblable à toutes les femmes de chambre qui servent ces dames, Jenny était devenue sa confidente, après avoir reconnu combien était inattaquable l'empire que sa maîtresse avait sur Castanier.

— Comment ferons-nous ce soir ? Léon veut absolument venir, disait madame de La Garde en lisant une lettre passionnée écrite sur un papier grisâtre.

— Voilà monsieur, dit Jenny.

Castanier entra. Sans se déconcerter, Aquilina roula le billet, le prit dans ses pincettes et le brûla.

— Voilà ce que tu fais de tes billets doux ? dit Castanier.

— Oh ! mon Dieu, oui, lui répondit Aquilina, n'est-ce pas le meilleur moyen de ne pas les laisser surprendre ? D'ailleurs, le feu ne doit-il pas aller au feu, comme l'eau va à la rivière ?

— Tu dis cela, Naqui, comme si c'était un vrai billet doux.

— Eh ! bien, est-ce que je ne suis pas assez belle pour en recevoir ? dit-elle en tendant son front à Castanier avec une sorte de négligence qui eût appris à un homme moins aveuglé qu'elle accomplissait une espèce de devoir conjugal en faisant de la joie au caissier. Mais Castanier en était arrivé à ce degré de passion inspirée par l'habitude qui ne permet plus de rien voir.

— J'ai ce soir une loge pour le Gymnase[19], reprit-il, dînons de bonne heure pour ne pas dîner en poste[20].

— Allez-y avec Jenny. Je suis ennuyée de spectacle. Je ne sais pas ce que j'ai ce soir, je préfère rester au coin de mon feu.

— Viens tout de même, Naqui, je n'ai plus à t'ennuyer longtemps de ma personne. Oui, Quiqui, je partirai ce soir, et serai quelque temps sans revenir. Je te laisse ici maîtresse de tout. Me garderas-tu ton cœur ?

— Ni le cœur, ni autre chose, dit-elle. Mais, au retour, Naqui sera toujours Naqui pour toi.

— Hé ! bien, voilà de la franchise. Ainsi, tu ne me suivrais point ?

— Non.

— Pourquoi ?

— Eh ! mais, dit-elle en souriant, puis-je abandonner l'amant qui m'écrit de si doux billets ?

Et elle montra par un geste à demi moqueur le papier brûlé.

— Serait-ce vrai ? dit Castanier. Aurais-tu donc un amant ?

— Comment ! reprit Aquilina, vous ne vous êtes donc jamais sérieusement regardé, mon cher ? Vous avez cinquante ans, d'abord ! Puis, vous avez une figure à mettre sur les planches d'une fruitière, personne ne la démentira quand elle voudra la vendre comme un potiron. En montant les escaliers, vous soufflez comme un phoque. Votre ventre se trémousse sur lui-même comme un brillant sur la tête d'une femme ! Tu as beau avoir servi dans les Dragons, tu es un vieux très-laid. Par ma ficque[21], je ne te conseille pas, si tu veux conserver mon estime, d'ajouter à ces qualités celle de la niaiserie, en croyant qu'une fille comme moi se passera de tempérer ton amour asthmatique par les fleurs de quelque jolie jeunesse.

— Tu veux sans doute rire, Aquilina ?

— Eh ! bien, ne ris-tu pas, toi ? Me prends-tu pour une sotte, en m'annonçant ton départ ? — *Je partirai ce soir*, dit-elle en l'imitant. Grand *Lendore*[22], parlerais-tu comme cela si tu quittais ta Naqui ? tu pleurerais comme un veau que tu es.

— Enfin, si je pars, me suis-tu ? demanda-t-il.

— Dis-moi d'abord si ton voyage n'est pas une mauvaise plaisanterie.

— Oui, sérieusement, je pars.

— Eh ! bien, sérieusement, je reste. Bon voyage, mon enfant ! je t'attendrai. Je quitterais plutôt la vie que de laisser mon bon petit Paris.

— Tu ne viendrais pas en Italie, à Naples, y mener une bonne vie, bien douce, luxueuse, avec ton gros bonhomme qui souffle comme un phoque ?

— Non.

— Ingrate !

— Ingrate ? dit-elle en se levant. Je puis sortir à l'instant en n'emportant d'ici que ma personne. Je t'aurai donné tous les trésors que possède une jeune fille, et une chose que tout ton sang ni le mien ne saurait me rendre. Si je pouvais, par un moyen quelconque, en vendant mon éternité par exemple, recouvrer la fleur de mon corps comme j'ai peut-être reconquis celle de mon âme, et me livrer pure comme un lis à mon amant, je n'hésiterais pas un instant ! Par quel dévouement as-tu récompensé le mien ? Tu m'as nourrie et logée par le même sentiment qui porte à nourrir un chien et à le mettre dans une niche, parce qu'il nous garde bien, qu'il reçoit nos coups de pied quand nous sommes de mauvaise humeur, et qu'il nous lèche la main aussitôt que nous le rappelons. Qui de nous deux aura été le plus généreux ?

— Oh ! ma chère enfant, ne vois-tu pas que je plaisante ? dit Castanier. Je fais un petit voyage qui ne durera pas long-temps. Mais tu viendras avec moi au Gymnase, je partirai vers minuit, après t'avoir dit un bon adieu.

— Pauvre chat, tu pars donc ? lui dit-elle en le prenant par le cou pour lui mettre la tête dans son corsage.

— Tu m'étouffes ! cria Castanier le nez dans le sein d'Aquilina.

La bonne fille se pencha vers l'oreille de Jenny : — Va dire à Léon de ne venir qu'à une heure ; si tu ne le trouves pas et qu'il arrive pendant les adieux, tu le garderas chez toi. — Eh ! bien, reprit-elle, en ramenant la tête de Castanier devant la sienne et lui tortillant le bout du nez, allons, toi le plus beau des phoques, j'irai donc avec toi ce soir au théâtre. Mais alors dînons ! tu as un bon petit dîner, tous plats de ton goût.

— Il est bien difficile, dit Castanier, de quitter une femme comme toi !

— Hé ! bien donc, pourquoi t'en vas-tu ? lui demanda-t-elle.

— Ah ! pourquoi ! pourquoi ! il faudrait pour te l'expliquer te dire des choses qui te prouveraient que mon amour pour toi va jusqu'à la folie. Si tu m'as donné ton honneur, j'ai vendu le mien, nous sommes quittes. Est-ce aimer ?

— Qu'est-ce que c'est que ça ? dit-elle. Allons, dis-moi que si j'avais un amant, tu m'aimerais toujours comme un père, ce sera de l'amour ! Allons, dites-le tout de suite, et donnez la patte.

— Je te tuerais, dit Castanier en souriant.

Ils allèrent se mettre à table, et partirent pour le Gymnase après avoir dîné. Quand la première pièce fut jouée, Castanier voulut aller se montrer à quelques personnes de sa connaissance qu'il avait vues dans la salle, afin de détourner le plus long-temps possible tout soupçon sur sa fuite. Il laissa madame de La Garde dans sa loge, qui, suivant ses habitudes modestes, était une baignoire, et il vint se promener dans le foyer. A peine y eut-il fait quelques pas, qu'il rencontra la figure de Melmoth dont le regard lui causa la fade chaleur d'entrailles, la terreur qu'il avait déjà ressenties, et ils arrivèrent en face l'un de l'autre.

— Faussaire ! cria l'Anglais.

En entendant ce mot, Castanier regarda les gens qui se promenaient. Il crut apercevoir un étonnement mêlé de curiosité sur leurs figures, il voulut se défaire de cet Anglais à l'instant même, et leva la main pour lui donner un soufflet ; mais il se sentit le bras paralysé par une puissance invincible qui s'empara de sa force et le cloua sur la place ; il laissa l'étranger lui prendre le bras, et tous deux ils marchèrent ensemble dans le foyer, comme deux amis.

— Qui donc est assez fort pour me résister ? lui dit l'Anglais. Ne sais-tu pas que tout ici-bas doit m'obéir, que je puis tout ? Je lis dans les cœurs, je vois l'avenir, je sais le passé. Je suis ici, et je puis être ailleurs ! Je ne dépends ni du temps, ni de l'espace, ni de la distance. Le monde est mon serviteur. J'ai la faculté de toujours jouir, et de donner toujours le bonheur. Mon œil perce les murailles, voit les trésors, et j'y puise à pleines mains. A un signe de ma tête, des palais se bâtissent et mon architecte ne se trompe jamais. Je puis faire éclore des fleurs sur tous les terrains, entasser des pierreries, amonceler l'or, me procurer des femmes toujours nouvelles ; enfin, tout me cède. Je pourrais jouer à la Bourse à coup sûr, si l'homme qui sait trouver l'or là où les avares l'enterrent avait besoin de puiser dans la bourse des autres. Sens donc, pauvre misérable voué à la honte, sens donc la puissance de la serre qui te tient. Essaie de faire plier ce bras de fer ! amollis ce cœur de diamant ! ose t'éloigner de moi ! Quand tu serais au fond des caves qui sont sous la Seine, n'entendrais-tu pas ma voix ? Quand tu irais dans les catacombes ne me verrais-tu pas ? Ma voix domine le bruit de la foudre, mes yeux luttent de clarté avec le soleil, car je suis l'égal de *Celui qui porte la lumière*. Castanier entendait ces terribles paroles, rien en lui ne les contredisait, et il marchait à côté de l'Anglais sans qu'il pût s'en éloigner. — Tu m'appartiens, tu viens de commettre un crime. J'ai donc enfin trouvé le compagnon que je cherchais. Veux-tu savoir ta destinée ?

Ha ! ha ! tu comptais voir un spectacle, il ne te manquera pas, tu en auras deux. Allons, présente-moi à madame de La Garde comme un de tes meilleurs amis. Ne suis-je pas ta dernière espérance ?

Castanier revint à sa loge suivi de l'étranger, qu'il s'empressa de présenter à madame de La Garde, suivant l'ordre qu'il venait de recevoir. Aquilina ne parut point surprise de voir Melmoth. L'Anglais refusa de se mettre sur le devant de la loge, et voulut que Castanier y restât avec sa maîtresse. Le plus simple désir de l'Anglais était un ordre auquel il fallait obéir. La pièce qu'on allait jouer était la dernière. Alors les petits théâtres ne donnaient que trois pièces. Le Gymnase avait à cette époque un acteur qui lui assurait la vogue. Perlet allait jouer *le Comédien d'Étampes*[23], vaudeville où il remplissait quatre rôles différents. Quand la toile se leva, l'étranger étendit la main sur la salle. Castanier poussa un cri de terreur qui s'arrêta dans son gosier dont les parois se collèrent, car Melmoth lui montra du doigt la scène, en lui faisant comprendre ainsi qu'il avait ordonné de changer le spectacle. Le caissier vit le cabinet de Nucingen, son patron y était en conférence avec un employé supérieur de la préfecture de police qui lui expliquait la conduite de Castanier, en le prévenant de la soustraction faite à sa caisse, du faux commis à son préjudice et de la fuite de son caissier. Une plainte était aussitôt dressée, signée, et transmise au procureur du roi. — « Croyez-vous qu'il sera temps encore ? disait Nucingen. — Oui, répondit l'agent, il est au Gymnase, et ne se doute de rien. »

Castanier s'agita sur sa chaise, et voulut s'en aller ; mais la main que Melmoth lui appuyait sur l'épaule le forçait à rester, par un effet de l'horrible puissance dont nous sentons les effets dans le cauchemar. Cet homme était le cauchemar même, et pesait sur Castanier comme une atmosphère empoisonnée. Quand le pauvre caissier se retournait pour implorer cet Anglais, il rencontrait un regard de feu qui vomissait des courants électriques, espèces de pointes métalliques par lesquelles Castanier se sentait pénétré, traversé de part en part, et cloué.

— Que t'ai-je fait ? disait-il dans son abattement et en haletant comme un cerf au bord d'une fontaine, que veux-tu de moi ?

— Regarde ? lui cria Melmoth.

Castanier regarda ce qui se passait sur la scène. La décoration avait été changée, le spectacle était fini, Castanier se vit lui-même sur la scène descendant de voiture avec Aquilina ; mais au moment où il entrait dans la cour de sa maison, rue Richer, la décoration changea subitement encore, et représenta l'intérieur de son appartement. Jenny causait au coin du feu, dans la chambre de sa maîtresse, avec un sous-officier d'un régiment de ligne, en garnison à Paris. — « Il part, disait ce sergent, qui paraissait appartenir à une famille de gens aisés. Je vais donc être heureux à mon aise. J'aime trop Aquilina pour souffrir qu'elle appartienne à ce vieux crapaud ! Moi j'épouserai madame de La Garde ! s'écriait le sergent. »

— Vieux crapaud ! se dit douloureusement Castanier.

— « Voilà madame et monsieur, cachez-vous ! Tenez, mettez-vous là, monsieur Léon, lui disait Jenny. Monsieur ne doit pas rester long-temps. » Castanier voyait le sous-officier se mettant derrière les robes d'Aquilina dans le cabinet de toilette. Castanier rentra bientôt lui-même en scène, et fit ses adieux à sa maîtresse qui se moquait de lui dans ses *à parte* avec Jenny, tout en lui disant les paroles les plus douces et les plus caressantes. Elle pleurait d'un côté, riait de l'autre. Les spectateurs faisaient répéter les couplets.

— Maudite femme ! criait Castanier dans sa loge.

Aquilina riait aux larmes en s'écriant : — Mon Dieu ! Perlet est-il drôle en Anglais ! Quoi ! vous seuls dans la salle ne riez pas ? Ris donc, mon chat ! dit-elle au caissier.

Melmoth se mit à rire d'une façon qui fit frissonner le caissier. Ce rire anglais lui tordait les entrailles et lui travaillait la cervelle comme si quelque chirurgien le trépanait avec un fer brûlant.

— Ils rient, ils rient, disait convulsivement Castanier.

En ce moment, au lieu de voir la pudibonde *lady* que représentait si comiquement Perlet, et dont le parler anglo-français faisait pouffer de rire toute la salle, le caissier se voyait fuyant la rue Richer, montant dans un fiacre sur le boulevard, faisant son marché pour aller à Versailles. La scène changeait encore. Il reconnut, au coin de la rue de l'Orangerie et de la rue des Récollets, la petite auberge borgne que tenait son ancien maréchal-des-logis. Il était deux heures du matin, le plus grand silence régnait, personne ne l'épiait, sa voiture était attelée de chevaux de poste, et venait d'une maison de l'avenue de Paris où demeurait un Anglais pour qui elle avait été demandée, afin de détourner les soupçons. Castanier avait ses valeurs et ses passe-ports, il montait en voiture, il partait. Mais à la barrière, Castanier aperçut des gendarmes à pied qui attendaient la voiture. Il jeta un cri affreux que comprima le regard de Melmoth.

— Regarde toujours, et tais-toi ! lui dit l'Anglais.

Castanier se vit en un moment jeté en prison à la Conciergerie. Puis, au cinquième acte de ce drame intitulé *le Caissier*, il s'aperçut, à trois mois de là, sortant de la Cour d'Assises, condamné à vingt ans de travaux forcés. Il jeta un nouveau cri quand il se vit exposé sur la place du Palais de Justice[24], et que le fer rouge du bourreau le marqua. Enfin, à la dernière scène, il était dans la cour de Bicêtre[25], parmi soixante forçats, et attendait son tour pour aller faire river ses fers.

— Mon Dieu ! je n'en puis plus de rire, disait Aquilina. Vous êtes bien sombre, mon chat, qu'avez-vous donc ? ce monsieur n'est plus là.

— Deux mots, Castanier, lui dit Melmoth au moment où la pièce finie madame de La Garde se faisait mettre son manteau par l'ouvreuse.

Le corridor était encombré, toute fuite était impossible.

— Eh ! bien, quoi ?

— Aucune puissance humaine ne peut t'empêcher d'aller reconduire Aquilina, d'aller à Versailles, et d'y être arrêté.

— Pourquoi ?

— Parce que le bras qui te tient, dit l'Anglais, ne te lâchera point.

Castanier aurait voulu pouvoir prononcer quelques paroles pour s'anéantir lui-même et disparaître au fond des enfers.

— Si le démon te demandait ton âme, ne la donnerais-tu pas en échange d'une puissance égale à celle de Dieu ? D'un seul mot, tu restituerais dans la caisse du baron de Nucingen les cinq cent mille francs que tu y as pris. Puis, en déchirant ta lettre de crédit, toute trace de crime serait anéantie. Enfin, tu aurais de l'or à flots. Tu ne crois guère à rien, n'est-ce pas ? Hé bien ! si tout cela arrive, tu croiras au moins au diable.

— Si c'était possible ! dit Castanier avec joie.

— Celui qui peut faire ceci, répondit l'Anglais, te l'affirme.

Melmoth étendit le bras au moment où Castanier, madame de La Garde et lui se trouvaient sur le boulevard. Il tombait alors une pluie fine, le sol était boueux, l'atmosphère était épaisse, et le ciel était noir. Aussitôt que le bras de cet homme fut étendu, le soleil illumina Paris. Castanier se vit, en plein midi, comme par un beau jour de juillet. Les arbres étaient couverts de feuilles, et les Parisiens endimanchés circulaient en deux files joyeuses. Les marchands de coco criaient : — A boire, à la fraîche ! Des équipages brillaient en roulant sur la chaussée. Le caissier jeta un cri de terreur. A ce cri, le boulevard redevint humide et sombre. Madame de La Garde était montée en voiture.

— Mais dépêche-toi donc, mon ami, lui dit-elle, viens ou reste. Vraiment, ce soir, tu es ennuyeux comme la pluie qui tombe.

— Que faut-il faire ? dit Castanier à Melmoth.

— Veux-tu prendre ma place ? lui demanda l'Anglais.

— Oui.

— Eh ! bien, je serai chez toi dans quelques instants.

— Ah ! çà, Castanier, tu n'es pas dans ton assiette ordinaire, lui disait Aquilina. Tu médites quelque mauvais coup, tu étais trop sombre et trop pensif pendant le spectacle. Mon cher ami, te faut-il quelque chose que je puisse te donner ? Parle.

— J'attends, pour savoir si tu m'aimes, que nous soyons arrivés à la maison.

— Ce n'est pas la peine d'attendre, dit-elle en se jetant à son cou, tiens !

Elle l'embrassa fort passionnément en apparence en lui faisant de ces cajoleries qui, chez ces sortes de créatures, deviennent des choses de métier, comme le sont les jeux de scène pour des actrices.

— D'où vient cette musique ? dit Castanier.

— Allons, voilà que tu entends de la musique, maintenant !

— De la musique céleste ! reprit-il. On dirait que les sons viennent d'en haut.

— Comment, toi qui m'as toujours refusé une baignoire aux Italiens, sous prétexte que tu ne pouvais pas souffrir la musique, te voilà mélomane, à cette heure ! Mais tu es fou ! ta musique est dans ta caboche, vieille boule détraquée ! dit-elle en lui prenant la tête et la faisant rouler sur son épaule. Dis donc, papa, sont-ce les roues de la voiture qui chantent ?

— Écoute donc, Naqui ? si les anges font de la musique au bon Dieu, ce ne peut être que celle dont les accords m'entrent par tous les pores autant que par les oreilles, et je ne sais comment t'en parler, c'est suave comme de l'eau de miel !

— Mais certainement on lui fait de la musique au bon Dieu, car on représente toujours les anges avec des harpes. Ma parole d'honneur, il est fou, se dit-elle en voyant Castanier dans l'attitude d'un mangeur d'opium en extase.

Ils étaient arrivés. Castanier, absorbé par tout ce qu'il venait de voir et d'entendre, ne sachant s'il devait croire ou douter, allait comme un homme ivre, privé de raison. Il se réveilla dans la chambre d'Aquilina où il avait été porté, soutenu par sa maîtresse, par le portier et par Jenny, car il s'était évanoui en sortant de sa voiture.

— Mes amis, mes amis, *il* va venir, dit-il en se plongeant par un mouvement désespéré dans sa bergère au coin du feu.

En ce moment Jenny entendit la sonnette, alla ouvrir, et annonça l'Anglais en disant que c'était un monsieur qui avait rendez-vous avec Castanier. Melmoth se montra soudain, il se fit un grand silence. Il regarda le portier, le portier s'en alla. Il regarda Jenny, Jenny s'en alla.

— Madame, dit Melmoth à la courtisane, permettez-nous de terminer une affaire qui ne souffre aucun retard.

Il prit Castanier par la main, et Castanier se leva. Tous deux allèrent dans le salon sans lumière, car l'œil de Melmoth éclairait les ténèbres les plus épaisses. Fascinée par le regard étrange de l'inconnu, Aquilina demeura sans force, et incapable de songer à son amant, qu'elle croyait d'ailleurs enfermé chez sa femme de chambre, tandis que, surprise par le prompt retour de Castanier, Jenny l'avait caché dans le cabinet de toilette, comme dans la scène du drame joué pour Melmoth et pour sa victime. La porte de l'appartement se ferma violemment, et bientôt Castanier reparut.

— Qu'as-tu ? lui cria sa maîtresse frappée d'horreur.

La physionomie du caissier était changée. Son teint rouge avait fait place à la pâleur étrange qui rendait l'étranger sinistre et froid. Ses yeux jetaient un feu sombre qui blessait par un éclat insupportable. Son attitude de bonhomie était devenue despotique et fière. La courtisane trouva Castanier maigri, le front lui sembla majestueusement horrible, et le dragon exhalait une influence épouvantable qui pesait sur les autres comme une lourde atmosphère. Aquilina se sentit pendant un moment gênée.

— Que s'est-il passé en si peu de temps entre cet homme diabolique et toi ? demanda-t-elle.

— Je lui ai vendu mon âme. Je le sens, je ne suis plus le même. Il m'a pris mon être, et m'a donné le sien.

— Comment ?

— Tu n'y comprendrais rien. Ha ! dit Castanier froidement, il avait raison, ce démon ! Je vois tout et sais tout. Tu me trompais.

Ces mots glacèrent Aquilina. Castanier alla dans le cabinet de toilette après avoir allumé un bougeoir, la pauvre fille stupéfaite l'y suivit, et son étonnement fut grand lorsque Castanier, ayant écarté les robes accrochées au porte-manteau, découvrit le sous-officier.

— Venez, mon cher, lui dit-il en prenant Léon par le bouton de la redingote et l'amenant dans la chambre.

La Piémontaise, pâle, éperdue, était allée se jeter dans son fauteuil. Castanier s'assit sur la causeuse au coin du feu, et laissa l'amant d'Aquilina debout.

— Vous êtes ancien militaire, lui dit Léon, je suis prêt à vous rendre raison.

— Vous êtes un niais, répondit sèchement Castanier. Je n'ai plus besoin de me battre, je puis tuer qui je veux d'un regard. Je vais vous dire votre fait, mon petit. Pourquoi vous tuerais-je ? Vous avez sur le cou une ligne rouge que je vois. La guillotine vous attend. Oui, vous mourrez en place de Grève[26]. Vous appartenez au bourreau, rien ne peut vous sauver. Vous faites partie d'une Vente de Charbonniers[27]. Vous conspirez contre le gouvernement.

— Tu ne me l'avais pas dit ! cria la Piémontaise à Léon.

— Vous ne savez donc pas, dit le caissier en continuant toujours, que le ministère a décidé ce matin de poursuivre votre association ? Le procureur-général[28] a pris vos noms. Vous êtes dénoncés par des traîtres. On travaille en ce moment à préparer les éléments de votre acte d'accusation.

— C'est donc toi qui l'as trahi ?... dit Aquilina qui poussa un rugissement de lionne et se leva pour venir déchirer Castanier.

— Tu me connais trop pour le croire, répondit Castanier avec un sang froid qui pétrifia sa maîtresse.

— Comment le sais-tu donc ?

— Je l'ignorais avant d'aller dans le salon ; mais, maintenant, je vois tout, je sais tout, je peux tout.

Le sous-officier était stupéfait.

— Hé ! bien, sauve-le, mon ami, s'écria la fille en se jetant aux genoux de Castanier. Sauvez-le, puisque vous pouvez tout ! Je vous aimerai, je vous adorerai, je serai votre esclave au lieu d'être votre maîtresse. Je me vouerai à vos caprices les plus désordonnés, tu feras de moi tout ce que tu voudras. Oui, je trouverai plus que de l'amour pour vous ; j'aurai le dévouement d'une fille pour son père, joint à celui d'une... mais... comprends donc, Rodolphe ! Enfin, quelque violentes que soient mes passions, je serai toujours à toi ! Qu'est-ce que je pourrais dire pour te toucher ? J'inventerai des plaisirs... Je... Mon Dieu ! tiens, quand tu voudras quelque chose de moi, comme de me faire jeter par la fenêtre, tu n'auras qu'à me dire : Léon ! je me précipiterais alors dans l'enfer, j'accepterais tous les tourments, toutes les maladies, tous les chagrins, tout ce que tu m'imposerais !

Castanier resta froid. Pour toute réponse, il montra

Léon en disant avec un rire de démon : — La guillotine l'attend.

— Non, il ne sortira pas d'ici, je le sauverai, s'écria-t-elle. Oui, je tuerai qui le touchera ! Pourquoi ne veux-tu pas le sauver ? criait-elle d'une voix étincelante, l'œil en feu, les cheveux épars. Le peux-tu ?

— Je puis tout.

— Pourquoi ne le sauves-tu pas ?

— Pourquoi ? cria Castanier dont la voix vibra jusque dans les planchers. Hé ! je me venge ! C'est mon métier de mal faire.

— Mourir, reprit Aquilina, lui, mon amant, est-ce possible ?

Elle bondit jusqu'à sa commode, y saisit un stylet qui était dans une corbeille, et vint à Castanier qui se mit à rire.

— Tu sais bien que le fer ne peut plus m'atteindre.

Le bras d'Aquilina se détendit comme une corde de harpe subitement coupée.

— Sortez, mon cher ami, dit le caissier en se retournant vers le sous-officier ; allez à vos affaires.

Il étendit la main, et le militaire fut obligé d'obéir à la force supérieure que déployait Castanier.

— Je suis ici chez moi, je pourrais envoyer chercher le commissaire de police et lui livrer un homme qui s'introduit dans mon domicile, je préfère vous rendre la liberté : je suis un démon, je ne suis pas un espion.

— Je le suivrai, dit Aquilina.

— Suis-le, dit Castanier. Jenny ?...

Jenny parut.

— Envoyez le portier leur chercher un fiacre.

— Tiens, Naqui, dit Castanier en tirant de sa poche un paquet de billets de banque, tu ne quitteras pas, comme une misérable, un homme qui t'aime encore.

Il lui tendit trois cent mille francs, Aquilina les prit, les jeta par terre, cracha dessus en les piétinant avec la rage du désespoir, en lui disant : — Nous sortirons tous deux à pied, sans un sou de toi. Reste, Jenny.

— Bonsoir ! reprit le caissier en ramassant son argent. Moi, je suis revenu de voyage. — Jenny, dit-il en regardant la femme de chambre ébahie, tu me parais bonne fille. Te voilà sans maîtresse, viens ici ?... pour ce soir, tu auras un maître.

Aquilina, se défiant de tout, s'en alla promptement avec le sous-officier chez une de ses amies. Mais Léon était l'objet des soupçons de la police, qui le faisait suivre partout où il allait. Aussi fut-il arrêté quelque temps après, avec ses trois amis, comme le dirent les journaux du temps.

Le caissier se sentit changé complètement au moral comme au physique. Le Castanier, tour à tour enfant, jeune, amoureux, militaire, courageux, trompé, marié, désillusionné, caissier, passionné, criminel par amour, n'existait plus. Sa forme intérieure avait éclaté. En un moment, son crâne s'était élargi, ses sens avaient grandi. Sa pensée embrassa le monde, il en vit les choses comme s'il eût été placé à une hauteur prodigieuse. Avant d'aller au spectacle, il éprouvait pour Aquilina la passion la plus insensée, plutôt que de renoncer à elle il aurait fermé les yeux sur ses infidélités, ce sentiment aveugle s'était dissipé comme une nuée se fond sous les rayons du soleil. Heureuse de succéder à sa maîtresse, et d'en posséder la fortune, Jenny fit tout ce que voulait le caissier. Mais Castanier, qui avait le pouvoir de lire dans les âmes, découvrit le motif véritable de ce dévouement purement physique. Aussi s'amusa-t-il de cette fille avec la malicieuse avidité d'un enfant qui, après avoir exprimé le jus d'une cerise, en lance le noyau. Le lendemain, au moment où, pendant le déjeuner, elle se croyait dame et maîtresse au logis, Castanier lui répéta mot à mot, pensée à pensée, ce qu'elle se disait à elle-même, en buvant son café.

— Sais-tu ce que tu penses, ma petite ? lui dit-il en souriant, le voici : « Ces beaux meubles en bois de palissandre que je désirais tant, et ces belles robes que j'essayais, sont donc à moi ! Il ne m'en a coûté que des bêtises que madame lui refusait, je ne sais pas pourquoi. Ma foi, pour aller en carrosse, avoir des parures, être au spectacle dans une loge, et me faire des rentes, je lui donnerais bien des plaisirs à l'en faire crever, s'il n'était pas fort comme un Turc. Je n'ai jamais vu d'homme pareil ! » — Est-ce bien cela ? reprit-il d'une voix qui fit pâlir Jenny. Eh ! bien, oui, ma fille, tu n'y tiendrais pas, et c'est pour ton bien que je te renvoie, tu périrais à la peine. Allons, quittons-nous bons amis.

Et il la congédia froidement en lui donnant une fort légère somme.

Le premier usage que Castanier s'était promis de faire du terrible pouvoir qu'il venait d'acheter, au prix de son éternité bienheureuse, était la satisfaction pleine et entière de ses goûts. Après avoir mis ordre à ses affaires, et rendu facilement ses comptes à monsieur de Nucingen qui lui donna pour successeur un bon Allemand, il voulut une bacchanale digne des beaux jours de l'empire romain, et s'y plongea désespérément comme Balthazar à son dernier festin. Mais, comme Balthazar, il vit distinctement une main pleine de lumière qui lui traça son arrêt au milieu de ses joies, non pas sur les murs étroits d'une salle[29], mais sur les parois immenses où se dessine l'arc-en-ciel. Son festin ne fut pas en effet une orgie circonscrite aux bornes d'un banquet, ce fut une dissipation de toutes les forces et de toutes les jouissances. La table était en quelque sorte la terre même qu'il sentait trembler sous ses pieds. Ce fut la dernière fête d'un dissipateur qui ne ménage plus rien. En puisant à pleines mains dans le trésor des voluptés humaines dont la clef lui avait été remise par le Démon, il en atteignit promptement le fond. Cette énorme puissance, en un instant appréhendée, fut en un instant exercée, jugée, usée. Ce qui était tout, ne fut rien. Il arrive souvent que la possession tue les plus immenses poèmes du désir, aux rêves duquel l'objet possédé répond rarement. Ce triste dénoûment de quelques passions était celui que cachait l'omnipotence de Melmoth. L'inanité de la nature humaine fut soudain révélée à son successeur, auquel la suprême puissance apporta le néant pour dot. Afin de bien comprendre la situation bizarre dans laquelle se trouva Castanier, il faudrait pouvoir en apprécier par la pensée les rapides révolutions, et concevoir combien elles eurent peu de durée, ce dont il est difficile de donner une idée à ceux qui restent emprisonnés par les lois du temps, de l'espace et des distances. Ses facultés agrandies avaient changé les rapports qui existaient auparavant entre le monde et lui. Comme Melmoth, Castanier pouvait en quelques instants être dans les riantes vallées de l'Hindoustan, passer sur les ailes des démons à travers les déserts de l'Afrique, et glisser sur les mers. De même que sa lucidité lui faisait tout pénétrer à l'instant où sa vue se portait sur un objet matériel ou dans la pensée d'autrui, de même sa langue happait pour ainsi dire toutes les saveurs d'un coup. Son plaisir ressemblait au coup de hache du despotisme, qui abat l'arbre pour en avoir les fruits[30]. Les transitions, les alternatives qui mesurent la joie, la souffrance, et varient toutes les jouissances humaines, n'existaient plus pour lui. Son palais, devenu sensitif outre mesure, s'était blasé tout à coup en se rassasiant de tout. Les femmes et la bonne chère furent deux plaisirs si complètement assouvis, du moment où il put les goûter de manière à se trouver au delà du plaisir, qu'il n'eut plus envie ni de manger, ni d'aimer. Se sachant maître de toutes les femmes qu'il souhaiterait, et se sachant armé d'une force qui ne devait jamais faillir, il ne voulait plus de femmes ; en les trouvant par avance soumises à ses caprices les plus désordonnés, il se sentait une horrible soif d'amour, et les désirait plus aimantes qu'elles ne pouvaient l'être. Mais la seule chose que lui refusait le monde, c'était la foi, la prière, ces deux onctueuses et consolantes amours. On lui obéissait. Ce fut un horrible état. Les torrents de douleurs, de plaisirs et de pensées qui secouaient son corps et son âme eussent emporté la créature humaine la plus forte ; mais il y avait en lui une puissance de vie proportionnée à la vigueur des sensations qui l'assaillaient. Il sentit en dedans de lui quelque chose d'immense que la terre ne satisfaisait plus. Il passait la journée à étendre ses ailes, à vouloir traverser les sphères lumineuses dont il avait une intuition nette et désespérante. Il se dessécha intérieurement, car il eut soif et faim de choses qui ne se buvaient ni ne se mangeaient, mais qui l'attiraient irrésistiblement. Ses lèvres devinrent ardentes de désir, comme l'étaient celles de Melmoth, et il haletait après l'INCONNU, car il connaissait tout. En voyant le principe et le mécanisme du monde, il n'en admirait plus les résultats, et manifesta bientôt ce dédain profond qui rend l'homme supérieur semblable à un sphinx qui sait tout, voit tout, et garde une silencieuse immobilité. Il ne se sentait pas la moindre velléité de communiquer sa science aux autres hommes. Riche de toute la terre, et pouvant la franchir d'un bond, la richesse et le pouvoir ne signifièrent plus rien pour lui. Il éprouvait cette horrible mélancolie de la suprême puissance à laquelle Satan et Dieu ne remédient que par une activité dont le secret n'appartient qu'à eux. Castanier n'avait pas, comme son maître, l'inextinguible puissance de haïr et de mal faire ; il se sentait démon, mais démon à venir, tandis que Satan est démon pour l'éternité ; rien ne le peut racheter, il le sait, et alors il se plaît à remuer avec sa triple fourche les mondes comme un fumier, en y tracassant les desseins de Dieu. Pour son malheur, Castanier conservait une espérance. Ainsi tout à coup, en un moment, il put aller d'un pôle à l'autre, comme un oiseau vole désespérément entre les deux côtés de sa cage ; mais, après avoir fait ce bond, comme l'oiseau, il vit des espaces immenses. Il eut de l'infini une vision qui ne lui permit plus de considérer les choses humaines comme les autres hommes les considèrent. Les insensés qui souhaitent la puissance des démons, la jugent avec leurs idées d'hommes, sans prévoir qu'ils endosseront les idées du démon en prenant son pouvoir, qu'ils resteront hommes, et au milieu d'êtres qui ne peuvent plus les comprendre. Le Néron inédit qui rêve de faire brûler Paris pour sa distraction, comme on donne au théâtre le spectacle fictif d'un incendie, ne se doute pas que Paris deviendra pour lui ce qu'est pour un voyageur pressé, la fourmilière qui borde un chemin. Les sciences furent pour Castanier ce qu'est un logogriphe pour celui qui en sait le mot. Les rois, les gouvernements lui faisaient pitié. Sa grande débauche fut donc, en quelque sorte, un déplorable adieu à sa condition d'homme. Il se sentit à l'étroit sur la terre, car son infernale puissance le faisait assister au spectacle de la création dont il entrevoyait les causes et la fin. En se voyant exclus de ce que les hommes ont nommé le ciel dans tous leurs langages, il ne pouvait plus penser qu'au ciel. Il comprit alors le dessèchement intérieur exprimé sur la face de son prédécesseur, il mesura l'étendue de ce regard allumé par un espoir toujours trahi, il éprouva la soif qui brûlait cette lèvre rouge, et les angoisses d'un combat perpétuel entre deux natures agrandies. Il pouvait être encore un ange, il se trouvait un démon. Il ressemblait à la suave créature emprisonnée par le mauvais vouloir d'un enchanteur dans un corps difforme, et qui, prise sous la cloche d'un pacte, avait besoin de la volonté d'autrui pour briser une détestable enveloppe détestée. De même que l'homme vraiment grand n'en a que plus d'ardeur à chercher l'infini du sentiment dans un cœur de femme, après une déception ; de même Castanier se trouva tout à coup sous le poids d'une seule idée, idée qui peut-être était la clef des mondes supérieurs. Par cela seul qu'il avait renoncé à son éternité bienheureuse, il ne pensait plus qu'à l'avenir de ceux qui prient et qui croient. Quand, au sortir de la débauche où il prit possession de son pouvoir, il sentit l'étreinte de ce sentiment, il connut les douleurs que les poètes sacrés, les apôtres et les grands oracles de la foi nous ont dépeintes en des termes si gigantesques. Harponné par l'épée flamboyante de laquelle il sentait la pointe dans ses reins, il courut chez Melmoth, afin de voir ce qu'il advenait de son prédécesseur. L'Anglais demeurait rue Férou, près Saint-Sulpice, dans un hôtel sombre, noir, humide et froid. Cette rue, ouverte au nord, comme toutes celles qui tombent perpendiculairement sur la rive gauche de la Seine, est une des rues les plus tristes de Paris, et son caractère réagit sur les maisons qui la bordent. Quand Castanier fut sur le seuil de la porte, il la vit tendue de noir, la voûte était également drapée. Sous cette voûte, éclataient les lumières d'une chapelle ardente. On y avait élevé un cénotaphe temporaire, de chaque côté duquel se tenait un prêtre.

— Il ne faut pas demander à monsieur pourquoi il vient, dit à Castanier une vieille portière, vous ressemblez trop à ce pauvre cher défunt. Si donc vous êtes son frère, vous arrivez trop tard pour lui dire adieu. Ce brave gentilhomme est mort avant-hier dans la nuit.

— Comment est-il mort ? demanda Castanier à l'un des prêtres.

— Soyez heureux, lui répondit un vieux prêtre en soulevant un côté des draps noirs qui formaient la chapelle.

Castanier vit une de ces figures que la foi rend sublimes et par les pores de laquelle l'âme semble sortir pour rayonner sur les autres hommes et les échauffer par les sentiments d'une charité persistante. Cet homme était le confesseur de *sir* John Melmoth.

— Monsieur votre frère, dit le prêtre en continuant, a fait une fin digne d'envie, et qui a dû réjouir les anges. Vous savez quelle joie répand dans les cieux la conversion d'une âme pécheresse. Les pleurs de son repentir excités par la grâce ont coulé sans tarir, la mort seule a pu les arrêter. L'Esprit saint était en lui. Ses paroles ardentes et vives ont été dignes du Roi prophète. Si jamais, dans le cours de ma vie, je n'ai entendu de confession plus horrible que celle de ce gentilhomme irlandais, jamais aussi n'ai-je entendu de prières plus enflammées. Quelque grandes qu'aient été ses fautes, son repentir en a comblé l'abîme en un moment. La main de Dieu s'est visiblement étendue sur lui, car il ne ressemblait plus à lui-même, tant il est devenu saintement beau. Ses yeux si rigides se sont adoucis dans les pleurs. Sa voix si vibrante, et qui effrayait, a pris la grâce et la mollesse qui distinguent les paroles des gens humiliés. Il édifiait tellement les auditeurs par ses discours, que les personnes attirées par le spectacle de cette mort chrétienne, se mettaient à genoux en écoutant glorifier Dieu, parler de ses grandeurs infinies, et raconter les choses du ciel. S'il ne laisse rien à sa famille, il lui a certes acquis le plus grand bien que les familles puissent posséder, une âme sainte qui veillera sur vous tous, et vous conduira dans la bonne voie.

Ces paroles produisirent un effet si violent sur Castanier qu'il sortit brusquement et marcha vers l'église de Saint-Sulpice en obéissant à une sorte de fatalité, le repentir de Melmoth l'avait abasourdi. Vers cette époque, un homme célèbre par son éloquence faisait, le matin, à certains jours, des conférences qui avaient pour but de démontrer les vérités de la religion catholique à la jeunesse de ce siècle proclamée par une autre voix non moins éloquente, indifférente en matière de foi[31]. La conférence devait faire place à l'enterrement de l'Irlandais. Castanier arriva précisément au moment où le prédicateur allait résumer avec cette onction gracieuse, avec cette pénétrante parole qui l'ont illustré, les preuves de notre heureux avenir. L'ancien dragon, sous la peau duquel s'était glissé le démon, se trouvait dans les conditions voulues pour recevoir fructueusement la semence des paroles divines commentées par le prêtre. En effet, s'il est un phénomène constaté, n'est-ce pas le phénomène moral que le peuple a nommé *la foi du charbonnier ?* La force de la croyance se trouve en raison directe du plus ou moins d'usage que l'homme a fait de sa raison. Les gens simples et les soldats sont de ce nombre. Ceux qui ont marché dans la vie sous la bannière de l'instinct, sont beaucoup plus propres à recevoir la lumière que ceux dont l'esprit et le cœur se sont lassés dans les subtilités du monde. Depuis l'âge de seize ans, jusqu'à près de quarante ans, Castanier, homme du midi, avait suivi le drapeau français. Simple cavalier, obligé de se battre le jour, la veille et le lendemain, il devait penser à son cheval avant de songer à lui-même. Pendant son apprentissage militaire, il avait donc eu peu d'heures pour réfléchir à l'avenir de l'homme. Officier, il s'était occupé de ses soldats, et il avait été entraîné de champ de bataille en champ de bataille, sans avoir jamais songé au lendemain de la mort. La vie militaire exige peu d'idées. Les gens incapables de s'élever à ces hautes combinaisons qui embrassent les intérêts de nation à nation, les plans de la politique aussi bien que les plans de campagne, la science du tacticien et celle de l'administrateur, ceux-là vivent dans un état d'ignorance comparable à celle du paysan le plus grossier de la province la moins avancée de France. Ils vont en avant, obéissent passivement à l'âme qui les commande, et tuent les hommes devant eux, comme le bûcheron abat des arbres dans une forêt. Ils passent continuellement d'un état violent qui exige le déploiement des forces physiques à un état de repos, pendant lequel ils réparent leurs pertes. Ils frappent et boivent, ils frappent et mangent, ils frappent et dorment, pour mieux frapper encore. A ce train de tourbillon, les qualités de l'esprit s'exercent peu. Le moral demeure dans sa simplicité naturelle. Quand ces hommes, si énergiques sur le champ de bataille, reviennent au milieu de la civilisation, la plupart de ceux qui sont demeurés dans les grades inférieurs, se montrent sans idées acquises, sans facultés, sans portée. Aussi la jeune génération s'est-elle étonnée de voir ces membres de nos glorieuses et terribles armées, aussi nuls d'intelligence que peut l'être un commis, et simples comme des enfants. A peine un capitaine de la foudroyante garde impériale est-il propre à faire les quittances d'un journal. Quand les vieux soldats sont ainsi, leur âme vierge de raisonnement obéit aux grandes impulsions. Le crime commis par Castanier était un de ces faits qui soulèvent tant de questions que, pour le discuter, le moraliste aurait demandé *la division*, pour employer une expression du langage parlementaire[32]. Ce crime avait été conseillé par la passion, par une de ces sorcelleries féminines si cruellement irrésistibles que nul homme ne peut dire : « — Je ne ferai jamais cela, » dès qu'une syrène est admise dans la lutte et y déploiera ses hallucinations. La parole de vie tomba donc sur une conscience neuve aux vérités religieuses que la Révolution française et la vie militaire avaient fait négliger à Castanier. Ce mot terrible : *Vous serez heureux ou malheureux pendant l'éternité!* le frappa d'autant plus violemment qu'il avait fatigué la terre, qu'il l'avait secouée comme un arbre sans fruit, et que, dans l'omnipotence de ses désirs, il suffisait qu'un point de la terre ou du ciel lui fût interdit, pour qu'il s'en occupât. S'il était permis de comparer de si grandes choses aux niaiseries sociales, il ressemblait à ces banquiers riches de plusieurs millions à qui rien ne résiste dans la société ; mais qui n'étant pas admis aux cercles de la noblesse, ont pour idée fixe de s'y agréger, et ne comptent pour rien tous les privilèges sociaux acquis par eux, du moment où il leur en manque un. Cet homme plus puissant que ne l'étaient les rois de la terre réunis, cet homme qui pouvait, comme Satan, lutter avec Dieu lui-même, apparut appuyé contre un des piliers de l'église Saint-Sulpice, courbé sous le poids d'un sentiment, et s'absorba dans une idée d'avenir, comme Melmoth s'y était abîmé lui-même.

— Il est bien heureux, lui ! s'écria Castanier, il est mort avec la certitude d'aller au ciel.

En un moment, il s'était opéré le plus grand changement dans les idées du caissier. Après avoir été le démon pendant quelques jours, il n'était plus qu'un homme, image de la chute primitive consacrée dans toutes les cosmogonies. Mais, en redevenant petit par la forme, il avait acquis une cause de grandeur, il s'était trempé dans l'infini. La puissance infernale lui avait révélé la puissance divine. Il avait plus soif du ciel qu'il n'avait eu faim des voluptés terrestres si promptement épuisées. Les jouissances que promet le démon ne sont que celles de la terre agrandies, tandis que les voluptés célestes sont sans bornes. Cet homme crut en Dieu. La parole qui lui livrait les trésors du monde ne fut plus rien pour lui, et ces trésors lui semblèrent aussi méprisables que le sont les cailloux aux yeux de ceux qui aiment les diamants ; car il les voyait comme de la verroterie, en comparaison des beautés éternelles de l'autre vie. Pour lui, le bien provenant de cette source était maudit. Il resta plongé dans un abîme de ténèbres et de pensées lugubres en écoutant le service fait pour Melmoth. Le *Dies iræ*[33] l'épouvanta. Il comprit, dans toute sa grandeur, ce cri de l'âme repentante qui tressaille devant la majesté divine. Il fut tout à coup dévoré par l'Esprit saint, comme le feu dévore la paille. Des larmes coulèrent de ses yeux.

— Vous êtes un parent du mort ? lui dit le bedeau.

— Son héritier, répondit Castanier.

— Pour les frais du culte, lui cria le suisse.

— Non, dit le caissier qui ne voulut pas donner à l'église l'argent du démon.

— Pour les pauvres.

— Non.

— Pour les réparations de l'église.

— Non.

— Pour la chapelle de la Vierge.

— Non.

— Pour le séminaire.

— Non.

Castanier se retira, pour ne pas être en butte aux regards irrités de plusieurs gens de l'église. — Pourquoi, se dit-il en contemplant Saint-Sulpice, pourquoi les hommes auraient-ils bâti ces cathédrales gigantesques que j'ai vues en tout pays ? Ce sentiment partagé par les masses, dans tous les temps, s'appuie nécessairement sur quelque chose.

— Tu appelles Dieu quelque chose ? lui disait sa conscience. Dieu ! Dieu ! Dieu !

Ce mot répété par une voix intérieure l'écrasait, mais ses sensations de terreur furent adoucies par les lointains accords de la musique délicieuse qu'il avait entendue déjà vaguement. Il attribua cette harmonie aux chants de l'église, il en mesurait le portail. Mais il s'aperçut, en prêtant attentivement l'oreille, que les sons arrivaient à lui de tous côtés ; il regarda dans la place, et n'y vit point de musiciens. Si cette mélodie apportait dans l'âme les poésies bleues et les lointaines lumières de l'espérance, elle donnait aussi plus d'activité aux remords dont était travaillé le damné qui s'en alla dans Paris, comme vont les gens accablés de douleurs. Il regardait tout sans rien voir, il marchait au hasard à la manière des flâneurs ; il s'arrêtait sans motif, se parlait à lui-même, et ne se fût pas dérangé pour éviter le coup d'une planche ou la roue d'une voiture. Le repentir le livrait insensiblement à cette grâce qui broie tout à la fois doucement et terriblement le cœur. Il eut bientôt dans la physionomie, comme Melmoth, quelque chose de grand, mais de distrait ; une froide expression de tristesse, semblable à celle de l'homme au désespoir, et l'avidité haletante que donne l'espérance ; puis, par-dessus tout, il fut en proie au dégoût de tous les biens de ce bas monde. Son regard effrayant de clarté cachait les plus humbles prières. Il souffrait en raison de sa puissance. Son âme violemment agitée faisait plier son corps, comme un vent impétueux ploie de hauts sapins. Comme son prédécesseur, il ne pouvait pas se refuser à vivre, car il ne voulait pas mourir sous le joug de l'enfer. Son supplice lui devint insupportable. Enfin un matin, il songea que Melmoth le bienheureux lui avait proposé de prendre sa place, et qu'il avait accepté ; que, sans doute, d'autres hommes pourraient l'imiter ; et que, dans une époque dont la fatale indifférence en matière de religion était proclamée par les héritiers de l'éloquence des Pères de l'Église, il devait rencontrer facilement un homme qui se soumît aux clauses de ce contrat pour en exercer les avantages.

— Il est un endroit où l'on cote ce que valent les rois, où l'on soupèse les peuples, où l'on juge les systèmes, où les gouvernements sont rapportés à la mesure de l'écu de cent sous, où les idées, les croyances sont chiffrées, où tout s'escompte, où Dieu même emprunte et donne en garantie ses revenus d'âmes, car le pape y a son compte courant. Si je puis trouver une âme à négocier, n'est-ce pas là ?

Castanier alla joyeux à la Bourse, en pensant qu'il pourrait trafiquer d'une âme comme on y commerce des fonds publics. Un homme ordinaire aurait eu peur qu'on ne s'y moquât de lui ; mais Castanier savait par expérience que tout est sérieux pour l'homme au désespoir. Semblable au condamné à mort qui écouterait un fou s'il venait lui dire qu'en prononçant d'absurdes paroles il pourrait s'envoler à travers la serrure de sa porte, celui qui souffre est crédule et n'abandonne une idée que quand elle a failli, comme la branche qui a cassé sous la main du nageur entraîné. Vers quatre heures Castanier parut dans les groupes qui se formaient après la fermeture du cours des effets publics, et où se faisaient alors les négociations des effets particuliers et les affaires purement commerciales[34]. Il était connu de quelques négociants, et pouvait, en feignant de chercher quelqu'un, écouter les bruits qui couraient sur les gens embarrassés.

— Plus souvent, mon petit, que je te négocierai du Claparon[35] et compagnie ! Ils ont laissé remporter par le garçon de la Banque[36] les effets de leur paiement ce matin, dit un gros banquier dans son langage sans façon. Si tu en as, garde-le.

Ce Claparon était dans la cour, en grande conférence avec un homme connu pour faire des escomptes usuraires. Aussitôt Castanier se dirigea vers l'endroit où se trouvait Claparon, négociant connu pour hasarder de grands coups qui pouvaient aussi bien le ruiner que l'enrichir.

Quand Claparon fut abordé par Castanier, le marchand d'argent venait de le quitter, et le spéculateur avait laissé échapper un geste de désespoir.

— Eh ! bien, Claparon, nous avons cent mille francs à payer à la Banque, et voilà quatre heures ; cela se sait, et nous n'avons plus le temps d'arranger notre petite faillite, lui dit Castanier.

— Monsieur !

— Parlez plus bas, répondit le caissier ; si je vous proposais une affaire où vous pourriez ramasser autant d'or que vous en voudriez...

— Elle ne paierait pas mes dettes, car je ne connais pas d'affaire qui ne veuille un temps de cuisson.

— Je connais une affaire qui vous les ferait payer en un moment, reprit Castanier, mais qui vous obligerait à...

— A quoi ?

— A vendre votre part du paradis. N'est-ce pas une affaire comme une autre ? Nous sommes tous actionnaires dans la grande entreprise de l'éternité.

— Savez-vous que je suis homme à vous souffleter ?... dit Claparon irrité, il n'est pas permis de faire de sottes plaisanteries à un homme dans le malheur.

— Je parle sérieusement, répondit Castanier en prenant dans sa poche un paquet de billets de banque.

— D'abord, dit Claparon, je ne vendrais pas mon âme au diable pour une misère. J'ai besoin de cinq cent mille francs pour aller...

— Qui vous parle de lésiner ? reprit brusquement Castanier. Vous auriez plus d'or que n'en peuvent contenir les caves de la Banque.

Il tendit une masse de billets qui décida le spéculateur.

— Fait ! dit Claparon. Mais comment s'y prendre ?

— Venez là-bas, à l'endroit où il n'y a personne,

répondit Castanier en montrant un coin de la cour.

Claparon et son tentateur échangèrent quelques paroles, chacun le visage tourné contre le mur. Aucune des personnes qui les avaient remarqués ne devina l'objet de cet *à parte*, quoiqu'elles fussent assez vivement intriguées par la bizarrerie des gestes que firent les deux parties contractantes. Quand Castanier revint, une clameur d'étonnement échappa aux boursiers. Comme dans les assemblées françaises où le moindre événement distrait aussitôt, tous les visages se tournèrent vers les deux hommes qui excitaient cette rumeur, et l'on ne vit pas sans une sorte d'effroi le changement opéré chez eux. A la Bourse, chacun se promène en causant, et tous ceux qui composent la foule se sont bientôt reconnus et observés, car la Bourse est comme une grande table de bouillotte où les habiles savent deviner le jeu d'un homme et l'état de sa caisse d'après sa physionomie. Chacun avait donc remarqué la figure de Claparon et celle de Castanier. Celui-ci, comme l'Irlandais, était nerveux et puissant, ses yeux brillaient, sa carnation avait de la vigueur. Chacun s'était émerveillé de cette figure majestueusement terrible en se demandant où ce bon Castanier l'avait prise ; mais Castanier, dépouillé de son pouvoir, apparaissait fané, ridé, vieilli, débile. Il était, en entraînant Claparon, comme un malade en proie à un accès de fièvre, ou comme un thériaki[37] dans le moment d'exaltation que lui donne l'opium ; mais en revenant, il était dans l'état d'abattement qui suit la fièvre, et pendant lequel les malades expirent, ou il était dans l'affreuse prostration que causent les jouissances excessives du narcotisme. L'esprit infernal qui lui avait fait supporter ses grandes débauches était disparu ; le corps se trouvait seul, épuisé, sans secours, sans appui contre les assauts des remords et le poids d'un vrai repentir. Claparon, de qui chacun avait deviné les angoisses, reparaissait au contraire avec des yeux éclatants et portait sur son visage la fierté de Lucifer. La faillite avait passé d'un visage sur l'autre.

— Allez crever en paix, mon vieux, dit Claparon à Castanier.

— Par grâce, envoyez-moi chercher une voiture et un prêtre, le vicaire de Saint-Sulpice, lui répondit l'ancien dragon en s'asseyant sur une borne.

Ce mot : « Un prêtre ! » fut entendu par plusieurs personnes, et fit naître un brouhaha goguenard que poussèrent les boursiers, tous gens qui réservent leur foi pour croire qu'un chiffon de papier, nommé une inscription, vaut un domaine. Le Grand-livre est leur Bible.

— Aurai-je le temps de me repentir ? se dit Castanier d'une voix lamentable qui frappa Claparon.

Un fiacre emporta le moribond. Le spéculateur alla promptement payer ses effets à la Banque. L'impression produite par le soudain changement de physionomie de ces deux hommes fut effacée dans la foule, comme un sillon de vaisseau s'efface sur la mer. Une nouvelle de la plus haute importance excita l'attention du monde négociant. A cette heure où tous les intérêts sont en jeu, Moïse, en paraissant avec ses deux cornes lumineuses, obtiendrait à peine les honneurs d'un calembour, et serait nié par les gens en train de faire des *reports*. Lorsque Claparon eut payé ses effets, la peur le prit. Il fut convaincu de son pouvoir, revint à la Bourse et offrit son marché aux gens embarrassés. L'inscription sur le grand-livre de l'enfer, et les droits attachés à la jouissance d'icelle, mot d'un notaire que se substitua Claparon, fut achetée sept cent mille francs. Le notaire revendit le traité du diable cinq cent mille francs à un entrepreneur en bâtiment, qui s'en débarrassa pour cent mille écus en le cédant à un marchand de fer ; et celui-ci le rétrocéda pour deux cent mille francs à un charpentier. Enfin, à cinq heures, personne ne croyait à ce singulier contrat, et les acquéreurs manquaient faute de foi.

A cinq heures et demie, le détenteur était un peintre en bâtiment qui restait accoté contre la porte de la Bourse provisoire[38], bâtie à cette époque rue Feydeau. Ce peintre en bâtiment, homme simple, ne savait pas ce qu'il avait en lui-même. — *Il était tout chose*, dit-il à sa femme quand il fut de retour au logis.

La rue Feydeau est, comme le savent les flâneurs, une de ces rues adorées des jeunes gens qui, faute d'une maîtresse, épousent tout le sexe. Au premier étage de la maison la plus bourgeoisement décente, demeurait une de ces délicieuses créatures que le ciel se plaît à combler des beautés les plus rares, et qui, ne pouvant être ni duchesses ni reines, parce qu'il y a beaucoup plus de jolies femmes que de titres et de trônes, se contentent d'un agent de change ou d'un banquier de qui elles font le bonheur à prix fixe. Cette bonne et belle fille, appelée Euphrasie, était l'objet de l'ambition d'un clerc de notaire démesurément ambitieux. En effet, le second clerc de maître Crottat, notaire, était amoureux de cette femme comme un jeune homme est amoureux à vingt-deux ans. Ce clerc aurait assassiné le pape et le sacré collège des cardinaux, afin de se procurer une misérable somme de cent louis, réclamée par Euphrasie pour un châle qui lui tournait la tête, et en échange duquel sa femme de chambre l'avait promise au clerc. L'amoureux allait et venait devant les fenêtres de madame Euphrasie, comme vont et viennent les ours blancs dans leur cage, au Jardin-des-Plantes. Il avait sa main droite passée sous son gilet, sur le sein gauche, et voulait se déchirer le cœur, mais il n'en était encore qu'à tordre les élastiques de ses bretelles.

— Que faire pour avoir dix mille francs ? se disait-il, prendre la somme que je dois porter à l'enregistrement pour cet acte de vente. Mon Dieu ! mon emprunt ruinera-t-il l'acquéreur, un homme sept fois millionnaire ? Eh ! bien, demain, j'irai me jeter à ses pieds, je lui dirai : « Monsieur, je vous ai pris dix mille francs, j'ai vingt-deux ans, et j'aime Euphrasie, voilà mon histoire. Mon père est riche, il vous remboursera, ne me perdez pas ! N'avez-vous pas eu vingt-deux ans et une rage d'amour ? » Mais ces fichus propriétaires, ça n'a pas d'âme ! Il est capable de me dénoncer au procureur du roi, au lieu de s'attendrir. Sacredieu ! si l'on pouvait vendre son âme au diable ! Mais il n'y a ni Dieu ni diable, c'est des bêtises, ça ne se voit que dans les livres bleus[39] ou chez les vieilles femmes. Que faire ?

— Si vous voulez vendre votre âme au diable, lui dit le peintre en bâtiment devant qui le clerc avait laissé échapper quelques paroles, vous aurez dix mille francs.

— J'aurai donc Euphrasie, dit le clerc en topant au marché que lui proposa le diable sous la forme d'un peintre en bâtiment.

Le pacte consommé, l'enragé clerc alla chercher le châle, monta chez madame Euphrasie ; et, comme il avait le diable au corps, il y resta douze jours sans en sortir en y dépensant tout son paradis, en ne songeant qu'à l'amour et à ses orgies au milieu desquelles se noyait le souvenir de l'enfer et de ses privilèges.

L'énorme puissance conquise par la découverte de

l'Irlandais, fils du révérend Maturin, se perdit ainsi.

Il fut impossible à quelques orientalistes, à des mystiques, à des archéologues occupés de ces choses, de constater historiquement la manière d'évoquer le démon. Voici pourquoi.

Le treizième jour de ses noces enragées, le pauvre clerc gisait sur son grabat, chez son patron, dans un grenier de la rue Saint-Honoré. La Honte, cette stupide déesse qui n'ose se regarder, s'empara du jeune homme qui devint malade, il voulut se soigner lui-même, et se trompa de dose en prenant une drogue curative due au génie d'un homme bien connu sur les murs de Paris. Le clerc creva donc sous le poids du vif-argent[40], et son cadavre devint noir comme le dos d'une taupe. Un diable avait certainement passé par là, mais lequel ? Était-ce Astaroth ?

— Cet estimable jeune homme a été emporté dans la planète de Mercure, dit le premier clerc à un démonologue allemand qui vint prendre des renseignements sur cette affaire.

— Je le croirais volontiers, répondit l'Allemand.

— Ha !

— Oui, monsieur, reprit l'Allemand, cette opinion s'accorde avec les propres paroles de Jacob Bœhm, en sa quarante-huitième proposition sur la TRIPLE VIE DE L'HOMME, où il est dit que *si Dieu a opéré toutes choses par le* FIAT, *le* FIAT *est la secrète matrice qui comprend et saisit la nature que forme l'esprit né de Mercure et de Dieu.*

— Vous dites, monsieur ?

L'Allemand répéta sa phrase.

— Nous ne connaissons pas, dirent les clercs.

— *Fiat ?...* dit un clerc, *fiat lux !*

— Vous pouvez vous convaincre de la vérité de

cette citation, reprit l'Allemand en lisant la phrase dans la page 75 du Traité de la TRIPLE VIE DE L'HOMME, imprimé en 1809, chez monsieur Migneret, et traduit par un philosophe, grand admirateur de l'illustre cordonnier.

— Ha ! il était cordonnier[41], dit le premier clerc. Voyez-vous ça !

— En Prusse ! reprit l'Allemand.

— Travaillait-il pour le roi ? dit un béotien de second clerc.

— Il aurait dû mettre des béquets[42] à ses phrases, dit le troisième clerc.

— Cet homme est pyramidal, s'écria le quatrième clerc en montrant l'Allemand.

Quoiqu'il fût un démonologue de première force, l'étranger ne savait pas quels mauvais diables sont les clercs ; il s'en alla, ne comprenant rien à leurs plaisanteries, et convaincu que ces jeunes gens trouvaient Bœhm un génie pyramidal.

— Il y a de l'instruction en France, se dit-il.

Paris, 6 mai 1835.

La Maison Nucingen

À MADAME ZULMA CARAUD[1].

N'est-ce pas vous, madame, dont la haute et probe intelligence est comme un trésor pour vos amis, vous qui êtes à la fois pour moi tout un public et la plus indulgente des sœurs, à qui je dois dédier cette œuvre ? daignez l'accepter comme témoignage d'une amitié dont je suis fier. Vous et quelques âmes, belles comme la vôtre, comprendront ma pensée en lisant la Maison Nucingen accollée à César Birotteau. Dans ce contraste n'y a-t-il pas tout un enseignement social ?

DE BALZAC.

Vous savez combien sont minces les cloisons qui séparent les cabinets particuliers dans les plus élégants cabarets de Paris. Chez Véry[2], par exemple, le plus grand salon est coupé en deux par une cloison qui s'ôte et se remet à volonté. La scène n'était pas là, mais dans un bon endroit qu'il ne me convient pas de nommer. Nous étions deux, je dirai donc, comme le Prud'homme de Henri Monnier[3] : « Je ne voudrais pas la compromettre. » Nous caressions les friandises d'un dîner exquis à plusieurs titres, dans un petit salon où nous parlions à voix basse, après avoir reconnu le peu d'épaisseur de la cloison. Nous avions atteint au moment du rôti sans avoir eu de voisins dans la pièce contiguë à la nôtre, où nous n'entendions que les pétillements du feu. Huit heures sonnèrent, il se fit un grand bruit de pieds, il y eut des paroles échangées, les garçons apportèrent des bougies. Il nous fut démontré que le salon voisin était occupé. En reconnaissant les voix, je sus à quels personnages nous avions affaire.

C'était quatre des plus hardis cormorans éclos dans l'écume qui couronne les flots incessamment renouvelés de la génération présente ; aimables garçons dont l'existence est problématique[4], à qui l'on ne connaît ni rentes ni domaines, et qui vivent bien. Ces spirituels *condottieri* de l'Industrie moderne, devenue la plus cruelle des guerres, laissent les inquiétudes à leurs créanciers, gardent les plaisirs pour eux, et n'ont de souci que de leur costume. D'ailleurs braves à fumer, comme Jean Bart, leur cigare sur une tonne de poudre, peut-être pour ne pas faillir à leur rôle ; plus moqueurs que les petits journaux, moqueurs à se moquer d'eux-mêmes ; perspicaces et incrédules, fureteurs d'affaires, avides et prodigues, envieux d'autrui, mais contents d'eux-mêmes ; profonds politiques par saillies, analysant tout, devinant tout, ils n'avaient pas encore pu se faire jour dans le monde où ils voudraient se produire. Un seul des quatre est parvenu, mais seulement au pied de l'échelle. Ce n'est rien que d'avoir de l'argent, et un parvenu ne sait tout ce qui lui manque alors qu'après six mois de flatteries. Peu parleur, froid, gourmé, sans esprit, ce parvenu nommé Andoche Finot, a eu le cœur de se mettre à plat ventre devant ceux qui pouvaient le servir, et la finesse d'être insolent avec ceux dont il n'avait plus besoin. Semblable à l'un des grotesques du ballet de Gustave[5], il est marquis par derrière et vilain par devant. Ce prélat industriel entretient un caudataire, Émile Blondet, rédacteur de journaux, homme de beaucoup d'esprit, mais décousu, brillant, capable, paresseux, se sachant exploité, se laissant faire, perfide, comme il est bon, par caprices ; un de ces hommes que l'on aime et que l'on n'estime pas. Fin comme une soubrette de comédie, incapable de refuser sa plume à qui la lui demande, et son cœur à qui le lui emprunte, Émile est le plus séduisant de ces hommes-filles de qui le plus fantasque de nos gens d'esprit a dit : « Je les aime mieux en souliers de satin qu'en bottes. » Le troisième, nommé Couture, se maintient par la Spéculation. Il ente affaire sur affaire, le succès de l'une couvre l'insuccès de l'autre. Aussi vit-il à fleur d'eau soutenu par la force nerveuse de son jeu, par une coupe roide et audacieuse. Il nage de ci, de là, cherchant dans l'immense mer des intérêts parisiens un îlot assez contestable pour pouvoir s'y loger. Évidemment, il n'est pas à sa place. Quant au dernier, le plus malicieux des quatre, son nom suffira : Bixiou ! Hélas ! ce n'est plus le Bixiou de 1825, mais celui de 1836, le misanthrope bouffon à qui l'on connaît le plus de verve et de mordant, un diable enragé d'avoir dépensé tant d'esprit en pure perte, furieux de ne pas avoir ramassé son épave dans la dernière révolution, donnant son coup de pied à chacun en vrai Pierrot des Funambules[6], sachant son époque et les aventures scandaleuses sur le bout de son doigt, les ornant de ses inventions drolatiques, sautant sur toutes les épaules comme un clown, et tâchant d'y laisser une marque à la façon du bourreau.

Après avoir satisfait aux premières exigences de la gourmandise, nos voisins arrivèrent où nous en étions de notre dîner, au dessert ; et, grâce à notre coite tenue, ils se crurent seuls. A la fumée des cigares, à l'aide du vin de Champagne, à travers les amusements gastronomiques du dessert, il s'entama donc une intime conversation. Empreinte de cet esprit glacial qui roidit les sentiments les plus élastiques, arrête les inspirations les plus généreuses, et donne au rire quelque chose d'aigu, cette causerie pleine de l'âcre ironie qui change la gaîté en ricanerie, accusa l'épuisement d'âmes livrées à elles-mêmes, sans autre but que la satisfaction de l'égoïsme, fruit de la paix où nous vivons. Ce pamphlet contre l'homme que Diderot n'osa pas publier, le *Neveu de Rameau*[7] ; ce livre, débraillé tout exprès pour montrer des plaies, est seul comparable à ce pamphlet dit sans aucune arrière-pensée, où le mot ne respecta même point ce que le penseur discute encore, où l'on ne construisit qu'avec des ruines, où l'on nia tout, où l'on n'admira que ce que le scepticisme adopte : l'omnipotence, l'omniscience, l'omniconvenance de l'argent. Après avoir tiraillé dans le cercle des personnes de connaissance, la Médisance se mit à fusiller les amis intimes. Un signe suffit pour expliquer le désir que j'avais de rester et d'écouter au moment où Bixiou prit la parole, comme on va le voir. Nous entendîmes alors une de ces terribles improvisations qui valent à cet artiste sa réputation auprès de quelques esprits blasés ; et, quoique souvent interrompue, prise et reprise, elle fut sténographiée par ma mémoire. Opinions et forme, tout y est en dehors des conditions littéraires. Mais c'est ce que cela fut : un pot-pourri de choses sinistres qui peint notre temps, auquel l'on ne devrait raconter que de semblables histoires, et j'en laisse d'ailleurs la responsabilité au narrateur principal. La pantomime, les gestes, en rapport avec les fréquents changements de voix par lesquels Bixiou peignait les interlocuteurs mis en scène, devaient être parfaits, car ses trois auditeurs laissaient échapper des exclamations approbatives et des interjections de contentement.

— Et Rastignac t'a refusé ? dit Blondet à Finot.

— Net.

— Mais l'as-tu menacé des journaux, demanda Bixiou.

— Il s'est mis à rire, répondit Finot.

— Rastignac est l'héritier direct de feu de Marsay, il

fera son chemin en politique comme dans le monde, dit Blondet.

— Mais comment a-t-il fait sa fortune, demanda Couture. Il était en 1819 avec l'illustre Bianchon, dans une misérable pension du quartier latin ; sa famille mangeait des hannetons rôtis et buvait le vin du cru, pour pouvoir lui envoyer cent francs par mois ; le domaine de son père ne valait pas mille écus ; il avait deux sœurs et un frère sur les bras, et maintenant...

— Maintenant, il a quarante mille livres de rentes, reprit Finot ; chacune de ses sœurs a été richement dotée, noblement mariée, et il a laissé l'usufruit du domaine à sa mère...

— En 1827, dit Blondet, je l'ai encore vu sans le sou.

— Oh ! en 1827, dit Bixiou.

— Eh ! bien, reprit Finot, aujourd'hui nous le voyons en passe de devenir ministre, pair de France et tout ce qu'il voudra être ! Il a depuis trois ans fini convenablement avec Delphine, il ne se mariera qu'à bonnes enseignes, et il peut épouser une fille noble, lui ! Le gars a eu le bon esprit de s'attacher à une femme riche.

— Mes amis, tenez-lui compte des circonstances atténuantes, dit Blondet, il est tombé dans les pattes d'un homme habile en sortant des griffes de la misère.

— Tu connais bien Nucingen, dit Bixiou, dans les premiers temps, Delphine et Rastignac le trouvaient *bon;* une femme semblait être, pour lui, dans sa maison, un joujou, un ornement. Et voilà ce qui, pour moi, rend cet homme carré de base comme de hauteur : Nucingen ne se cache pas pour dire que sa femme est la représentation de sa fortune, *une chose* indispensable, mais secondaire dans la vie à haute pression des hommes politiques et des grands financiers. Il a dit, devant moi, que Bonaparte avait été bête comme un bourgeois dans ses premières relations avec Joséphine, et qu'après avoir eu le courage de la prendre comme un marchepied, il avait été ridicule en voulant faire d'elle une compagne.

— Tout homme supérieur doit avoir, sur les femmes, les opinions de l'Orient, dit Blondet.

— Le baron a fondu les doctrines orientales et occidentales en une charmante doctrine parisienne. Il avait en horreur de Marsay qui n'était pas maniable, mais Rastignac lui a plu beaucoup et il l'a exploité sans que Rastignac s'en doutât : il lui a laissé toutes les charges de son ménage. Rastignac a endossé tous les caprices de Delphine, il la menait au bois, il l'accompagnait au spectacle. Ce grand petit homme politique d'aujourd'hui a long-temps passé sa vie à lire et à écrire de jolis billets. Dans les commencements, Eugène était grondé pour des riens, il s'égayait avec Delphine quand elle était gaie, s'attristait quand elle était triste, il supportait le poids de ses migraines, de ses confidences, il lui donnait tout son temps, ses heures, sa précieuse jeunesse pour combler le vide de l'oisiveté de cette Parisienne. Delphine et lui tenaient de grands conseils sur les parures qui allaient le mieux, il essuyait le feu des colères et la bordée des boutades ; tandis que, par compensation, elle se faisait charmante pour le baron. Le baron riait à part lui ; puis, quand il voyait Rastignac pliant sous le poids de ses charges, il avait l'*air de soupçonner quelque chose*, et reliait les deux amants par une peur commune.

— Je conçois qu'une femme riche ait fait vivre et vivre honorablement Rastignac ; mais où a-t-il pris sa fortune, demanda Couture. Une fortune, aussi considérable que la sienne aujourd'hui, se prend quelque part, et personne ne l'a jamais accusé d'avoir inventé une bonne affaire ?

— Il a hérité, dit Finot.

— De qui ? dit Blondet.

— Des sots qu'il a rencontrés, reprit Couture.

— Il n'a pas tout pris, mes petits amours, dit Bixiou :

... Remettez-vous d'une alarme si chaude
Nous vivons dans un temps très-ami de la fraude[8].

Je vais vous raconter l'origine de sa fortune. D'abord, hommage au talent ! Notre ami n'est pas un gars, comme dit Finot, mais un gentleman qui sait le jeu, qui connaît les cartes et que la galerie respecte. Rastignac a tout l'esprit qu'il faut avoir dans un moment donné, comme un militaire qui ne place son courage qu'à quatre-vingt-dix jours, trois signatures[9] et des garanties. Il paraîtra cassant, brise-raison, sans suite dans les idées, sans constance dans ses projets, sans opinion fixe ; mais s'il se présente une affaire sérieuse, une combinaison à suivre, il ne s'éparpillera pas, comme Blondet que voilà ! et qui discute alors pour le compte du voisin, Rastignac se concentre, se ramasse, étudie le point où il faut charger, et il charge à fond de train. Avec la valeur de Murat, il enfonce les carrés, les actionnaires, les fondateurs et toute la boutique ; quand la charge a fait son trou, il rentre dans sa vie molle et insouciante, il redevient l'homme du midi, le voluptueux, le diseur de riens[10], l'inoccupé Rastignac, qui peut se lever à midi parce qu'il ne s'est pas couché au moment de la crise.

— Voilà qui va bien, mais arrive donc à sa fortune, dit Finot.

— Bixiou ne nous fera qu'une charge, reprit Blondet. La fortune de Rastignac, c'est Delphine de Nucingen, femme remarquable, et qui joint l'audace à la prévision.

— T'a-t-elle prêté de l'argent, demanda Bixiou.

Un rire général éclata.

— Vous vous trompez sur elle, dit Couture à Blondet, son esprit consiste à dire des mots plus ou moins piquants, à aimer Rastignac avec une fidélité gênante, à lui obéir aveuglément, une femme tout à fait italienne.

— Argent à part, dit aigrement Andoche Finot.

— Allons, allons, reprit Bixiou d'une voix pateline, après ce que nous venons de dire, osez-vous encore reprocher à ce pauvre Rastignac d'avoir vécu aux dépens de la maison Nucingen, d'avoir été mis dans ses meubles ni plus ni moins que la Torpille jadis par notre ami des Lupeaulx ? vous tomberiez dans la vulgarité de la rue Saint-Denis. D'abord, abstraitement parlant, comme dit Royer-Collard, la question peut soutenir *la critique de la raison pure*[11], quant à celle de la raison impure...

— Le voilà lancé ! dit Finot à Blondet.

— Mais, s'écria Blondet, il a raison. La question est très-ancienne, elle fut le grand mot du fameux duel à mort entre la Châteigneraie et Jarnac. Jarnac était accusé d'être en bons termes avec sa belle-mère, qui fournissait au faste du trop aimé gendre. Quand un fait est si vrai, il ne doit pas être dit. Par dévouement pour le roi Henri II, qui s'était permis cette médisance, la Châteigneraie la prit sur son compte ; de là ce duel qui a enrichi la langue française de l'expression : *coup de Jarnac*.

— Ha ! l'expression vient de si loin, elle est donc noble, dit Finot.

— Tu pouvais ignorer cela en ta qualité d'ancien propriétaire de journaux et Revues, dit Blondet.

— Il est des femmes, reprit gravement Bixiou, il est aussi des hommes qui peuvent scinder leur existence, et n'en donner qu'une partie (remarquez que je vous phrase mon opinion d'après la formule humanitaire). Pour ces personnes, tout intérêt matériel est en dehors des sentiments ; elles donnent leur vie, leur temps, leur honneur à une femme, et trouvent qu'il n'est pas comme il faut de gaspiller entre soi du papier de soie où l'on grave : *La loi punit de mort le contrefacteur.* Par réciprocité, ces gens n'acceptent rien d'une femme. Oui, tout devient déshonorant s'il y a fusion des intérêts comme il y a fusion des âmes. Cette doctrine se professe, elle s'applique rarement...

— Hé ! dit Blondet, quelles vétilles ! Le maréchal de Richelieu, qui se connaissait en galanterie, fit une pension de mille louis à madame de La Popelinière, après l'aventure de la plaque de cheminée[12]. Agnès Sorel apporta tout naïvement au roi Charles VII sa fortune, et le roi la prit. Jacques Cœur a entretenu la couronne de France, qui s'est laissé faire, et fut ingrate comme une femme.

— Messieurs, dit Bixiou, l'amour qui ne comporte pas une indissoluble amitié me semble un libertinage momentané. Qu'est-ce qu'un entier abandon où l'on se réserve quelque chose ? Entre ces deux doctrines, aussi opposées et aussi profondément immorales l'une que l'autre, il n'y a pas de conciliation possible. Selon moi, les gens qui craignent une liaison complète ont sans doute la croyance qu'elle peut finir, et adieu l'illusion ! La passion qui ne se croit pas éternelle est hideuse. (Ceci est du Fénelon tout pur.) Aussi, ceux à qui le monde est connu, les observateurs, les gens comme il faut, les hommes bien gantés et bien cravatés, qui ne rougissent pas d'épouser une femme pour sa fortune, proclament-ils comme indispensable une complète scission des intérêts et des sentiments. Les autres sont des fous qui aiment, qui se croient seuls dans le monde avec leur maîtresse ! Pour eux, les millions sont de la boue ; le gant, le camélia porté par l'idole vaut des millions ! Si vous ne retrouvez jamais chez eux le vil métal dissipé, vous trouvez des débris de fleurs cachés dans de jolies boîtes de cèdre ! Ils ne se distinguent plus l'un de l'autre. Pour eux, il n'y a plus de *moi.* TOI, voilà leur Verbe incarné. Que voulez-vous ? Empêcherez-vous cette maladie secrète du cœur ? Il y a des niais qui aiment sans aucune espèce de calcul, et il y a des sages qui calculent en aimant.

— Bixiou me semble sublime, s'écria Blondet. Qu'en dit Finot ?

— Partout ailleurs, répondit Finot en se posant dans sa cravate, je dirais comme les gentlemen ; mais ici je pense...

— Comme les infâmes mauvais sujets avec lesquels tu as l'honneur d'être, reprit Bixiou.

— Ma foi, oui, dit Finot.

— Et toi ? dit Bixiou à Couture.

— Niaiseries, s'écria Couture. Une femme qui ne fait pas de son corps un marchepied, pour faire arriver au but l'homme qu'elle distingue, est une femme qui n'a de cœur que pour elle.

— Et toi, Blondet ?

— Moi, je pratique.

— Hé ! bien, reprit Bixiou de sa voix la plus mordante, Rastignac n'était pas de votre avis. Prendre et ne pas rendre est horrible et même un peu léger ;

mais prendre pour avoir le droit d'imiter le seigneur, en rendant le centuple, est un acte chevaleresque. Ainsi pensait Rastignac. Rastignac était profondément humilié de sa communauté d'intérêts avec Delphine de Nucingen, je puis parler de ses regrets, je l'ai vu les larmes aux yeux déplorant sa position. Oui, il en pleurait véritablement !... après souper. Hé ! bien, selon vous...

— Ah ! çà, tu te moques de nous, dit Finot.

— Pas le moins du monde. Il s'agit de Rastignac, dont la douleur serait selon vous une preuve de sa corruption, car alors il aimait beaucoup moins Delphine ! Mais que voulez-vous ? le pauvre garçon avait cette épine au cœur. C'est un gentilhomme profondément dépravé, voyez-vous, et nous sommes de vertueux artistes. Donc, Rastignac voulait enrichir Delphine, lui pauvre, elle riche ! Le croirez-vous ?... il y est parvenu. Rastignac, qui se serait battu comme Jarnac, passa dès lors à l'opinion de Henri II, en vertu de son grand mot : Il n'y a pas de vertu absolue, mais des circonstances. Ceci tient à l'histoire de sa fortune.

— Tu devrais bien nous entamer ton conte au lieu de nous induire à nous calomnier nous-mêmes, dit Blondet avec une gracieuse bonhomie.

— Ha ! ha ! mon petit, lui dit Bixiou en lui donnant le baptême d'une petite tape sur l'occiput, tu te rattrapes au vin de Champagne.

— Hé, par le saint nom de l'Actionnaire, dit Couture, raconte-nous ton histoire ?

— J'y étais d'un cran, repartit Bixiou ; mais avec ton juron, tu me mets au dénoûment.

— Il y a donc des actionnaires dans l'histoire, demanda Finot.

— Richissimes comme les tiens, répondit Bixiou.

— Il me semble, dit Finot d'un ton gourmé, que tu dois des égards à un bon enfant chez qui tu trouves dans l'occasion un billet de cinq cents...

— Garçon ! cria Bixiou.

— Que veux-tu demander au garçon ? lui dit Blondet.

— Cinq cents francs pour les rendre à Finot afin de dégager ma langue et déchirer ma reconnaissance.

— Dis ton histoire, reprit Finot en feignant de rire.

— Vous êtes témoins, dit Bixiou, que je n'appartiens pas à cet impertinent qui croit que mon silence ne vaut que cinq cents francs ! tu ne seras jamais ministre, si tu ne sais pas jauger les consciences. Eh ! bien, oui, dit-il d'une voix câline, mon bon Finot, je dirai l'histoire sans personnalités, et nous serons quittes.

— Il va nous démontrer, dit en souriant Couture, que Nucingen a fait la fortune de Rastignac.

— Tu n'en es pas si loin que tu le penses, reprit Bixiou. Vous ne connaissez pas ce qu'est Nucingen, financièrement parlant.

— Tu ne sais seulement pas, dit Blondet, un mot de ses débuts ?

— Je ne l'ai connu que chez lui, dit Bixiou, mais nous pourrions nous être vus autrefois sur la grand' route.

— La prospérité de la maison Nucingen est un des phénomènes les plus extraordinaires de notre époque, reprit Blondet. En 1804, Nucingen était peu connu, les banquiers d'alors auraient tremblé de savoir sur la place cent mille écus de ses acceptations. Ce grand financier sent alors son infériorité. Comment se faire connaître ? Il suspend ses paiements. Bon ! Son nom, restreint à Strasbourg et au quartier Poissonnière, retentit sur toutes les places ! il désintéresse son monde avec des valeurs mortes, et reprend ses paiements ; aussitôt son papier se fait dans toute la France. Par une circonstance inouïe, les valeurs revivent, reprennent faveur, donnent des bénéfices. Le Nucingen est très-recherché. L'année 1815 arrive, mon gars réunit ses capitaux, achète des fonds avant la bataille de Waterloo, suspend ses paiements au moment de la crise, liquide avec des actions dans les mines de Wortschin qu'il s'était procurées à vingt pour cent au-dessous de la valeur à laquelle il les émettait lui-même ! oui, messieurs ! Il prend à Grandet cent cinquante mille bouteilles de vin de Champagne pour se couvrir en prévoyant la faillite de ce vertueux père du comte d'Aubrion actuel, et autant à Duberghe en vins de Bordeaux. Ces trois cent mille bouteilles *acceptées*, acceptées, mon cher, à trente sous, il les a fait boire aux Alliés, à six francs, au Palais-Royal de 1817 à 1819. Le papier de la maison Nucingen et son nom deviennent européens. Cet illustre baron s'est élevé sur l'abîme où d'autres auraient sombré. Deux fois, sa liquidation a produit d'immenses avantages à ses créanciers : il a voulu les rouer, impossible ! Il passe pour le plus honnête homme du monde. A la troisième suspension, le papier de la maison Nucingen se fera en Asie, au Mexique, en Australasie, chez les Sauvages. Ouvrard[13] est le seul qui ait deviné cet Alsacien, fils de quelque juif converti par ambition : « Quand Nucingen lâche son or, disait-il, croyez qu'il saisit des diamants ! »

— Son compère du Tillet le vaut bien, dit Finot. Songez donc que du Tillet est un homme qui, en fait de naissance, n'en a que ce qui nous est indispensable pour exister, et que ce gars, qui n'avait pas un liard en

1814, est devenu ce que vous le voyez ; mais ce qu'aucun de nous (je ne parle pas de toi, Couture) n'a su faire, il a eu des amis au lieu d'avoir des ennemis. Enfin, il a si bien caché ses antécédents, qu'il a fallu fouiller des égouts pour le trouver commis chez un parfumeur de la rue Saint-Honoré, pas plus tard qu'en 1814.

— Ta ! ta ! ta ! reprit Bixiou, ne comparez jamais à Nucingen un petit *carotteur* comme du Tillet, un chacal qui réussit par son odorat, qui devine les cadavres et arrive le premier pour avoir le meilleur os. Voyez d'ailleurs ces deux hommes : l'un a la mine aiguë des chats, il est maigre, élancé ; l'autre est cubique, il est gras, il est lourd comme un sac, immobile comme un diplomate. Nucingen a la main épaisse et un regard de loup-cervier [14] qui ne s'anime jamais ; sa profondeur n'est pas en avant, mais en arrière : il est impénétrable, on ne le voit jamais venir, tandis que la finesse de du Tillet ressemble, comme le disait Napoléon de je ne sais qui, à du coton filé trop fin, il casse.

— Je ne vois à Nucingen d'autre avantage sur du Tillet que d'avoir le bon sens de deviner qu'un financier ne doit être que baron, tandis que du Tillet veut se faire nommer comte en Italie, dit Blondet.

— Blondet ?... un mot, mon enfant, reprit Couture. D'abord Nucingen a osé dire qu'il n'y a que des apparences d'honnête homme ; puis, pour le bien connaître, il faut être dans les affaires. Chez lui, la banque est un très-petit département : il y a les fournitures du gouvernement, les vins, les laines, les indigos, enfin tout ce qui donne matière à un gain quelconque. Son génie embrasse tout. Cet éléphant de la Finance vendrait des Députés au Ministère, et les

Grecs aux Turcs. Pour lui le commerce est, dirait Cousin, la totalité des variétés, l'unité des spécialités. La Banque envisagée ainsi devient toute une politique, elle exige une tête puissante, et porte alors un homme bien trempé à se mettre au-dessus des lois de la probité dans lesquelles il se trouve à l'étroit.

— Tu as raison, mon fils, dit Blondet. Mais nous seuls, nous comprenons que c'est alors la guerre portée dans le monde de l'argent. Le banquier est un conquérant qui sacrifie des masses pour arriver à des résultats cachés, ses soldats sont les intérêts des particuliers. Il a ses stratagèmes à combiner, ses embuscades à tendre, ses partisans à lancer, ses villes à prendre. La plupart de ces hommes sont si contigus à la Politique, qu'ils finissent par s'en mêler, et leurs fortunes y succombent. La maison Necker s'y est perdue, le fameux Samuel Bernard s'y est presque ruiné. Dans chaque siècle, il se trouve un banquier de fortune colossale qui ne laisse ni fortune ni successeur. Les frères Pâris, qui contribuèrent à abattre Law, et Law lui-même, auprès de qui tous ceux qui inventent des Sociétés par actions sont des pygmées, Bouret, Baujon[15], tous ont disparu sans se faire représenter par une famille. Comme le Temps, la Banque dévore ses enfants. Pour pouvoir subsister, le banquier doit devenir noble, fonder une dynastie comme les prêteurs de Charles-Quint, les Fugger, créés princes de Babenhausen, et qui existent encore... dans l'Almanach de Gotha[16]. La Banque cherche la noblesse par instinct de conservation, et sans le savoir peut-être. Jacques Cœur a fait une grande maison noble, celle de Noirmoutier, éteinte sous Louis XIII. Quelle énergie chez cet homme, ruiné pour avoir fait un roi légitime ! Il est mort prince d'une île de l'Archipel où il a bâti une magnifique cathédrale[17].

— Ah ! si vous faites des Cours d'Histoire, nous sortons du temps actuel où le trône est destitué du droit de conférer la noblesse, où l'on fait des barons et des comtes à huis-clos, quelle pitié ! dit Finot.

— Tu regrettes la savonnette à vilain, dit Bixiou, tu as raison. Je reviens à nos moutons. Connaissez-vous Beaudenord ? Non, non, non. Bien. Voyez comme tout passe ! Le pauvre garçon était la fleur du dandysme il y a dix ans. Mais il a été si bien absorbé, que vous ne le connaissez pas plus que Finot ne connaissait tout à l'heure l'origine du coup de Jarnac (c'est pour la phrase et non pour te taquiner que je dis cela, Finot !). A la vérité, il appartenait au faubourg Saint-Germain. Eh ! bien, Beaudenord est le premier pigeon que je vais vous mettre en scène. D'abord, il se nommait Godefroid de Beaudenord. Ni Finot, ni Blondet, ni Couture ni moi, nous ne méconnaîtrons un pareil avantage. Le gars ne souffrait point dans son amour-propre en entendant appeler ses gens au sortir d'un bal, quand trente jolies femmes encapuchonnées et flanquées de leurs maris et de leurs adorateurs attendaient leurs voitures. Puis il jouissait de tous les membres que Dieu a donnés à l'homme ; sain et entier, ni taie sur un œil, ni faux toupet, ni faux mollets ; ses jambes ne rentraient point en dedans, ne sortaient point en dehors ; genoux sans engorgement, épine dorsale droite, taille mince, main blanche et jolie, cheveux noirs ; teint ni rose comme celui d'un garçon épicier, ni trop brun comme celui d'un Calabrois. Enfin, chose essentielle ! Beaudenord n'était pas trop joli homme, comme le sont ceux de nos amis qui ont l'air de faire état de leur beauté, de ne pas avoir autre chose ; mais ne revenons pas là-dessus, nous l'avons dit, c'est infâme ! Il tirait bien le pistolet, montait fort agréablement à cheval ; il s'était battu pour une vétille, et n'avait pas tué son adversaire. Savez-vous que pour faire connaître de quoi se compose un bonheur entier, pur, sans mélange, au dix-neuvième siècle, à Paris, et un bonheur de jeune homme de vingt-six ans, il faut entrer dans les infiniment petites choses de la vie ? Le bottier avait attrapé le pied de Beaudenord et le chaussait bien, son tailleur aimait à l'habiller. Godefroid ne grasseyait pas, ne gasconnait pas, ne normandisait pas, il parlait purement et correctement, et mettait fort bien sa cravate, comme Finot. Cousin par alliance du marquis d'Aiglemont, son tuteur (il était orphelin de père et de mère, autre bonheur !), il pouvait aller et allait chez les banquiers, sans que le faubourg Saint-Germain lui reprochât de les hanter, car heureusement un jeune homme a le droit de faire du plaisir son unique loi, de courir où l'on s'amuse, et de fuir les recoins sombres où fleurit le chagrin. Enfin il avait été vacciné (tu me comprends, Blondet). Malgré toutes ces vertus, il aurait pu se trouver très-malheureux. Hé ! hé ! le bonheur a le malheur de paraître signifier quelque chose d'absolu ; apparence qui induit tant de niais à demander : « Qu'est-ce que le bonheur ? » Une femme de beaucoup d'esprit disait : « Le bonheur est où on se le met. »

— Elle proclamait une triste vérité, dit Blondet.

— Et morale, ajouta Finot.

— Archi-morale ! LE BONHEUR, comme LA VERTU, comme LE MAL, expriment quelque chose de relatif, répondit Blondet. Ainsi La Fontaine espérait que, par la suite des temps, les damnés s'habitueraient à leur position, et finiraient par être dans l'enfer comme les poissons dans l'eau.

— Les épiciers connaissent tous les mots de La Fontaine ! dit Bixiou.

— Le bonheur d'un homme de vingt-six ans qui vit à Paris, n'est pas le bonheur d'un homme de vingt-six ans qui vit à Blois, dit Blondet, sans entendre l'interruption. Ceux qui partent de là pour déblatérer contre l'instabilité des opinions sont des fourbes ou des ignorants. La médecine moderne, dont le plus beau titre de gloire est d'avoir, de 1799 à 1837, passé de l'état conjectural à l'état de science positive, et ce par l'influence de la grande École analyste de Paris[18], a démontré que, dans une certaine période, l'homme s'est complètement renouvelé...

— A la manière du couteau de Jeannot[19], et vous le croyez toujours le même, reprit Bixiou. Il y a donc plusieurs losanges dans cet habit d'Arlequin que nous nommons le bonheur, eh ! bien, le costume de mon Godefroid n'avait ni trous ni taches. Un jeune homme de vingt-six ans, qui serait heureux en amour, c'est-à-dire aimé, non à cause de sa florissante jeunesse, non pour son esprit, non pour sa tournure, mais irrésistiblement, pas même à cause de l'amour en lui-même, mais quand même cet amour serait abstrait, pour revenir au mot de Royer-Collard[20], ce susdit jeune homme pourrait fort bien ne pas avoir un liard dans la bourse que l'objet aimant lui aurait brodée, il pourrait devoir son loyer à son propriétaire, ses bottes à ce bottier déjà nommé, ses habits au tailleur qui finirait, comme la France, par se désaffectionner. Enfin, il pourrait être pauvre ! La misère gâte le bonheur du jeune homme qui n'a pas nos opinions transcendantes sur la fusion des intérêts. Je ne sais rien de plus fatigant que d'être moralement très-heureux et matériellement très-malheureux. N'est-ce pas avoir une jambe glacée comme la mienne par le vent coulis de la porte, et l'autre grillée par la braise du feu. J'espère être bien compris, il y a de l'écho dans la poche de ton gilet, Blondet ? Entre nous, laissons le cœur, il gâte l'esprit. Poursuivons ! Godefroid de Beaudenord avait donc l'estime de ses fournisseurs, car ses fournisseurs avaient assez régulièrement sa monnaie. La femme de beaucoup d'esprit déjà citée, et qu'on ne peut pas nommer, parce que, grâce à son peu de cœur, elle vit...

— Qui est-ce ?

— La marquise d'Espard ! Elle disait qu'un jeune homme devait demeurer dans un entresol, n'avoir chez lui rien qui sentît le ménage, ni cuisinière, ni cuisine, être servi par un vieux domestique, et n'annoncer aucune prétention à la stabilité. Selon elle, tout autre établissement est de mauvais goût. Godefroid de Beaudenord, fidèle à ce programme, logeait quai Malaquais, dans un entresol ; néanmois il avait été forcé d'avoir une petite similitude avec les gens mariés, en mettant dans sa chambre un lit d'ailleurs si étroit qu'il y tenait peu. Une Anglaise, entrée par hasard chez lui, n'y aurait pu rien trouver d'*improper.* Finot, tu te feras expliquer la grande loi de l'*improper* qui régit l'Angleterre ! Mais puisque nous sommes liés par un billet de mille, je vais t'en donner une idée. Je suis allé en Angleterre, moi[21] ! (Bas à l'oreille de Blondet : Je lui donne de l'esprit pour plus de deux mille francs.) En Angleterre, Finot, tu te lies extrêmement avec une femme, pendant la nuit, au bal ou ailleurs ; tu la rencontres le lendemain dans la rue, et tu as l'air de la reconnaître : *improper !* Tu trouves à dîner, sous le frac de ton voisin de gauche, un homme charmant, de l'esprit, nulle morgue, du laisser-aller ; il n'a rien d'anglais ; suivant les lois de l'ancienne compagnie française, si accorte, si aimable, tu lui parles : *improper !* Vous abordez au bal une jolie femme afin de la faire danser : *improper !* Vous vous échauffez, vous discutez, vous riez, vous répandez votre cœur, votre âme, votre esprit dans votre conversation ; vous y exprimez des sentiments ; vous jouez quand vous êtes au jeu, vous causez en causant et vous mangez en mangeant : *improper ! improper ! improper !* Un des hommes les plus spirituels et les plus profonds de cette époque, Stendalh[22] a très-bien caractérisé l'*improper* en disant qu'il est tel lord de la Grande-Bretagne qui, seul, n'ose pas se croiser les jambes devant son feu, de peur d'être *improper*. Une dame anglaise, fût-elle de la secte furieuse des *saints* (protestants renforcés qui laisseraient mourir toute leur famille de faim, si elle était *improper*), ne sera pas *improper* en faisant le diable à trois dans sa chambre à coucher, et se regardera comme perdue si elle reçoit un ami dans cette même chambre. Grâce à l'*improper*, on trouvera quelque jour Londres et ses habitants pétrifiés.

— Quand on pense qu'il est en France des niais qui veulent y importer les solennelles bêtises que les Anglais font chez eux avec ce beau sang-froid que vous leur connaissez, dit Blondet, il y a de quoi faire frémir quiconque a vu l'Angleterre et se souvient des gracieuses et charmantes mœurs françaises. Dans les derniers temps, Walter Scott, qui n'a pas osé peindre les femmes comme elles sont de peur d'être *improper*, se repentait d'avoir fait la belle figure d'*Effie* dans la Prison d'Édimbourg.

— Veux-tu ne pas être *improper* en Angleterre ? dit Bixiou à Finot.

— Hé ! bien ? dit Finot.

— Va voir aux Tuileries une espèce de pompier en

marbre intitulé Thémistocle par le statuaire[23], et tâche de marcher comme la statue du commandeur, tu ne seras jamais *improper*. C'est par une application rigoureuse de la grande loi de l'*improper* que le bonheur de Godefroid se compléta. Voici l'histoire. Il avait un tigre, et non pas un groom, comme l'écrivent des gens qui ne savent rien du monde. Son tigre était un petit Irlandais, nommé Paddy, Joby, Toby (à volonté), trois pieds de haut, vingt pouces de large, figure de belette, des nerfs d'acier faits au gin, agile comme un écureuil, menant un landau avec une habileté qui ne s'est jamais trouvée en défaut ni à Londres ni à Paris, un œil de lézard, fin comme le mien, montant à cheval comme le vieux Franconi[24], les cheveux blonds comme ceux d'une vierge de Rubens, les joues roses, dissimulé comme un prince, instruit comme un avoué retiré, âgé de dix ans, enfin une vraie fleur de perversité, jouant et jurant, aimant les confitures et le punch, insulteur comme un feuilleton, hardi et chippeur comme un gamin de Paris. Il était l'honneur et le profit d'un célèbre lord anglais, auquel il avait déjà fait gagner sept cent mille francs aux courses. Le lord aimait beaucoup cet enfant : son tigre était une curiosité, personne à Londres n'avait de tigre si petit[25]. Sur un cheval de course, Joby avait l'air d'un faucon. Eh ! bien, le lord renvoya Toby, non pour gourmandise, ni pour vol, ni pour meurtre, ni pour criminelle conversation, ni pour défaut de tenue, ni pour insolence envers milady, non pour avoir troué les poches de la première femme de milady, non pour s'être laissé corrompre par les adversaires de milord aux courses, non pour s'être amusé le dimanche, enfin pour aucun fait reprochable. Toby eût fait toutes ces choses, il aurait même parlé à milord sans être interrogé, milord lui aurait encore pardonné ce crime domestique. Milord aurait supporté bien des choses de Toby, tant milord y tenait. Son tigre menait une voiture à deux roues et à deux chevaux l'un devant l'autre, en selle sur le second, les jambes ne dépassant pas les brancards, ayant l'air enfin d'une de ces têtes d'anges que les peintres italiens sèment autour du Père éternel. Un journaliste anglais fit une délicieuse description de ce petit ange, il le trouva trop joli pour un tigre, il offrit de parier que Paddy était une tigresse apprivoisée. La description menaçait de s'envenimer et de devenir *improper* au premier chef. Le superlatif de l'*improper* mène à la potence. Milord fut beaucoup loué de sa circonspection par milady. Toby ne put trouver de place nulle part, après s'être vu contester son État-civil dans la Zoologie britannique. En ce temps, Godefroid florissait à l'ambassade de France à Londres, où il apprit l'aventure de Toby, Joby, Paddy. Godefroid s'empara du tigre qu'il trouva pleurant auprès d'un pot de confitures, car l'enfant avait déjà perdu les guinées par lesquelles milord avait doré son malheur. A son retour, Godefroid de Beaudenord importa donc chez nous le plus charmant tigre de l'Angleterre, il fut connu par son tigre comme Couture s'est fait remarquer par ses gilets. Aussi entra-t-il facilement dans la confédération du club dit aujourd'hui de Grammont[26]. Il n'inquiétait aucune ambition après avoir renoncé à la carrière diplomatique, il n'avait pas un esprit dangereux, il fut bien reçu de tout le monde. Nous autres, nous serions offensés dans notre amour-propre en ne rencontrant que des visages riants. Nous nous plaisons à voir la grimace amère de l'Envieux. Godefroid n'aimait pas être haï. A chacun son goût ! Arrivons au solide, à la vie matérielle ? Son appartement, où j'ai léché plus d'un déjeuner, se recommandait par un cabinet de toilette mystérieux, bien orné, plein de choses confortables, à cheminée, à baignoire ; sortie sur un petit escalier, portes battantes assourdies, serrures faciles, gonds discrets, fenêtres à carreaux dépolis, à rideaux impassibles. Si la chambre offrait et devait offrir le plus beau désordre que puisse souhaiter le peintre d'aquarelle le plus exigeant, si tout y respirait l'allure bohémienne d'une vie de jeune homme élégant, le cabinet de toilette était comme un sanctuaire : blanc, propre, rangé, chaud, point de vent coulis, tapis fait pour y sauter pieds nus, en chemise et effrayée. Là est la signature du garçon vraiment petit-maître et sachant la vie ! car là, pendant quelques minutes, il peut paraître ou sot ou grand dans les petits détails de l'existence qui révèlent le caractère. La marquise déjà citée, non, c'est la marquise de Rochefide, est sortie furieuse d'un cabinet de toilette, et n'y est jamais revenue, elle n'y avait rien trouvé d'*improper*. Godefroid y avait une petite armoire pleine...

— De camisoles ! dit Finot.

— Allons, te voilà gros Turcaret[27] ! (Je ne le formerai jamais !) Mais non, de gâteaux, de fruits, jolis petits flacons de vin de Malaga, de Lunel, un en-cas à la Louis XIV, tout ce qui peut amuser des estomacs délicats et bien appris, des estomacs de seize quartiers. Un vieux malicieux domestique, très-fort en l'art vétérinaire, servait les chevaux et pansait Godefroid, car il avait été à feu monsieur Beaudenord, et portait à Godefroid une affection invétérée, cette maladie du cœur que les Caisses d'Épargne ont fini par guérir chez les domestiques. Tout bonheur matériel repose sur des chiffres. Vous, à qui la vie parisienne est connue jusque dans ses exostoses, vous devinez qu'il lui fallait environ dix-sept mille livres de rente, car il avait dix-sept francs d'impositions et mille écus de fantaisies. Eh ! bien, mes chers enfants, le jour où il se leva majeur, le marquis d'Aiglemont lui présenta des comptes de tutelle, comme nous ne serions pas capables d'en rendre à nos neveux, et lui remit une inscription de dix-huit mille livres de rente sur le grand-livre, reste de l'opulence paternelle étrillée par la grande réduction républicaine, et grêlée par les arriérés de l'Empire. Ce vertueux tuteur mit son pupille à la tête d'une trentaine de mille francs d'économies placées dans la maison Nucingen, en lui disant avec toute la grâce d'un grand seigneur et le laisser-aller d'un soldat de l'Empire qu'il lui avait ménagé cette somme pour ses folies de jeune homme. « Si tu m'écoutes, Godefroid, ajouta-t-il, au lieu de les dépenser sottement comme tant d'autres, fais des folies utiles, accepte une place d'attaché d'ambassade à Turin, de là va à Naples, de Naples reviens à Londres, et pour ton argent tu te seras amusé, instruit. Plus tard, si tu veux prendre une carrière, tu n'auras perdu ni ton temps ni ton argent. » Feu d'Aiglemont valait mieux que sa réputation, on ne peut pas en dire autant de nous.

— Un jeune homme qui débute à vingt et un ans avec dix-huit mille livres de rente est un garçon ruiné, dit Couture.

— S'il n'est pas avare, ou très-supérieur, dit Blondet.

— Godefroid séjourna dans les quatre capitales de l'Italie, reprit Bixiou. Il vit l'Allemagne et l'Angleterre, un peu Saint-Pétersbourg, parcourut la Hollande ; mais il se sépara desdits trente mille francs en vivant comme s'il avait trente mille livres de rente. Il trouva partout *le suprême de volaille, l'aspic,* et *les vins de France,* entendit parler français à tout le monde, enfin il ne sut pas sortir de Paris. Il aurait bien voulu se dépraver le cœur, se le cuirasser, perdre ses illusions, apprendre à tout écouter sans rougir, à parler sans rien dire, à pénétrer les secrets intérêts des puissances... Bah ! il eut bien de la peine à se munir de quatre langues, c'est-à-dire à s'approvisionner de quatre mots contre une idée. Il revint veuf de plusieurs douairières ennuyeuses, appelées *bonnes fortunes* à l'étranger, timide et peu formé, bon garçon, plein de confiance, incapable de dire du mal des gens qui lui faisaient l'honneur de l'admettre chez eux, ayant trop de bonne foi pour être diplomate, enfin ce que nous appelons un loyal garçon.

— Bref un *moutard* qui tenait ses dix-huit mille livres de rente à la disposition des premières actions venues, dit Couture.

— Ce diable de Couture a tellement l'habitude d'anticiper les dividendes, qu'il anticipe le dénoûment de mon histoire. Où en étais-je ? Au retour de Beaudenord. Quand il fut installé quai Malaquais, il arriva que mille francs au-dessus de ses besoins furent insuffisants pour sa part de loge aux Italiens et à l'Opéra. Quand il perdait vingt-cinq ou trente louis au jeu dans un pari, naturellement il payait ; puis il les dépensait en cas de gain, ce qui nous arriverait si nous étions assez bêtes pour nous laisser prendre à parier. Beaudenord, gêné dans ses dix-huit mille livres de rente, sentit la nécessité de créer ce que nous appelons aujourd'hui *le fonds de roulement.* Il tenait beaucoup *à ne pas s'enfoncer lui-même.* Il alla consulter son tuteur : « Mon cher enfant, lui dit d'Aiglemont, les rentes arrivent au pair, vends tes rentes, j'ai vendu les miennes et celles de ma femme. Nucingen a tous mes capitaux et m'en donne six pour cent ; fais comme moi, tu auras un pour cent de plus, et ce un pour cent te permettra d'être tout à fait à ton aise. » En trois jours, notre Godefroid fut à son aise. Ses revenus étant dans un équilibre parfait avec son superflu, son bonheur matériel fut complet. S'il était possible d'interroger tous les jeunes gens de Paris d'un seul regard, comme il paraît que la chose se fera lors du jugement dernier pour les milliards de générations qui auront pataugé sur tous les globes, en gardes nationaux ou en sauvages, et de leur demander si le bonheur d'un jeune homme de vingt-six ans ne consiste pas : à pouvoir sortir à cheval, en tilbury, ou en cabriolet avec un tigre gros comme le poing, frais et rose comme Toby, Joby, Paddy ; à avoir, le soir, pour douze francs, un coupé de louage très-convenable ; à se montrer élégamment tenu suivant les lois vestimentales qui régissent huit heures, midi, quatre heures et le soir ; à être bien reçu dans toutes les ambassades, et y recueillir les fleurs éphémères d'amitiés cosmopolites et superficielles ; à être d'une beauté supportable, et à bien porter son nom, son habit et sa tête ; à loger dans un charmant petit entresol arrangé comme je vous ai dit que l'était l'entresol du quai Malaquais ; à pouvoir inviter des amis à vous accompagner au Rocher de Cancale [28] sans avoir interrogé préalablement son gousset, et n'être arrêté dans aucun de ses mouvements raisonnables par ce mot : Ah ! et de l'argent ? à pouvoir renouveler les bouffettes roses qui embellissent les oreilles de ses trois chevaux pur sang, et à avoir toujours une coiffe neuve à son chapeau. Tous, nous-mêmes, gens supérieurs, tous répondraient que ce bonheur est incomplet, que c'est la Magdeleine sans autel, qu'il faut aimer et être aimé, ou aimer sans être aimé, ou être aimé sans aimer, ou pouvoir aimer à tort et à travers. Arrivons au bonheur moral. Quand, en janvier 1823, il se trouva bien assis dans ses jouissances, après avoir pris pied et langue dans les différentes sociétés parisiennes où il lui plut d'aller, il sentit la nécessité de se mettre à l'abri d'une ombrelle, d'avoir à se plaindre d'une femme comme il faut, de ne pas mâchonner la queue d'une rose achetée dix sous à madame Prévost[29], à l'instar des petits jeunes gens qui gloussent dans les corridors de l'Opéra, comme des poulets en épinette[30]. Enfin il résolut de rapporter ses sentiments, ses idées, ses affections à une femme, *une femme !* La PHAMME ! AH ! Il conçut d'abord la pensée saugrenue d'avoir une passion malheureuse, il tourna pendant quelque temps autour de sa belle cousine, madame d'Aiglemont, sans s'apercevoir qu'un diplomate avait déjà dansé la valse de Faust avec elle. L'année 25 se passa en essais, en recherches, en coquetteries inutiles. L'objet aimant demandé ne se trouva pas. Les passions sont extrêmement rares. Dans cette époque, il s'est élevé tout autant de barricades dans les mœurs que dans les rues ! En vérité, mes frères, je vous le dis, l'*improper* nous gagne ! Comme on nous fait le reproche d'aller sur les brisées des peintres en portraits, des commissaires-priseurs et des marchandes de modes, je ne vous ferai pas subir la description de la personne en laquelle Godefroid reconnut sa femelle. Age, dix-neuf ans ; taille, un mètre cinquante centimètres ; cheveux blonds, sourcils *idem ;* yeux bleus, front moyen, nez courbé, bouche petite, menton court et relevé, visage ovale ; signes particuliers, néant. Tel, le passe-port de l'objet aimé. Ne soyez pas plus difficiles que la Police, que messieurs les Maires de toutes les villes et communes de France, que les gendarmes et autres autorités constituées. D'ailleurs, c'est le bloc de la Vénus de Médicis, parole d'honneur. La première fois que Godefroid alla chez madame de Nucingen, qui l'avait invité à l'un de ces bals par lesquels elle acquit, à bon compte, une certaine réputation, il y aperçut, dans un quadrille, la personne à aimer et fut émerveillé par cette taille d'un mètre cinquante centimètres. Ces cheveux blonds ruisselaient en cascades bouillonnantes sur une petite tête ingénue et fraîche comme celle d'une naïade qui aurait mis le nez à la fenêtre cristalline de sa source, pour voir les fleurs du printemps. (Ceci est notre nouveau style, des phrases qui filent comme notre macaroni tout à l'heure.) L'*idem* des sourcils, n'en déplaise à la Préfecture de Police, aurait pu demander six vers à l'aimable Parny, ce poète badin les eût fort agréablement comparés à l'arc de Cupidon, en faisant observer que le trait était au-dessous, mais un trait sans force, épointé, car il y règne encore aujourd'hui la moutonne douceur que les devants de cheminée attribuent à madame de la Vallière, au moment où elle signe sa tendresse pardevant Dieu, faute d'avoir pu la signer par-devant notaire. Vous connaissez l'effet des cheveux blonds et des yeux bleus, combinés avec une danse molle, voluptueuse et décente ? Une jeune personne ne vous frappe pas alors audacieusement au cœur, comme ces brunes qui par leur regard ont l'air de vous dire, en mendiant espagnol : La bourse ou la vie ! cinq francs, ou je te méprise. Ces beautés insolentes (et quelque peu dangereuses !) peuvent plaire à beaucoup d'hommes ; mais, selon moi, la blonde qui a le bonheur de paraître excessivement tendre et complaisante, sans perdre ses droits de remontrance, de taquinage, de discours immodérés, de jalousie à faux et tout ce qui rend la femme adorable, sera toujours plus sûre de se marier que la brune ardente. Le bois est cher. Isaure, blanche comme une Alsacienne (elle avait vu le jour à Strasbourg et parlait l'allemand avec un petit accent français fort agréable), dansait à merveille. Ses pieds, que l'employé de la police n'avait pas mentionnés, et qui cependant pouvaient trouver leur place sous la rubrique *signes particuliers*, étaient remarquables par leur petitesse, par ce jeu particulier que les vieux maîtres ont nommé *flic-flac*[31], et comparable au débit agréable de mademoiselle Mars, car toutes les muses sont sœurs, le danseur et le poète ont également les pieds sur terre. Les pieds d'Isaure conversaient avec une netteté, une précision, une légèreté, une rapidité de très-bon augure pour les choses du cœur. — « Elle a du *flic-flac !* » était le suprême éloge de Marcel[32], le seul maître de danse qui ait mérité le nom de grand. On a dit le grand Marcel comme le grand Frédéric, et du temps de Frédéric.

— A-t-il composé des ballets, demanda Finot.

— Oui, quelque chose comme les *Quatre Éléments*, l'*Europe galante*[33].

— Quel temps, dit Finot, que le temps où les grands seigneurs habillaient les danseuses !

— *Improper !* reprit Bixiou. Isaure ne s'élevait pas sur ses pointes, elle restait terre à terre, se balançait sans secousses, ni plus ni moins voluptueusement que doit se balancer une jeune personne. Marcel disait avec une profonde philosophie que chaque état avait sa danse : une femme mariée devait danser autrement qu'une jeune personne, un robin autrement qu'un financier, et un militaire autrement qu'un page ; il allait même jusqu'à prétendre qu'un fantassin devait danser autrement qu'un cavalier ; et, de là il partait pour analyser toute la société. Toutes ces belles nuances sont bien loin de nous.

— Ah ! dit Blondet, tu mets le doigt sur un grand malheur. Si Marcel eût été compris, la Révolution française n'aurait pas eu lieu.

— Godefroid, reprit Bixiou, n'avait pas eu l'avantage de parcourir l'Europe sans observer à fond les danses étrangères. Sans cette profonde connaissance en chorégraphie, qualifiée de futile, peut-être n'eût-il pas aimé cette jeune personne ; mais des trois cents invités qui se pressaient dans les beaux salons de la rue Saint-Lazare, il fut le seul à comprendre l'amour inédit que trahissait une danse bavarde. On remarqua bien la manière d'Isaure d'Aldrigger ; mais, dans ce siècle où chacun s'écrie : Glissons, n'appuyons pas[34] ! l'un dit : Voilà une jeune fille qui danse fameusement bien (c'était un clerc de notaire) ; l'autre : Voilà une jeune personne qui danse à ravir (c'était une dame en turban) ; la troisième, une femme de trente ans : Voilà une petite personne qui ne danse pas mal ! Revenons au grand Marcel, et disons en parodiant son plus fameux mot : Que de choses dans un avant-deux !

— Et allons un peu plus vite ! dit Blondet, tu marivaudes.

— Isaure, reprit Bixiou qui regarda Blondet de travers, avait une simple robe de crêpe blanc ornée de rubans verts, un camélia dans ses cheveux, un camélia à sa ceinture, un autre camélia dans le bas de sa robe, et un camélia...

— Allons, voilà les trois cents chèvres de Sancho !

— C'est toute la littérature, mon cher ! Clarisse[35] est un chef-d'œuvre, il a quatorze volumes, et le plus obtus vaudevilliste te le racontera dans un acte.

Pourvu que je t'amuse, de quoi te plains-tu ? Cette toilette était d'un effet délicieux, est-ce que tu n'aimes pas le camélia ? veux-tu des dalhias ? Non. Eh ! bien, un marron, tiens ! dit Bixiou qui jeta sans doute un marron à Blondet, car nous en entendîmes le bruit sur l'assiette.

— Allons, j'ai tort, continue ? dit Blondet.

— Je reprends, dit Bixiou. « N'est-ce pas joli à épouser ? » dit Rastignac à Beaudenord en lui montrant la petite aux camélias blancs, purs et sans une feuille de moins. Rastignac était un des intimes de Godefroid. — « Eh ! bien, j'y pensais, lui répondit à l'oreille Godefroid. J'étais occupé à me dire qu'au lieu de trembler à tout moment dans son bonheur, de jeter à grand'peine un mot dans une oreille inattentive, de regarder aux Italiens s'il y a une fleur rouge ou blanche dans une coiffure, s'il y a au Bois une main gantée sur le panneau d'une voiture, comme cela se fait à Milan, au Corso ; qu'au lieu de voler une bouchée de baba derrière une porte, comme un laquais qui achève une bouteille, d'user son intelligence pour donner et recevoir une lettre, comme un facteur ; qu'au lieu de recevoir des tendresses infinies en deux lignes, avoir cinq volumes in-folio à lire aujourd'hui, demain une livraison de deux feuilles, ce qui est fatigant ; qu'au lieu de se traîner dans les ornières et derrière les haies, il vaudrait mieux se laisser aller à l'adorable passion enviée par J.-J. Rousseau, aimer tout bonnement une jeune personne comme Isaure, avec l'intention d'en faire sa femme si, durant l'échange des sentiments, les cœurs se conviennent, enfin être Werther heureux ! » — « C'est un ridicule tout comme un autre, dit Rastignac sans rire. A ta place, peut-être me plongerais-je dans les délices infinies de cet ascétisme, il est neuf, original et peu coûteux. Ta monna Lisa est suave, mais sotte comme une musique de ballet, je t'en préviens. » La manière dont Rastignac dit cette dernière phrase fit croire à Beaudenord que son ami avait intérêt à le désenchanter, et il le crut son rival en sa qualité d'ancien diplomate. Les vocations manquées déteignent sur toute l'existence. Godefroid s'amouracha si bien de mademoiselle Isaure d'Aldrigger, que Rastignac alla trouver une grande fille qui causait dans un salon de jeu, et lui dit à l'oreille : « Malvina, votre sœur vient de ramener dans son filet un poisson qui pèse dix-huit mille livres de rentes, il a un nom, une certaine assiette dans le monde et de la tenue ; surveillez-les ; s'ils filent le parfait amour, ayez soin d'être la confidente d'Isaure pour ne pas lui laisser répondre un mot sans l'avoir corrigé. » Vers deux heures du matin, le valet-de-chambre vint dire à une petite bergère des Alpes, de quarante ans, coquette comme la Zerline de l'opéra de Don Juan, et auprès de laquelle se tenait Isaure : « La voiture de madame la baronne est avancée. » Godefroid vit alors sa beauté de ballade allemande entraînant sa mère fantastique dans le salon de partance, où ces deux dames furent suivies par Malvina. Godefroid, qui feignit (l'enfant !) d'aller savoir dans quel pot de confitures s'était blotti Joby, eut le bonheur d'apercevoir Isaure et Malvina embobelinant leur sémillante maman dans sa pelisse, et se rendant ces petits soins de toilette exigés par un voyage nocturne dans Paris. Les deux sœurs l'examinèrent du coin de l'œil en chattes bien apprises, qui lorgnent une souris sans avoir l'air d'y faire attention. Il éprouva quelque satisfaction en voyant le ton, la mise, les manières du grand Alsacien en livrée, bien ganté, qui vint apporter de gros souliers fourrés à ses trois maîtresses. Jamais deux sœurs ne furent plus dissemblables que l'étaient Isaure et Malvina. L'aînée, grande et brune, Isaure petite et mince ; celle-ci les traits fins et délicats ; l'autre des formes vigoureuses et prononcées ; Isaure était la femme qui règne par son défaut de force, et qu'un lycéen se croit obligé de protéger ; Malvina était la femme « d'*Avez-vous vu dans Barcelone ?*[36] ». A côté de sa sœur, Isaure faisait l'effet d'une miniature auprès d'un portrait à l'huile. « Elle est riche ! dit Godefroid à Rastignac en rentrant dans le bal. — Qui ? — Cette jeune personne. — Ah ! Isaure d'Aldrigger. Mais oui. La mère est veuve, son mari a eu Nucingen dans ses bureaux à Strasbourg. Veux-tu la revoir, tourne un compliment à madame de Restaud, qui donne un bal après-demain, la baronne d'Aldrigger et ses deux filles y seront, tu seras invité ! » Pendant trois jours dans la chambre obscure de son cerveau, Godefroid vit *son* Isaure et les camélias blancs, et les airs de tête, comme lorsqu'après avoir contemplé long-temps un objet fortement éclairé, nous le retrouvons les yeux fermés sous une forme moindre, radieux et coloré, qui pétille au centre des ténèbres.

— Bixiou, tu tombes dans le phénomène, massenous des tableaux ? dit Couture.

— Voilà ! reprit Bixiou en se posant sans doute comme un garçon de café, voilà, messieurs, le tableau demandé ! Attention, Finot ! il faut tirer sur ta bouche comme un cocher de coucou sur celle de sa rosse ! Madame Théodora-Marguerite-Wilhelmine Adolphus (de la maison Adolphus et compagnie de Manheim), veuve du baron d'Aldrigger, n'était pas une bonne grosse Allemande, compacte et réfléchie, blanche, à visage doré comme la mousse d'un pot de bière, enrichie de toutes les vertus patriarcales que la Germanie possède, romancièrement parlant. Elle avait les joues encore fraîches, colorées aux pommettes comme celle d'une poupée de Nuremberg, des tire-bouchons très-éveillés aux tempes, les yeux agaçants, pas le moindre cheveu blanc, une taille mince, et dont les prétentions étaient mises en relief par des robes à corset. Elle avait au front et aux tempes quelques rides involontaires qu'elle aurait bien voulu, comme Ninon[37], exiler à ses talons ; mais les rides persistaient à dessiner leurs zigs-zags aux endroits les plus visibles. Chez elle, le tour du nez se fanait, et le bout rougissait, ce qui était d'autant plus gênant que le nez s'harmoniait alors à la couleur des pommettes. En qualité d'unique héritière, gâtée par ses parents, gâtée par son mari, gâtée par la ville de Strasbourg, et toujours gâtée par ses deux filles qui l'adoraient, la baronne se permettait le rose, la jupe courte, le nœud à la pointe du corset qui lui dessinait la taille. Quand un Parisien voit cette baronne passant sur le boulevard, il sourit, la condamne sans admettre, comme le Jury actuel, les circonstances atténuantes dans un fratricide[38] ! Le moqueur est toujours un être superficiel et conséquemment cruel, le drôle ne tient aucun compte de la part qui revient à la Société dans le ridicule dont il rit, car la Nature n'a fait que des bêtes, nous devons les sots à l'État social.

— Ce que je trouve de beau dans Bixiou, dit Blondet, c'est qu'il est complet : quand il ne raille pas les autres, il se moque de lui-même.

— Blondet, je te revaudrai cela, dit Bixiou d'un ton fin. Si cette petite baronne était évaporée, insouciante, égoïste, incapable de calcul, la responsabilité de ses défauts revenait à la maison Adolphus et compagnie de Manheim, à l'amour aveugle du baron d'Aldrigger. Douce comme un agneau, cette baronne avait le cœur tendre, facile à émouvoir, mais malheureusement l'émotion durait peu et conséquemment se renouvelait souvent. Quand le baron mourut, cette bergère faillit le suivre, tant sa douleur fut violente et vraie ; mais... le lendemain, à déjeuner, on lui servit des petits pois qu'elle aimait, et ces délicieux petits pois calmèrent la crise. Elle était si aveuglément aimée par ses deux filles, par ses gens, que toute la maison fut heureuse d'une circonstance qui leur permit de dérober à la baronne le spectacle douloureux du convoi. Isaure et Malvina cachèrent leurs larmes à cette mère adorée, et l'occupèrent à choisir ses habits de deuil, à les commander pendant que l'on chantait le *Requiem.* Quand un cercueil est placé sous ce grand catafalque noir et blanc, taché de cire, qui a servi à trois mille cadavres de gens comme il faut avant d'être réformé, selon l'estimation d'un croquemort philosophe que j'ai consulté sur ce point, entre deux verres de *petit blanc ;* quand un bas clergé très-indifférent braille le *Dies iræ,* quand le haut clergé non moins indifférent dit l'office, savez-vous ce que disent les amis vêtus de noir, assis ou debout dans l'église ? (Voilà le tableau demandé.) Tenez, les voyez-vous ? — Combien croyez-vous que laisse le papa d'Aldrigger ? disait Desroches à Taillefer, qui nous a fait faire avant sa mort la plus belle orgie connue...

— Est-ce que Desroches était avoué dans ce temps-là ?

— Il a traité en 1822, dit Couture. Et c'était hardi pour le fils d'un pauvre employé qui n'a jamais eu plus de dix-huit cents francs, et dont la mère gérait un bureau de papier timbré. Mais il a rudement travaillé de 1818 à 1822. Entré quatrième clerc chez Derville, il y était second clerc en 1819 !

— Desroches !

— Oui, dit Bixiou. Desroches a roulé comme nous sur les fumiers du *Jobisme.* Ennuyé de porter des habits trop étroits et à manches trop courtes, il avait dévoré le Droit par désespoir, et venait d'acheter un titre nu. Avoué sans le sou, sans clientèle, sans autres amis que nous, il devait payer les intérêts d'une Charge et d'un Cautionnement.

— Il me faisait alors l'effet d'un tigre sorti du Jardin-des-Plantes, dit Couture. Maigre, à cheveux roux, les yeux couleur tabac d'Espagne, un teint aigre, l'air froid et flegmatique, mais âpre à la veuve, tranchant sur l'orphelin, travailleur, la terreur de ses clercs qui ne devaient pas perdre leur temps, instruit, retors, double, d'une élocution mielleuse, ne s'emportant jamais, haineux à la manière de l'homme judiciaire.

— Et il a du bon, s'écria Finot, il est dévoué à ses amis, et son premier soin fut de prendre Godeschal pour Maître-Clerc, le frère à Mariette.

— A Paris, dit Blondet, l'avoué n'a que deux nuances : il y a l'avoué honnête homme qui demeure dans les termes de la loi, pousse les procès, ne court pas les affaires, ne néglige rien, conseille ses clients avec loyauté, les fait transiger sur les points douteux, un Derville, enfin. Puis il y a l'avoué famélique à qui tout est bon pourvu que les frais soient assurés ; qui ferait battre, non pas des montagnes, il les vend, mais des planètes ; qui se charge du triomphe d'un coquin sur un honnête homme, quand par hasard l'honnête homme ne s'est pas mis en règle. Quand un de ces avoués-là fait un tour de maître Gonin[39] un peu trop fort, la Chambre le force à vendre. Desroches, notre ami Desroches, a compris ce métier assez pauvrement fait par de pauvres hères : il a acheté des causes aux gens qui tremblaient de les perdre, il s'est rué sur la chicane en homme déterminé à sortir de la misère. Il a eu raison, il a fait très-honnêtement son métier. Il a trouvé des protecteurs dans les hommes politiques en sauvant leurs affaires embarrassées, comme pour notre cher des Lupeaulx, dont la position était si compromise. Il lui fallait cela pour se tirer de peine, car Desroches a commencé par être très-mal vu du Tribunal ! lui qui rectifiait avec tant de peine les erreurs de ses clients !... Voyons, Bixiou, revenons ?... Pourquoi Desroches se trouvait-il dans l'église ?

« — D'Aldrigger laisse sept ou huit cent mille francs ! répondit Taillefer à Desroches. — Ah ! bah ! il n'y a qu'une personne qui connaisse *leur* fortune, dit Werbrust, un ami du défunt. — Qui ? — Ce gros malin de Nucingen, il ira jusqu'au cimetière, d'Aldrigger a été son patron, et par reconnaissance il faisait valoir les fonds du bonhomme. — Sa veuve va trouver une bien grande différence ! — Comment l'entendez-vous ? — Mais d'Aldrigger aimait tant sa femme ! Ne riez donc pas, on nous regarde. — Tiens, voilà du Tillet, il est bien en retard, il arrive à l'Épître. — Il épousera sans doute l'aînée. — Est-ce possible ? dit Desroches, il est plus que jamais engagé avec madame Roguin. — Lui ! engagé ?... vous ne le connaissez pas. — Savez-vous la position de Nucingen et de du Tillet ? demanda Desroches. — La voici, dit Taillefer : Nucingen est homme à dévorer le capital de son ancien patron et à le lui rendre... — Heu ! heu ! fit Werbrust. Il fait diablement humide dans les églises, heu ! heu ! — Comment le rendre ?... — Hé ! bien, Nucingen sait que du Tillet a une grande fortune, il veut le marier à

Malvina ; mais du Tillet se défie de Nucingen. Pour qui voit le jeu, cette partie est amusante. — Comment, dit Werbrust, déjà bonne à marier ?... Comme nous vieillissons vite ! — Malvina d'Aldrigger a vingt ans, mon cher. Le bonhomme d'Aldrigger s'est marié en 1800 ! Il nous a donné d'assez belles fêtes à Strasbourg pour son mariage et pour la naissance de Malvina. C'était en 1801, à la paix d'Amiens [40], et nous sommes en 1823, papa Werbrust. Dans ce temps-là, on ossianisait tout, il a nommé sa fille Malvina. Six ans après, sous l'Empire, il y a eu pendant quelque temps une fureur pour les choses chevaleresques, c'était : *Partant pour la Syrie*, un tas de bêtises [41]. Il a nommé sa seconde fille Isaure, elle a dix-sept ans. Voilà deux filles à marier. — Ces femmes n'auront pas un sou dans dix ans, dit Werbrust confidentiellement à Desroches. — Il y a, répondit Taillefer, le valet de chambre de d'Aldrigger, ce vieux qui beugle au fond de l'église, il a vu élever ces deux demoiselles, il est capable de tout pour leur conserver de quoi vivre. (Les chantres : *Dies iræ !*) Les enfants de chœurs : *dies illa !* (Taillefer : — Adieu, Werbrust, en entendant le *Dies iræ*, je pense trop à mon pauvre fils. — Je m'en vais aussi, il fait trop humide, dit Werbrust. (*in favilla* [42].) (Les pauvres à la porte : Quelques sous, mes chers messieurs !) (Le suisse : Pan ! pan ! *pour les besoins de l'église.* Les chantres : *Amen !* Un ami : De quoi est-il mort ? Un curieux farceur : D'un vaisseau rompu dans le talon. Un passant : Savez-vous quel est le personnage qui s'est laissé mourir ? Un parent : Le président de Montesquieu. Le sacristain aux pauvres : Allez-vous-en donc, on nous a donné pour vous, ne demandez plus rien !)

— Quelle verve ! dit Couture.

(En effet il nous semblait entendre tout le mouvement qui se fait dans une église. Bixiou imitait tout, jusqu'au bruit des gens qui s'en vont avec le corps, par un remuement de pieds sur le plancher[43].)

— Il y a des poètes, des romanciers, des écrivains qui disent beaucoup de belles choses sur les mœurs parisiennes, reprit Bixiou, mais voilà la vérité sur les enterrements. Sur cent personnes qui rendent les derniers devoirs à un pauvre diable de mort, quatre-vingt-dix-neuf parlent d'affaires et de plaisirs en pleine église. Pour observer quelque pauvre petite vraie douleur, il faut des circonstances impossibles. Encore ! y a-t-il une douleur sans égoïsme ?...

— Heu ! heu ! fit Blondet. Il n'y a rien de moins respecté que la mort, peut-être est-ce ce qu'il y a de moins respectable ?...

— C'est si commun ! reprit Bixiou. Quand le service fut fini, Nucingen et du Tillet accompagnèrent le défunt au cimetière. Le vieux valet de chambre allait à pied. Le cocher menait la voiture derrière celle du Clergé. — *Hé pien ! ma ponne ami,* dit Nucingen à du Tillet en tournant le boulevard, *location est pelle bire ebiser Malfina : fous serez le brodecdir teu zette baufre vamile han plires, visse aurez eine vamile, ine indérière ; fous drouferez eine mison doute mondée, et Malfina cerdes esd eine frai dressor*[44].

— Il me semble entendre parler ce vieux Robert Macaire[45] de Nucingen ! dit Finot.

« — Une charmante personne, reprit Ferdinand du Tillet avec feu et sans s'échauffer », reprit Bixiou.

— Tout du Tillet dans un mot ! s'écria Couture.

« — Elle peut paraître laide à ceux qui ne la connaissent pas, mais, je l'avoue, elle a de l'âme, disait du Tillet. — *Ed tu quir, c'esd le pon te l'iffire, mon cher, il aura ti téfuement et te l'indelligence. Tans nodre chin te médier, on ne said ni ki fit, ni ki mire ; c'esd eine crant ponhire ki te pufoir se gonvier au quir te sa femme. Che droguerais bienne Telvine qui, fous le safez, m'a abordé plis d'eine million, gondre Malfina qui n'a pas ine taude si crante.* — Mais qu'a-t-elle ? — *Che ne sais bas au chiste,* dit le baron de Nucingen, *mais il a keke chausse.* — Elle a une mère qui aime bien le rose ! » dit du Tillet. Ce mot mit fin aux tentatives de Nucingen. Après le dîner, le baron apprit alors à la Wilhelmine-Adolphus qu'il lui restait à peine quatre cent mille francs chez lui. La fille des Adolphus de Manheim, réduite à vingt-quatre mille livres de rente, se perdit dans des calculs qui se brouillaient dans sa tête. « — Comment ! disait-elle à Malvina, comment ! j'ai toujours eu six mille francs pour nous chez la couturière ! mais où ton père prenait-il de l'argent ? Nous n'aurons rien avec vingt-quatre mille francs, nous sommes dans la misère. Ah ! si mon père me voyait ainsi déchue, il en mourrait, s'il n'était pas mort déjà ! Pauvre Wilhelmine ! » Et elle se mit à pleurer. Malvina, ne sachant comment consoler sa mère, lui représenta qu'elle était encore jeune et jolie, le rose lui seyait toujours, elle irait à l'Opéra, aux Bouffons dans la loge de madame de Nucingen. Elle endormit sa mère dans un rêve de fêtes, de bals, de musique, de belles toilettes et de succès, qui commença sous les rideaux d'un lit en soie bleue, dans une chambre élégante, contiguë à celle où, deux nuits auparavant, avait expiré monsieur Jean-Baptiste baron d'Aldrigger, dont voici l'histoire en trois mots. En son vivant, ce respectable Alsacien, banquier à Strasbourg, s'était enrichi d'environ trois millions. En 1800, à l'âge de trente-six ans, à l'apogée d'une fortune faite pendant la Révolution, il avait épousé, par ambition et par inclination, l'héritière des Adolphus de Manheim, jeune fille adorée de toute une famille et naturellement elle en recueillit la fortune dans l'espace de dix années. D'Aldrigger fut alors baronifié par S. M. l'Empereur et Roi, car sa fortune se doubla ; mais il se passionna pour le grand homme qui l'avait titré. Donc, entre 1814 et 1815, il se ruina pour avoir pris au sérieux le soleil d'Austerlitz. L'honnête Alsacien ne suspendit pas ses paiements, ne désintéressa pas ses créanciers avec les valeurs qu'il regardait comme mauvaises ; il paya tout à bureau ouvert, se retira de la Banque, et mérita le mot de son ancien premier commis, Nucingen : « Honnête homme, mais bête ! » Tout compte fait, il lui resta cinq cent mille francs et des recouvrements sur l'Empire qui n'existait plus. — *Foilà ze gue z'est gué t'afoir drop cri anne Nappolion*, dit-il en voyant le résultat de sa liquidation. Lorsqu'on a été les premiers d'une ville, le moyen d'y rester amoindri ?... Le banquier de l'Alsace fit comme font tous les provinciaux ruinés : il vint à Paris, il y porta courageusement des bretelles tricolores sur lesquelles étaient brodées les aigles impériales et s'y concentra dans la société bonapartiste. Il remit ses valeurs au baron de Nucingen qui lui donna huit pour cent de tout, en acceptant ses créances impériales à soixante pour cent seulement de perte, ce qui fut cause que d'Aldrigger serra la main de Nucingen en lui disant : — *Ch'édais pien sir te de droufer le quir d'in Eliacien !* Nucingen se fit intégralement payer par notre ami des Lupeaulx. Quoique bien étrillé, l'Alsacien eut un revenu industriel de quarante-quatre mille francs. Son chagrin se compliqua du *spleen* dont sont saisis les gens habitués à vivre par le jeu des affaires quand ils en sont sevrés. Le banquier se donna pour tâche de se sacrifier, noble cœur ! à sa femme, dont la fortune venait d'être dévorée, et qu'elle avait laissé prendre avec la facilité d'une fille à qui les affaires d'argent étaient tout à fait inconnues. La baronne d'Aldrigger retrouva donc les jouissances auxquelles elle était habituée, le vide que pouvait lui causer la société de Strasbourg fut comblé par les plaisirs de Paris. La maison Nucingen tenait déjà comme elle tient encore le haut bout de la société financière, et le baron habile mit son honneur à bien traiter le baron honnête. Cette belle vertu faisait bien dans le salon Nucingen. Chaque hiver écornait le capital de d'Aldrigger ; mais il n'osait faire le moindre reproche à la perle des Adolphus ; sa tendresse fut la plus ingénieuse et la plus inintelligente qu'il y eût en ce monde. Brave homme, mais bête ! Il mourut en se demandant : « Que deviendront-elles sans moi ? » Puis, dans un moment où il fut seul avec son vieux valet de chambre Wirth, le bonhomme, entre deux étouffements, lui recommanda sa femme et ses deux filles, comme si ce Caleb[46] d'Alsace était le seul être raisonnable qu'il y eût dans la maison. Trois ans après, en 1826, Isaure était âgée de vingt ans et Malvina n'était pas mariée. En allant dans le monde Malvina avait fini par remarquer combien les relations y sont superficielles, combien tout y est examiné, défini. Semblable à la plupart des filles dites *bien élevées*, Malvina ignorait le mécanisme de la vie, l'importance de la fortune, la difficulté d'acquérir la moindre monnaie, le prix des choses. Aussi, pendant ces six années, chaque enseignement avait-il été une blessure pour elle. Les quatre cent mille francs laissés par feu d'Aldrigger à la maison Nucingen furent portés au crédit de la baronne, car la succession de son mari lui redevait douze cent mille francs ; et dans les moments de gêne, la bergère des Alpes y puisait comme dans une caisse inépuisable. Au moment où notre pigeon s'avançait vers sa colombe, Nucingen, connaissant le caractère de son ancienne patronne, avait dû s'ouvrir à Malvina sur la situation financière où la veuve se trouvait : il n'y avait plus que trois cent mille francs chez lui, les vingt-quatre mille livres de rente se trouvaient donc réduites à dix-huit mille. Wirth avait maintenu la position pendant trois ans ! Après la confidence du banquier, les chevaux furent réformés, la voiture fut vendue et le cocher congédié par Malvina, à l'insu de sa mère. Le mobilier de l'hôtel, qui comptait dix années d'existence, ne put être renouvelé, mais tout s'était fané en même temps. Pour ceux qui aiment l'harmonie, il n'y avait que demi-mal. La baronne, cette fleur si bien conservée, avait pris l'aspect d'une rose froide et grippée qui reste unique dans un buisson au milieu de novembre. Moi qui vous parle, j'ai vu cette opulence se dégradant par teintes, par demi-tons ! Effroyable ! parole d'honneur. Ç'a été mon dernier chagrin. Après je me suis dit : C'est bête de prendre tant d'intérêt aux autres ! Pendant que j'étais employé, j'avais la sottise de m'intéresser à toutes les maisons où je dînais, je les défendais en cas de médisance, je ne les calomniais pas, je... Oh ! j'étais un enfant. Quand sa fille lui eut expliqué sa position, la ci-devant perle s'écria : — Mes pauvres enfants ! qui donc me fera mes robes ? Je ne pourrai donc plus avoir de bonnets frais, ni recevoir, ni aller dans le monde ! — A quoi pensez-vous que se reconnaisse l'amour chez un homme ? dit Bixiou en s'interrompant, il s'agit de savoir si Beaudenord était vraiment amoureux de cette petite blonde.

— Il néglige ses affaires, répondit Couture.

— Il met trois chemises par jour, dit Finot.

— Une question préalable ? dit Blondet, un homme supérieur peut-il et doit-il être amoureux ?

— Mes amis, reprit Bixiou d'un air sentimental, gardons-nous comme d'une bête venimeuse de l'homme qui, se sentant pris d'amour pour une femme, fait claquer ses doigts ou jette son cigare en disant : Bah ! il y en a d'autres dans le monde ! Mais le gouvernement peut employer ce citoyen dans le Ministère des Affaires Étrangères. Blondet, je te fais observer que ce Godefroid avait quitté la diplomatie.

— Hé ! bien, il a été absorbé, l'amour est la seule chance qu'aient les sots pour se grandir, répondit Blondet.

— Blondet, Blondet, pourquoi donc sommes-nous si pauvres ? s'écria Bixiou.

— Et pourquoi Finot est-il riche ? reprit Blondet, je te le dirai, va, mon fils, nous nous entendons. Allons, voilà Finot qui me verse à boire comme si j'avais monté son bois[47]. Mais à la fin d'un dîner, on doit *siroter* le vin. Eh ! bien ?

— Tu l'as dit, l'absorbé Godefroid fit ample connaissance avec la grande Malvina, la légère baronne et la petite danseuse. Il tomba dans le servantisme le plus minutieux et le plus astringent. Ces restes d'une opulence cadavéreuse ne l'effrayèrent pas. Ah !... bah ! il s'habitua par degrés à toutes ces guenilles. Jamais le lampasse vert à ornements blancs du salon ne devait paraître à ce garçon ni passé, ni vieux, ni taché, ni bon à remplacer. Les rideaux, la table à thé, les chinoiseries étalées sur la cheminée, le lustre rococo, le tapis façon cachemire qui montrait la corde, le piano, le petit service fleureté, les serviettes frangées et aussi trouées à l'espagnole, le salon de Perse qui précédait la chambre à coucher bleue de la baronne, avec ses accessoires, tout lui fut saint et sacré. Les femmes stupides et chez qui la beauté brille de manière à laisser dans l'ombre l'esprit, le cœur, l'âme, peuvent seules inspirer de pareils oublis, car une femme d'esprit n'abuse jamais de ses avantages, il faut être petite et sotte pour s'emparer d'un homme. Beaudenord, il me l'a dit, aimait le vieux et solennel Wirth ! Ce vieux drôle avait pour son futur maître le respect d'un croyant catholique pour l'Eucharistie. Cet honnête Wirth était un Gaspard[48] allemand, un de ces buveurs de bière qui enveloppent leur finesse de bonhomie, comme un cardinal Moyen-Age, son poignard dans sa manche. Wirth, voyant un mari pour Isaure, entourait Godefroid des ambages et circonlocutions arabesques de sa bonhomie alsacienne, la glu la plus adhérente de toutes les matières collantes. Madame d'Aldrigger était profondément *improper*, elle trouvait l'amour la chose la plus naturelle. Quand Isaure et Malvina sortaient ensemble et allaient aux Tuileries ou aux Champs-Élysées, où elles devaient rencontrer des jeunes gens de leur société, la mère leur disait : — « Amusez-vous bien, mes chères filles ! » Leurs amis, les seuls qui pussent calomnier les deux sœurs, les défendaient ; car l'excessive liberté que chacun avait dans le salon des d'Aldrigger, en faisait un endroit unique à Paris. Avec des millions on aurait obtenu difficilement de pareilles soirées où l'on parlait de tout avec esprit, où la mise soignée n'était pas de rigueur, où l'on était à son aise au point d'y demander à souper. Les deux sœurs écrivaient à qui leur plaisait, recevaient tranquillement des lettres, à côté de leur mère, sans que jamais la baronne eût l'idée de leur demander de quoi il s'agissait. Cette adorable mère donnait à ses filles tous les bénéfices de son égoïsme, la passion la plus aimable du monde, en ce sens que les égoïstes, ne voulant pas être gênés, ne gênent personne, et n'embarrassent point la vie de ceux qui les entourent par les ronces du conseil, par les épines de la remontrance, ni par les taquinages de guêpe que se permettent les amitiés excessives qui veulent tout savoir, tout contôler...

— Tu me vas au cœur, dit Blondet. Mais, mon cher, tu ne racontes pas, tu *blagues*...

— Blondet, si tu n'étais pas gris, tu me ferais de la peine ! De nous quatre, il est le seul homme sérieusement littéraire ! A cause de lui, je vous fais l'honneur de vous traiter en gourmets, je vous distille mon histoire, et il me critique ! Mes amis, la plus grande marque de stérilité spirituelle est l'entassement des faits. La sublime comédie du *Misanthrope* prouve que l'Art consiste à bâtir un palais sur la pointe d'une aiguille. Le mythe de mon idée est dans la baguette des fées qui peut faire de la plaine des Sablons, un *Intertachen*[49], en dix secondes (le temps de vider ce verre !). Voulez-vous que je vous fasse un récit qui aille comme un boulet de canon, un rapport de général en chef ? Nous causons, nous rions, ce journaliste, bibliophobe à jeun, veut, quand il est ivre, que je donne à ma langue la sotte allure d'un livre (il feignit de pleurer). Malheur à l'imagination française, on veut épointer les aiguilles de sa plaisanterie ! *Dies iræ.* Pleurons Candide, et vive la *Critique de la raison pure !* la *symbolique*[50], et les systèmes en cinq volumes compacts, imprimés par des Allemands qui ne les savaient pas à Paris depuis 1750, en quelques mots fins, les diamants de notre intelligence nationale.

Blondet mène le convoi de son suicide, lui qui fait dans son journal les derniers mots de tous les grands hommes qui nous meurent sans rien dire !

— Va ton train, dit Finot.

— J'ai voulu vous expliquer en quoi consiste le bonheur d'un homme qui n'est pas actionnaire (une politesse à Couture !). Eh ! bien, ne voyez-vous pas maintenant à quel prix Godefroid se procurera le bonheur le plus étendu que puisse rêver un jeune homme ?... Il étudiait Isaure pour être sûr d'être compris !... Les choses qui se comprennent les unes les autres doivent être similaires. Or, il n'y a de pareils à eux-mêmes que le néant et l'infini : le néant est la bêtise, le génie est l'infini. Ces deux amants s'écrivaient les plus stupides lettres du monde, en se renvoyant sur du papier parfumé des mots à la mode : *ange ! harpe éolienne ! avec toi je serai complet ! il y a un cœur dans ma poitrine d'homme ! faible femme ! pauvre moi !* toute la friperie du cœur moderne. Godefroid restait à peine dix minutes dans un salon, il causait sans aucune prétention avec les femmes, elles le trouvèrent alors très-spirituel. Il était de ceux qui n'ont d'autre esprit que celui qu'on leur prête. Enfin, jugez de son absorption : Joby, ses chevaux, ses voitures devinrent des choses secondaires dans son existence. Il n'était heureux qu'enfoncé dans sa bonne bergère en face de la baronne, au coin de cette cheminée de marbre vert antique, occupé à voir Isaure, à prendre du thé en causant avec le petit cercle d'amis qui venaient tous les soirs entre onze heures et minuit, rue Joubert, et où on pouvait toujours jouer à la bouillotte sans crainte : j'y ai toujours gagné. Quand Isaure avait avancé son joli petit pied chaussé d'un soulier de satin noir et que Godefroid l'avait longtemps regardé, il restait le dernier et disait à Isaure : — Donne-moi ton soulier... Isaure levait le pied, le posait sur une chaise, ôtait son soulier, le lui donnait en lui jetant un regard, un de ces regards ? enfin, vous comprenez ! Godefroid finit par découvrir un grand mystère chez Malvina. Quand du Tillet frappait à la porte, la rougeur vive qui colorait les joues de Malvina, disait : Ferdinand ! En regardant ce tigre à deux pattes, les yeux de la pauvre fille s'allumaient comme un brasier sur lequel afflue un courant d'air ; elle trahissait un plaisir infini quand Ferdinand l'emmenait pour faire un *a parte* près d'une console ou d'une croisée. Comme c'est rare et beau, une femme assez amoureuse pour devenir naïve et laisser lire dans son cœur ! Mon Dieu, c'est aussi rare à Paris, que la fleur qui chante l'est aux Indes. Malgré cette amitié commencée depuis le jour où les d'Aldrigger apparurent chez les Nucingen, Ferdinand n'épousait pas Malvina. Notre féroce ami du Tillet n'avait pas paru jaloux de la cour assidue que Desroches faisait à Malvina, car pour achever de payer sa Charge avec une dot qui ne paraissait pas être moindre de cinquante mille écus, il avait feint l'amour, lui homme de Palais ! Quoique profondément humiliée de l'insouciance de du Tillet, Malvina l'aimait trop pour lui fermer la porte. Chez cette fille, tout âme, tout sentiment, tout expansion, tantôt la fierté cédait à l'amour, tantôt l'amour offensé laissait la fierté prendre le dessus. Calme et froid, notre ami Ferdinand acceptait cette tendresse, il la respirait avec les tranquilles délices du tigre léchant le sang qui lui teint la gueule ; il en venait chercher les preuves, il ne passait pas deux jours sans se montrer rue Joubert. Le drôle possédait alors environ dix-huit cent mille francs, la question de fortune devait être peu de chose à ses yeux, et il avait résisté non-seulement à Malvina, mais aux barons de Nucingen et de Rastignac, qui, tous deux, lui avaient fait faire soixante-quinze lieues par jour, à quatre francs de guides, postillon en avant, et sans fil[51] ! dans les labyrinthes de leur finesse. Godefroid ne put s'empêcher de parler à sa future belle-sœur de la situation ridicule où elle se trouvait entre un banquier et un avoué. — Vous voulez me sermonner au sujet de Ferdinand, savoir le secret qu'il y a entre nous, dit-elle avec franchise. Cher Godefroid, n'y revenez jamais. La naissance de Ferdinand, ses antécédents, sa fortune n'y sont pour rien, ainsi croyez à quelque chose d'extraordinaire. Cependant, à quelques jours de là, Malvina prit Beaudenord à part, et lui dit : — Je ne crois pas monsieur Desroches honnête homme (ce que c'est que l'instinct de l'amour !), il voudrait m'épouser, et fait la cour à la fille d'un épicier. Je voudrais bien savoir si je suis un pis-aller, si le mariage est pour lui une affaire d'argent. Malgré la profondeur de son esprit, Desroches ne pouvait deviner du Tillet, et il craignait de lui voir épouser Malvina. Donc, le gars s'était ménagé une retraite, sa position était intolérable, il gagnait à peine, tous frais faits, les intérêts de sa dette. Les femmes ne comprennent rien à ces situations-là. Pour elles, le cœur est toujours millionnaire !

— Mais comme ni Desroches ni du Tillet n'ont épousé Malvina, dit Finot, explique-nous le secret de Ferdinand ?

— Le secret, le voici, répondit Bixiou. Règle générale : une jeune personne qui a donné une seule fois son soulier, le refusât-elle pendant dix ans, n'est jamais épousée par celui à qui...

— Bêtise ! dit Blondet en interrompant, on aime

aussi parce qu'on a aimé. Le secret, le voici : règle générale, ne vous mariez pas sergent, quand vous pouvez devenir duc de Dantzick et maréchal de France[52]. Aussi voyez quelle alliance a faite du Tillet ! Il a épousé une des filles du comte de Grandville, une des plus vieilles familles de la magistrature française.

— La mère de Desroches avait une amie, reprit Bixiou, une femme de droguiste, lequel droguiste s'était retiré gras d'une fortune. Ces droguistes ont des idées bien saugrenues : pour donner à sa fille une bonne éducation, il l'avait mise dans un pensionnat !... Ce Matifat comptait bien marier sa fille, par la raison deux cent mille francs, en bel et bon argent qui ne sentait pas la drogue.

— Le Matifat de Florine ? dit Blondet.

— Eh ! bien, oui, celui de Lousteau, le nôtre, enfin ! Ces Matifat, alors perdus pour nous, étaient venus habiter la rue du Cherche-Midi, le quartier le plus opposé à la rue des Lombards où ils avaient fait fortune. Moi, je les ai cultivés, les Matifat ! Durant mon temps de galère ministérielle, où j'étais serré pendant huit heures de jour entre des niais à vingt-deux carats, j'ai vu des originaux qui m'ont convaincu que l'ombre a des aspérités, et que dans la plus grande platitude on peut rencontrer des angles ! Oui, mon cher, tel bourgeois est à tel autre ce que Raphaël est à Natoire. Madame veuve Desroches avait moyenné de longue main ce mariage à son fils, malgré l'obstacle énorme que présentait un certain Cochin, fils de l'associé commanditaire des Matifat, jeune employé au Ministère des Finances. Aux yeux de monsieur et madame Matifat, l'état d'avoué paraissait, selon leur mot, offrir des garanties pour le bonheur d'une femme. Desroches s'était prêté aux plans de sa mère afin d'avoir un pis-aller. Il ménageait donc les droguistes de la rue du Cherche-Midi. Pour vous faire comprendre un autre genre de bonheur, il faudrait vous peindre ces deux négociants mâle et femelle, jouissant d'un jardinet, logés à un beau rez-de-chaussée, s'amusant à regarder un jet d'eau, mince et long comme un épi, qui allait perpétuellement et s'élançait d'une petite table ronde en pierre de liais, située au milieu d'un bassin de six pieds de diamètre, se levant de bon matin pour voir si les fleurs de leur jardin avaient poussé, désœuvrés et inquiets, s'habillant pour s'habiller, s'ennuyant au spectacle, et toujours entre Paris et Luzarches où ils avaient une maison de campagne et où j'ai dîné. Blondet, un jour ils ont voulu me faire poser, je leur ai raconté une histoire depuis neuf heures du soir jusqu'à minuit, une aventure à tiroirs[53] ! J'en étais à l'introduction de mon vingt-neuvième personnage (les romans en feuilletons m'ont volé !), quand le père Matifat, qui en qualité de maître de maison, tenait encore bon, a ronflé comme les autres, après avoir clignoté pendant cinq minutes. Le lendemain, tous m'ont fait des compliments sur le dénoûment de mon histoire. Ces épiciers avaient pour société monsieur et madame Cochin, Adolphe Cochin, madame Desroches, un petit Popinot, droguiste en exercice, qui leur donnait des nouvelles de la rue des Lombards (un homme de ta connaissance, Finot !). Madame Matifat, qui aimait les Arts, achetait des lithographies, des lithochromies, des dessins coloriés, tout ce qu'il y avait de meilleur marché. Le sieur Matifat se distrayait en examinant les entreprises nouvelles et en essayant de jouer quelques capitaux, afin de ressentir des émotions (Florine l'avait guéri du genre Régence). Un seul mot vous fera comprendre la profondeur de mon Matifat.

Le bonhomme souhaitait ainsi le bonsoir à ses nièces : « Va te coucher, mes nièces ! » Il avait peur, disait-il, de les affliger en leur disant *vous.* Leur fille était une jeune personne sans manières, ayant l'air d'une femme de chambre de bonne maison, jouant tant bien que mal une sonate, ayant une jolie écriture anglaise, sachant le français et l'orthographe, enfin une complète éducation bourgeoise. Elle était assez impatiente d'être mariée, afin de quitter la maison paternelle, où elle s'ennuyait comme un officier de marine au quart de nuit, il faut dire aussi que le quart durait toute la journée. Desroches ou Cochin fils, un notaire ou un garde-du-corps, un faux lord anglais, tout mari lui était bon. Comme évidemment elle ne savait rien de la vie, j'en ai eu pitié, j'ai voulu lui en révéler le grand mystère. Bah ! les Matifat m'ont fermé leur porte : les bourgeois et moi nous ne nous comprendrons jamais.

— Elle a épousé le général Gouraud, dit Finot.

— En quarante-huit heures, Godefroid de Beaudenord, l'ex-diplomate, devina les Matifat et leur intrigante corruption, reprit Bixiou. Par hasard, Rastignac se trouvait chez la légère baronne à causer au coin du feu pendant que Godefroid faisait son rapport à Malvina. Quelques mots frappèrent son oreille, il devina de quoi il s'agissait, surtout à l'air aigrement satisfait de Malvina. Rastignac resta, lui, jusqu'à deux heures du matin, et l'on dit qu'il est égoïste ! Beaudenord partit quand la baronne alla se coucher. « Chère enfant, dit Rastignac à Malvina d'un ton bonhomme et paternel quand ils furent seuls, souvenez-vous qu'un pauvre garçon lourd de sommeil a pris du thé pour rester éveillé jusqu'à deux heures du matin, afin de pouvoir vous dire solennellement : Mariez-vous. Ne faites pas la difficile, ne vous occupez pas de vos sentiments, ne pensez pas à l'ignoble calcul des hommes qui ont un pied ici, un pied chez les Matifat, ne réfléchissez à rien : mariez-vous ! Pour une fille, se marier, c'est s'imposer à un homme qui prend l'engagement de la faire vivre dans une position plus ou moins heureuse, mais où la question matérielle est assurée. Je connais le monde : jeunes filles, mamans et grand'mères sont toutes hypocrites en démanchant sur le sentiment quand il s'agit de mariage. Aucun ne pense à autre chose qu'à un bel état. Quand sa fille est bien mariée, une mère dit qu'elle a fait une excellente affaire. » Et Rastignac lui développa sa théorie sur le mariage, qui, selon lui, est une société de commerce instituée pour supporter la vie. « Je ne vous demande point votre secret, dit-il en terminant à Malvina, je le sais. Les hommes se disent tout entre eux, comme vous autres quand vous sortez après le dîner. Eh ! bien, voici mon dernier mot : mariez-vous. Si vous ne vous mariez pas, souvenez-vous que je vous ai suppliée ici, ce soir, de vous marier ! » Rastignac parlait avec un certain accent qui commandait, non pas l'attention, mais la réflexion. Son insistance était de nature à surprendre. Malvina fut alors si bien frappée au vif de l'intelligence, là où Rastignac avait voulu l'atteindre, qu'elle y songeait encore le lendemain, et cherchait inutilement la cause de cet avis.

— Je ne vois, dans toutes ces toupies que tu lances, rien qui ressemble à l'origine de la fortune de Rastignac, et tu nous prends pour des Matifat multipliés par six bouteilles de vin de Champagne, s'écria Couture.

— Nous y sommes, s'écria Bixiou. Vous avez suivi le cours de tous les petits ruisseaux qui ont fait les quarante mille livres de rente auxquelles tant de gens portent envie ! Rastignac tenait alors entre ses mains le fil de toutes ces existences.

— Desroches, les Matifat, Beaudenord, les d'Aldrigger, d'Aiglemont.

— Et de cent autres !... dit Bixiou.

— Voyons ! Comment ? s'écria Finot. Je sais bien des choses, et je n'entrevois pas le mot de cette énigme.

— Blondet vous a dit en gros les deux premières liquidations de Nucingen, voici la troisième en détail, reprit Bixiou. Dès la paix de 1815, Nucingen avait compris ce que nous ne comprenons qu'aujourd'hui : que l'argent n'est une puissance que quand il est en quantités disproportionnées. Il jalousait secrètement les frères Rostchild. Il possédait cinq millions, il en voulait dix ! Avec dix millions, il savait pouvoir en gagner trente, et n'en aurait eu que quinze avec cinq. Il avait donc résolu d'opérer une troisième liquidation ! Ce grand homme songeait alors à payer ses créanciers avec des valeurs fictives, en gardant leur argent. Sur la place, une conception de ce genre ne se présente pas sous une expression si mathématique. Une pareille liquidation consiste à donner un petit pâté pour un louis d'or à de grands enfants qui, comme les petits enfants d'autrefois, préfèrent le pâté à la pièce, sans savoir qu'avec la pièce ils peuvent avoir deux cents pâtés.

— Qu'est-ce que tu dis donc là, Bixiou ? s'écria Couture, mais rien n'est plus loyal, il ne se passe pas de semaine aujourd'hui que l'on ne présente des pâtés au public en lui demandant un louis. Mais le public est-il forcé de donner son argent ? n'a-t-il pas le droit de s'éclairer ?

— Vous l'aimeriez mieux contraint d'être actionnaire, dit Blondet.

— Non, dit Finot, où serait le talent ?

— C'est bien fort pour Finot, dit Bixiou.

— Qui lui a donné ce mot-là, demanda Couture.

— Enfin, reprit Bixiou, Nucingen avait eu deux fois le bonheur de donner, sans le vouloir, un pâté qui s'était trouvé valoir plus qu'il n'avait reçu. Ce malheureux bonheur lui causait des remords. De pareils bonheurs finissent par tuer un homme. Il attendait depuis dix ans l'occasion de ne plus se tromper, de créer des valeurs qui auraient l'air de valoir quelque chose et qui...

— Mais, dit Couture, en expliquant ainsi la Banque, aucun commerce n'est possible. Plus d'un loyal banquier a persuadé, sous l'approbation d'un loyal gouvernement, aux plus fins boursiers de prendre des fonds qui devaient, dans un temps donné, se trouver dépréciés. Vous avez vu mieux que cela ! N'a-t-on pas émis, toujours avec l'aveu, avec l'appui des Gouvernements, des valeurs pour payer les intérêts de certains fonds, afin d'en maintenir le cours et pouvoir s'en défaire. Ces opérations ont plus ou moins d'analogie avec la liquidation à la Nucingen.

— En petit, dit Blondet, l'affaire peut paraître singulière ; mais en grand, c'est de la haute finance. Il y a des actes arbitraires qui sont criminels d'individu à individu, lesquels arrivent à rien quand ils sont étendus à une multitude quelconque, comme une goutte d'acide prussique devient innocente dans un baquet d'eau. Vous tuez un homme, on vous guillotine. Mais avec une conviction gouvernementale quelconque, vous tuez cinq cents hommes [54], on respecte le crime politique. Vous prenez cinq mille francs dans mon secrétaire, vous allez au Bagne. Mais avec le piment d'un gain à faire habilement mis dans la gueule de mille boursiers, vous les forcez à prendre les rentes de je ne sais quelle république ou monarchie en faillite, émises, comme dit Couture, pour payer les intérêts de ces mêmes rentes : personne ne peut se plaindre. Voilà les vrais principes de l'âge d'or où nous vivons !

— La mise en scène d'une machine si vaste, reprit Bixiou, exigeait bien des polichinelles. D'abord la maison Nucingen avait sciemment et à dessein employé ses cinq millions dans une affaire en Amérique, dont les profits avaient été calculés de manière à revenir trop tard. Elle s'était dégarnie avec préméditation. Toute liquidation doit être motivée. La maison possédait en fonds particuliers et en valeurs émises environ six millions. Parmi les fonds particuliers se trouvaient les trois cent mille de la baronne d'Aldrigger, les quatre cent mille de Beaudenor, un million à d'Aiglemont, trois cent mille à Matifat, un demi-million à Charles Grandet, le mari de mademoiselle d'Aubrion, etc. En créant lui-même une entreprise industrielle par actions, avec lesquelles il se proposait de désintéresser ses créanciers au moyen de manœuvres plus ou moins habiles, Nucingen aurait pu être suspecté, mais il s'y prit avec plus de finesse : il fit créer par un autre !... cette machine destinée à jouer le rôle du Mississipi du système de Law. Le propre de Nucingen est de faire servir les plus habiles gens de la place à ses projets, sans les leur communiquer. Nucingen laissa donc échapper devant du Tillet l'idée pyramidale et victorieuse de combiner une entreprise par actions en constituant un capital assez fort pour pouvoir servir de très-gros intérêts aux actionnaires pendant les premiers temps. Essayée pour la première fois, en un moment où des capitaux niais abondaient, cette combinaison devait produire une hausse sur les actions, et par conséquent un bénéfice pour le banquier qui les émettrait. Songez que ceci est du 1826. Quoique frappé de cette idée, aussi féconde qu'ingénieuse, du Tillet pensa naturellement que si l'entreprise ne réussissait pas, il y aurait un blâme quelconque. Aussi suggéra-t-il de mettre en avant un directeur visible de cette machine commerciale. Vous connaissez aujourd'hui le secret de la maison Claparon fondée par du Tillet, une de ses plus belles inventions !...

— Oui, dit Blondet, l'éditeur responsable en finance, l'agent provocateur, le bouc émissaire ; mais aujourd'hui nous sommes plus forts, nous mettons : S'adresser à *l'administration de la chose*, telle rue, tel numéro, où le public trouve des employés en casquettes vertes, jolis comme des recors.

— Nucingen avait appuyé la maison Charles Claparon de tout son crédit, reprit Bixiou. On pouvait jeter sans crainte sur quelques places un million de papier Claparon. Du Tillet proposa donc de mettre sa maison Claparon en avant. Adopté. En 1825, l'Actionnaire n'était pas gâté dans les conceptions industrielles. Le *fonds de roulement* était inconnu ! Les Gérants ne s'obligeaient pas à ne point émettre leurs actions bénéficiaires[55], ils ne déposaient rien à la Banque, ils ne garantissaient rien. On ne daignait pas expliquer la commandite en disant à l'Actionnaire qu'on avait la bonté de ne pas lui demander plus de mille, de cinq cents, ou même de deux cent cinquante francs ! On ne publiait pas que l'expérience *in œre publico* ne durerait que sept ans, cinq ans, ou même trois ans, et qu'ainsi le dénouement ne se ferait pas long-temps attendre. C'était l'enfance de l'art ! On n'avait même pas fait intervenir la publicité de ces gigantesques annonces par lesquelles on stimule les imaginations, en demandant de l'argent à tout le monde...

— Cela arrive quand personne n'en veut donner, dit Couture.

— Enfin la concurrence dans ces sortes d'entreprises n'existait pas, reprit Bixiou. Les fabricants de papier mâché, d'impressions sur indiennes, les lamineurs de zinc, les Théâtres, les Journaux ne se ruaient pas comme des chiens à la curée de l'actionnaire expirant. Les belles affaires par actions, comme dit Couture, si naïvement publiées, appuyées par des rapports de gens experts (les princes de la science !...) se traitaient honteusement dans le silence et dans l'ombre de la Bourse. Les Loups-Cerviers exécutaient, financièrement parlant, l'air de la calomnie du Barbier de Séville. Ils allaient *piano, piano,* procédant par de légers cancans, sur la bonté de l'affaire, dits d'oreille à oreille. Ils n'exploitaient le patient, l'actionnaire, qu'à domicile, à la Bourse, ou dans le monde, par cette rumeur habilement créée et qui grandissait jusqu'au *tutti* d'une Cote à quatre chiffres...

— Mais, quoique nous soyons entre nous et que nous puissions tout dire, je reviens là-dessus, dit Couture.

— Vous êtes orfèvre, monsieur Josse[56] ? dit Finot.

— Finot restera classique, constitutionnel et perruque, dit Blondet.

— Oui, je suis orfèvre, reprit Couture pour le compte de qui Cérizet venait d'être condamné en Police Correctionnelle. Je soutiens que la nouvelle méthode est infiniment moins traîtresse, plus loyale, moins assassine que l'ancienne. La publicité permet la réflexion et l'examen. Si quelque actionnaire *est gobé,* il est venu de propos délibéré, on ne lui a pas vendu *chat en poche.* L'Industrie...

— Allons, voilà l'Industrie ! s'écria Bixiou.

— L'Industrie y gagne, dit Couture sans prendre garde à l'interruption. Tout Gouvernement qui se mêle du Commerce et ne le laisse pas libre, entreprend une coûteuse sottise : il arrive ou au *Maximum*[57] ou au Monopole. Selon moi, rien n'est plus conforme aux principes sur la liberté du commerce que les Sociétés par actions ! Y toucher, c'est vouloir répondre du capital et des bénéfices, ce qui est stupide. En toute affaire, les bénéfices sont en proportion avec les risques ! Qu'importe à l'État la manière dont s'obtient le mouvement rotatoire de l'argent, pourvu qu'il soit dans une activité perpétuelle ! Qu'importe qui est riche, qui est pauvre, s'il y a toujours la même quantité de riches imposables ? D'ailleurs, voilà vingt ans que les Sociétés par actions, les commandites, primes sous toutes les formes, sont en usage dans le pays le plus commercial du monde, en Angleterre, où tout se conteste, où les Chambres pondent mille ou douze cents lois par session, et où jamais un membre du Parlement ne s'est levé pour parler contre la méthode...

— Curative des coffres pleins, et par les végétaux ! dit Bixiou, *les carottes !*

— Voyons ? dit Couture enflammé. Vous avez dix mille francs, vous prenez dix actions de chacune *mille* dans dix entreprises différentes. Vous êtes volé neuf fois... (Cela n'est pas ! le public est plus fort que qui que ce soit ! mais je le suppose) une seule affaire réussit ! (par hasard ! — D'accord ! — On ne l'a pas fait exprès ! — Allez ! blaguez ?) Eh ! bien, le *ponte* assez sage pour diviser ainsi ses masses, rencontre un superbe placement, comme l'ont trouvé ceux qui ont pris les actions des mines de Wortschin. Messieurs, avouons entre nous que les gens qui crient sont des hypocrites au désespoir de n'avoir ni l'idée d'une affaire, ni la puissance de la proclamer, ni l'adresse de l'exploiter. La preuve ne se fera pas attendre. Avant peu vous verrez l'Aristocratie, les gens de cour, les Ministériels descendant en colonnes serrées dans la Spéculation, et avançant des mains plus crochues et trouvant des idées plus tortueuses que les nôtres, sans avoir notre supériorité. Quelle tête il faut pour fonder une affaire à une époque où l'avidité de l'actionnaire est égale à celle de l'inventeur ? Quel grand magnétiseur doit être l'homme qui crée un Claparon, qui trouve des expédients nouveaux ! Savez-vous la morale de ceci ? Notre temps ne vaut pas mieux que nous ! nous vivons à une époque d'avidité où l'on ne s'inquiète pas de la valeur de la chose, si l'on peut y gagner en la repassant au voisin ; et, on la repasse au voisin parce que l'avidité de l'Actionnaire, qui croit à un gain, est égale à celle du Fondateur qui le lui propose !

— Est-il beau, Couture, est-il beau ! dit Bixiou à Blondet, il va demander qu'on lui élève des statues comme à un bienfaiteur de l'Humanité.

— Il faudrait l'amener à conclure que l'argent des sots est de droit divin le patrimoine des gens d'esprit, dit Blondet.

— Messieurs, reprit Couture, rions ici pour tout le sérieux que nous garderons ailleurs quand nous entendrons parler des respectables bêtises que consacrent les lois faites à l'improviste.

— Il a raison. Quel temps, messieurs, dit Blondet, qu'un temps où dès que le feu de l'intelligence apparaît, on l'éteint vite par l'application d'une loi de circonstance. Les législateurs, partis presque tous d'un petit arrondissement où ils ont étudié la société dans les journaux, renferment alors le feu dans la machine. Quand la machine saute, arrivent les pleurs et les grincements de dents ! Un temps où il ne se fait que des lois fiscales et pénales ! Le grand mot de ce qui se passe, le voulez-vous ? *Il n'y a plus de religion dans l'État !*

— Ah ! dit Bixiou, bravo, Blondet ! tu as mis le doigt sur la plaie de la France, la Fiscalité qui a plus ôté de conquêtes à notre pays que les vexations de la guerre. Dans le Ministère où j'ai fait sept ans de galères[58], accouplé avec des bourgeois, il y avait un employé, homme de talent, qui avait résolu de changer tout le système des finances... ah ! bien, nous l'avons joliment dégommé. La France eût été trop heureuse, elle se serait amusée à reconquérir l'Europe, et nous avons agi pour le repos des nations. J'ai tué ce Rabourdin par une caricature ! (voir *Les Employés*).

— Quand je dis le mot *religion*, je n'entends pas dire une capucinade, j'entends le mot en grand politique, reprit Blondet.

— Explique-toi ! dit Finot.

— Voici, reprit Blondet. On a beaucoup parlé des affaires de Lyon, de la République canonnée dans les rues, personne n'a dit la vérité. La République s'était emparée de l'émeute comme un insurgé s'empare d'un fusil. La vérité, je vous la donne pour drôle et profonde. Le commerce de Lyon est un commerce sans âme, qui ne fait pas fabriquer une aune de soie sans qu'elle soit commandée et que le paiement soit sûr. Quand la commande s'arrête, l'ouvrier meurt de faim, il gagne à peine de quoi vivre en travaillant, les forçats sont plus heureux que lui. Après la révolution de juillet, la misère est arrivée à ce point que les CANUTS ont arboré le drapeau : *Du pain ou la mort !* une de ces proclamations que le gouvernement aurait dû étudier, elle était produite par la cherté de la vie à Lyon. Lyon veut bâtir des théâtres et devenir une capitale, de là des Octrois insensés. Les républicains ont flairé cette révolte à propos du pain, et ils ont organisé les *Canuts* qui se sont battus en partie double. Lyon a eu ses trois jours[59], mais tout est rentré dans l'ordre, et le Canut dans son taudis. Le Canut, probe jusque-là, rendant en étoffe la soie qu'on lui pesait en bottes, a mis la probité à la porte en songeant que les négociants le victimaient, et a mis de l'huile à ses doigts : il a rendu poids pour poids, mais il a vendu la soie représentée par l'huile, et le commerce des soieries françaises a été infesté d'*étoffes graissées*, ce qui aurait pu entraîner la perte de Lyon et celle d'une branche de commerce français. Les fabricants et le gouvernement, au lieu de supprimer la cause du mal, ont fait, comme certains médecins, rentrer le mal par un violent topique. Il fallait envoyer à Lyon un homme habile, un de ces gens qu'on appelle immoraux, un abbé Terray, mais l'on a vu le côté militaire ! Les troubles ont donc produit les gros de Naples à quarante sous l'aune. Ces gros de Naples sont aujourd'hui vendus, on peut le dire, et les fabricants ont sans doute inventé je ne sais quel moyen de contrôle. Ce système de fabrication sans prévoyance devait arriver dans un pays où RICHARD LENOIR, un des plus grands citoyens que la France ait eus, s'est ruiné pour avoir fait travailler six mille ouvriers sans commande, les avoir nourris, et avoir rencontré des ministres assez stupides pour le laisser succomber à la révolution que 1814 a faite dans le prix des tissus[60]. Voilà le seul cas où le négociant mérite une statue. Eh ! bien, cet homme est aujourd'hui l'objet d'une souscription sans souscripteurs, tandis que l'on a donné un million aux enfants du général Foy. Lyon est conséquent : il connaît la France, elle est sans aucun sentiment religieux. L'histoire de Richard Lenoir est une de ces fautes que Fouché trouvait pire qu'un crime.

— Si dans la manière dont les affaires se présentent, reprit Couture en se remettant au point où il était avant l'interruption, il y a une teinte de charlatanisme, mot devenu flétrissant et mis à cheval sur le mur mitoyen du juste et de l'injuste, car je demande où commence, où finit le charlatanisme, ce qu'est le charlatanisme ? Faites-moi l'amitié de me dire qui n'est pas charlatan ? Voyons ? un peu de bonne foi, l'ingrédient social le plus rare ! Le commerce qui consisterait à aller chercher la nuit ce qu'on vendrait dans la journée serait un non-sens. Un marchand d'allumettes a l'instinct de l'accaparement. Accaparer la marchandise est la pensée du boutiquier de la rue Saint-Denis *dit* le plus vertueux, comme du spéculateur *dit* le plus effronté. Quand les magasins sont pleins, il y a nécessité de vendre. Pour vendre, il faut allumer le chaland, de là l'enseigne du Moyen-Age et aujourd'hui le Prospectus ! Entre appeler la pratique et la forcer d'entrer, de consommer, je ne vois pas la différence d'un cheveu ! Il peut arriver, il doit arriver, il arrive souvent que des marchands attrapent des marchandises avariées, car le vendeur trompe incessamment l'acheteur. Eh ! bien, consultez les plus honnêtes gens de Paris, les notables commerçants[61] enfin ?... tous vous raconteront triomphalement la rouerie qu'ils ont alors inventée pour écouler leur marchandise quand on la leur avait vendue mauvaise. La fameuse maison Minard a commencé par des ventes de ce genre. La rue Saint-Denis ne vous vend qu'une robe de soie graissée, elle ne peut que cela. Les plus vertueux négociants vous disent de l'air le plus candide ce mot de l'improbité la plus effrénée : *On se tire d'une mauvaise affaire comme on peut.* Blondet vous a fait voir les affaires de Lyon dans leurs causes et leurs suites ; moi, je vais à l'application de ma théorie par une anecdote. Un ouvrier en laine, ambitieux et criblé d'enfants par une femme trop aimée, croit à la République. Mon gars achète de la laine rouge, et fabrique ces casquettes en laine tricotée que vous avez pu voir sur la tête de tous les gamins de Paris, et vous allez savoir pourquoi. La République est vaincue. Après l'affaire de Saint-Méry[62], les casquettes étaient invendables. Quand un ouvrier se trouve dans son ménage avec femme, enfants et dix mille casquettes en laine rouge dont ne veulent plus les chapeliers d'aucun bord, il lui passe par la tête autant d'idées qu'il en peut venir à un banquier bourré de dix millions d'actions à placer dans une affaire dont il se défie. Savez-vous ce qu'a fait l'ouvrier, ce Law faubourien, ce Nucingen des casquettes ? Il est allé trouver un dandy d'estaminet, un de ces farceurs qui font le désespoir des sergents-de-ville dans les bals champêtres aux Barrières, et l'a prié de jouer le rôle d'un capitaine américain pacotilleur, logé hôtel Meurice, d'aller *désirer* dix mille casquettes en laine rouge, chez un riche chapelier qui en avait encore *une* dans son étalage. Le chapelier flaire une affaire avec l'Amérique, accourt chez l'ouvrier, et se rue au comptant sur les casquettes. Vous comprenez : plus de capitaine américain, mais beaucoup de casquettes. Attaquer la liberté commerciale à cause de ces inconvénients, ce serait attaquer la Justice sous prétexte qu'il y a des délits qu'elle ne punit pas, ou accuser la Société d'être mal organisée à cause des malheurs qu'elle engendre ! Des casquettes et de la rue Saint-Denis, aux Actions et à la Banque, concluez !

— Couture, une couronne ! dit Blondet en lui mettant sa serviette tortillée sur sa tête. Je vais plus loin, messieurs. S'il y a vice dans la théorie actuelle, à qui la faute ? à la Loi ! à la Loi prise dans son système entier, à la législation ! à ces grands hommes d'Arrondissement que la Province envoie bouffis d'idées morales, idées indispensables dans la conduite de la vie à moins de se battre avec la justice, mais stupides dès qu'elles empêchent un homme de s'élever à la hauteur où doit se tenir le législateur. Que les lois interdisent aux passions tel ou tel développement (le jeu, la loterie, les Ninons de la borne[63], tout ce que vous voudrez), elles n'extirperont jamais les passions. Tuer les passions, ce serait tuer la Société, qui, si elle ne les engendre pas, du moins les développe. Ainsi vous entravez par des restrictions l'envie de jouer qui gît au fond de tous les cœurs, chez la jeune fille, chez l'homme de province, comme chez le diplomate, car tout le monde souhaite une fortune *gratis*, le Jeu s'exerce aussitôt en d'autres sphères. Vous supprimez stupidement la Loterie, les cuisinières n'en volent pas moins leurs maîtres, elles portent leurs vols à une Caisse d'Épargne, et la mise est pour elles de deux cent cinquante francs au lieu d'être de quarante sous, car les actions industrielles, les commandites, deviennent la Loterie, le Jeu sans tapis, mais avec un râteau invisible et un *refait*[64] calculé. Les Jeux sont fermés, la Loterie n'existe plus, voilà la France bien plus morale, crient les imbéciles, comme s'ils avaient supprimé les *pontes !* On joue toujours ! seulement le bénéfice n'est plus à l'État, qui remplace un impôt payé avec plaisir par un impôt gênant, sans diminuer les suicides, car le joueur ne meurt pas, mais bien sa victime ! Je ne vous parle pas des capitaux à l'étranger, perdus pour la France, ni des loteries de Francfort, contre le colportage desquelles la Convention avait décerné la peine de mort, et auquel se livraient les procureurs-syndics ! Voilà le sens de la niaise philanthropie de notre législateur. L'encouragement donné aux Caisses d'Épargne est une grosse sottise politique. Supposez une inquiétude quelconque sur la marche des affaires, le gouvernement aura créé la *queue de l'argent*, comme on a créé dans la Révolution la *queue au pain* [65]. Autant de caisses, autant d'émeutes. Si dans un coin trois gamins arborent un seul drapeau, voilà une révolution. Mais ce danger, quelque grand qu'il puisse être, me semble encore moindre que celui de la démoralisation du peuple. Une Caisse d'épargne est l'inoculation des vices engendrés par l'intérêt à des gens que ni l'éducation ni le raisonnement ne retiennent dans leurs combinaisons tacitement criminelles. Et voilà les effets de la philanthropie. Un grand politique doit être un scélérat abstrait, sans quoi les Sociétés sont mal menées. Un politique honnête homme est une machine à vapeur qui sentirait, ou un pilote qui ferait l'amour en tenant la barre : le bateau sombre. Un premier ministre qui prend cent millions et qui rend la France grande et heureuse, n'est-il pas préférable à un ministre enterré aux frais de l'État, mais qui a ruiné son pays ? Entre Richelieu, Mazarin, Potemkin, riches tous trois à chaque époque de trois cents millions, et le vertueux Robert Lindet [66] qui n'a su tirer parti ni des assignats, ni des Biens Nationaux, ou les vertueux imbéciles qui ont perdu Louis XVI, hésiteriez-vous ? Va ton train, Bixiou.

— Je ne vous expliquerai pas, reprit Bixiou, la nature de l'entreprise inventée par le génie financier de Nucingen, ce serait d'autant plus inconvenant qu'elle existe encore aujourd'hui, ses actions sont cotées à la Bourse ; les combinaisons étaient si réelles, l'objet de l'entreprise si vivace, que, créées au capital nominal de mille francs, établies par une Ordonnance royale, descendues à trois cents francs, elles ont remonté à sept cents francs, et arriveront au pair après avoir traversé les orages des années 27, 30 et 32. La crise financière de 1827 les fit fléchir, la Révolution de Juillet les abattit, mais l'affaire a des réalités dans le ventre (Nucingen ne saurait inventer une mauvaise affaire). Enfin, comme plusieurs maisons de banque du premier ordre y ont participé, il ne serait pas parlementaire d'entrer dans plus de détails. Le capital nominal fut de dix millions, capital réel sept, trois millions appartenaient aux fondateurs et aux banquiers chargés de l'émission des actions. Tout fut calculé pour faire arriver dans les six premiers mois l'action à gagner deux cents francs, par la distribution d'un faux dividende. Donc vingt pour cent sur dix millions. L'intérêt de du Tillet fut de cinq cent mille francs. Dans le vocabulaire financier, ce gâteau s'appelle *part à goinfre !* Nucingen se proposait d'opérer avec ses millions faits d'une main de papier rose à l'aide d'une pierre lithographique, de jolies petites actions à placer, précieusement conservées dans son cabinet. Les actions réelles allaient servir à fonder l'affaire, acheter un magnifique hôtel et commencer les opérations. Nucingen se trouvait encore des actions dans je ne sais quelles mines de plomb argentifère, dans des mines de houille et dans deux canaux, actions bénéficiaires accordées pour la mise en scène de ces quatre entreprises en pleine activité, supérieurement montées et en faveur, au moyen du dividende pris sur le capital. Nucingen pouvait compter sur un *agio* si les actions montaient, mais le baron le négligea dans ses calculs, il le laissait à fleur d'eau, sur la place, afin d'attirer les poissons ! Il avait donc massé ses valeurs, comme Napoléon massait ses troupiers, afin de liquider durant la crise qui se dessinait et qui révolutionna, en 26 et 27, les places européennes. S'il avait eu son prince de Wagram, il aurait pu dire comme Napoléon du haut du Santon[67] : Examinez bien la place, tel jour, à telle heure, il y aura là des fonds répandus ! Mais à qui pouvait-il se confier ? Du Tillet ne soupçonna pas son compérage involontaire. Les deux premières liquidations avaient démontré à notre puissant baron la nécessité de s'attacher un homme qui pût lui servir de piston pour agir sur le créancier. Nucingen n'avait point de neveu, n'osait prendre de confident, il lui fallait un homme dévoué, un Claparon intelligent, doué de bonnes manières, un véritable diplomate, un homme digne d'être ministre et digne de lui. Pareilles liaisons ne se forment ni en un jour, ni en un an. Rastignac avait alors été si bien entortillé par le baron que, comme le prince de la Paix[68], qui était autant aimé par le roi que par la reine d'Espagne, il croyait avoir conquis dans Nucingen une précieuse dupe. Après avoir ri d'un homme dont la portée lui fut longtemps inconnue, il avait fini par lui vouer un culte grave et sérieux en reconnaissant en lui la force qu'il croyait posséder seul. Dès son début à Paris, Rastignac fut conduit à mépriser la société tout entière. Dès 1820, il pensait, comme le baron, qu'il n'y a que des apparences d'honnête homme, et il regardait le monde comme la réunion de toutes les corruptions, de toutes les friponneries. S'il admettait des exceptions, il condamnait la masse : il ne croyait à aucune vertu, mais à des circonstances où l'homme est vertueux. Cette science fut l'affaire d'un moment ; elle fut acquise au sommet du Père-Lachaise, le jour où il y conduisait un pauvre honnête homme, le père de sa Delphine, mort la dupe de notre société, des sentiments les plus vrais, et abandonné par ses filles et par ses gendres. Il résolut de jouer tout ce monde, et de s'y tenir en grand costume de vertu, de probité, de belles manières. L'Égoïsme arma de pied en cap ce jeune noble. Quand le gars trouva Nucingen revêtu de la même armure, il l'estima comme au Moyen-Age, dans un tournoi, un chevalier damasquiné de la tête aux pieds, monté sur un barbe, eût estimé son adversaire houzé[69], monté comme lui. Mais il s'amollit pendant quelque temps dans les délices de Capoue. L'amitié d'une femme comme la baronne de Nucingen est de nature à faire abjurer tout égoïsme. Après avoir été trompée une première fois dans ses affections en rencontrant une mécanique de Birmingham, comme était feu de Marsay[70], Delphine dut éprouver, pour un homme jeune et plein des religions de la province, un attachement sans bornes. Cette tendresse a réagi sur Rastignac. Quand Nucingen eut passé à l'ami de sa femme le harnais que tout exploitant met à son exploité, ce qui arriva précisément au moment où il méditait sa troisième liquidation, il lui confia sa position, en lui montrant comme une obligation de son intimité, comme une réparation, le rôle de compère à prendre et à jouer. Le baron jugea dangereux d'initier son collaborateur conjugal à son plan. Rastignac crut à un malheur, et le baron lui laissa croire qu'il sauvait la boutique. Mais quand un écheveau a tant de fils, il s'y fait des nœuds. Rastignac trembla pour la fortune de Delphine : il stipula l'indépendance de la baronne, en exigeant une séparation de biens, en se jurant à lui-même de solder son compte avec elle en lui triplant sa fortune. Comme Eugène ne parlait pas de lui-même, Nucingen le supplia d'accepter, en cas de réussite complète, vingt-cinq actions de mille francs chacune dans les mines de plomb argentifère, que Rastignac prit pour ne pas l'offenser ! Nucingen avait seriné Rastignac la veille de la soirée où notre ami disait à Malvina de se marier. A l'aspect des cent familles heureuses qui allaient et venaient dans Paris, tranquilles sur leur fortune, les Godefroid de Beaudenord, les d'Aldrigger, les d'Aiglemont, etc., il prit à Rastignac un frisson comme à un jeune général qui pour la première fois contemple une armée avant la bataille. La pauvre petite Isaure et Godefroid, jouant à l'amour, ne représentaient-ils pas Acis et Galathée sous le rocher que le gros Polyphème va faire tomber sur eux ?...

— Ce singe de Bixiou, dit Blondet, il a presque du talent.

— Ah ! je ne marivaude donc plus, dit Bixiou jouissant de son succès et regardant ses auditeurs surpris. — Depuis deux mois, reprit-il après cette interruption, Godefroid se livrait à tous les petits bonheurs d'un homme qui se marie. On ressemble alors à ces oiseaux qui font leurs nids au printemps, vont et viennent, ramassent des brins de paille, les portent dans leur bec, et cotonnent le domicile de leurs œufs. Le futur d'Isaure avait loué rue de la Planche un petit hôtel de mille écus, commode, convenable, ni trop grand, ni trop petit. Il allait tous les matins voir les ouvriers travaillant, et y surveiller les peintures. Il y avait introduit le *comfort*, la seule bonne chose qu'il y ait en Angleterre : calorifère pour maintenir une température égale dans la maison ; mobilier bien choisi, ni trop brillant, ni trop élégant ; couleurs fraîches et douces à l'œil, stores intérieurs et extérieurs à toutes les croisées ; argenterie, voitures neuves. Il avait fait arranger l'écurie, la sellerie, les remises où Toby, Joby, Paddy se démenait et frétillait comme une marmotte déchaînée, en paraissant très-heureux de savoir qu'il y aurait des femmes au logis et une *lady !* Cette passion de l'homme qui se met en ménage, qui choisit des pendules, qui vient chez sa future les poches pleines d'échantillons d'étoffes, la consulte sur l'ameublement de la chambre à coucher, qui va, vient, trotte, quand il va, vient et trotte animé par l'amour, est une des choses qui réjouissent le plus un cœur honnête et surtout les fournisseurs. Et comme rien ne plaît plus au monde que le mariage d'un joli jeune homme de vingt-sept ans avec une charmante personne de vingt ans qui danse bien, Godefroid, embarrassé pour la corbeille, invita Rastignac et madame de Nucingen à déjeuner, pour les consulter sur cette affaire majeure. Il eut l'excellente idée de prier son cousin d'Aiglemont et sa femme, ainsi que madame de Serisy. Les femmes du monde aiment assez à se dissiper une fois par hasard chez les garçons, à y déjeuner.

— C'est leur école buissonnière, dit Blondet.

— On devait aller voir rue de la Planche le petit hôtel des futurs époux, reprit Bixiou. Les femmes sont pour ces petites expéditions comme les ogres pour la chair fraîche, elles rafraîchissent leur présent de cette jeune joie qui n'est pas encore flétrie par la jouissance. Le couvert fut mis dans le petit salon qui, pour l'enterrement de la vie de garçon, fut paré comme un cheval de cortége. Le déjeuner fut commandé de manière à offrir ces jolis petits plats que les femmes aiment à manger, croquer, sucer le matin, temps où elles ont un effroyable appétit, sans vouloir l'avouer, car il semble qu'elles se compromettent en disant : J'ai faim ! — Et pourquoi tout seul, dit Godefroid en voyant arriver Rastignac. — Madame de Nucingen est triste, je te conterai tout cela, répondit Rastignac qui avait une tenue d'homme contrarié. — De la brouille ?... s'écria Godefroid. — Non, dit Rastignac. A quatre heures, les femmes envolées au bois de Boulogne, Rastignac resta dans le salon, et il regarda mélancoliquement par la fenêtre Toby, Joby, Paddy, qui se tenait audacieusement devant le cheval attelé au tilbury, les bras croisés comme Napoléon, il ne pouvait pas le tenir en bride autrement que par sa voix clairette, et le cheval craignait Joby, Toby. — Hé ! bien, qu'as-tu, mon cher ami, dit Godefroid à Rastignac, tu es sombre, inquiet, ta gaieté n'est pas franche. Le bonheur incomplet te tiraille l'âme ! Il est en effet bien triste de ne pas être marié à la Mairie et à l'Église avec la femme que l'on aime. — As-tu du courage, mon cher, pour entendre ce que j'ai à te dire, et sauras-tu reconnaître à quel point il faut s'attacher à quelqu'un pour commettre l'indiscrétion dont je vais me rendre coupable ? lui dit Rastignac de ce ton qui ressemble à un coup de fouet. — Quoi, dit Godefroid en pâlissant. — J'étais triste de ta joie, et je n'ai pas le cœur, en voyant tous ces apprêts, ce bonheur en fleur, de garder un secret pareil. — Dis donc en trois mots. — Jure-moi sur l'honneur que tu seras en ceci muet comme une tombe. — Comme une tombe. — Que si l'un de tes proches était intéressé dans ce secret, il ne le saurait pas. — Pas. — Hé ! bien, Nucingen est parti cette nuit pour Bruxelles, il faut déposer si l'on ne peut pas liquider. Delphine vient de demander ce matin même au Palais sa séparation de biens. Tu peux encore sauver ta fortune. — Comment ? dit Godefroid en se sentant un sang de glace dans les veines. — Écris tout simplement au baron de Nucingen une lettre antidatée de quinze jours, par laquelle tu lui donnes l'ordre de t'employer tous tes fonds en actions (et il lui nomma la société Claparon). Tu as quinze jours, un mois, trois mois peut-être pour les vendre au-dessus du prix actuel, elles gagneront encore. — Mais d'Aiglemont qui déjeunait avec nous, d'Aiglemont qui a chez Nucingen un million. — Écoute, je ne sais pas s'il se trouve assez de ces actions pour le couvrir, et puis, je ne suis pas son ami, je ne puis pas trahir les secrets de Nucingen, tu ne dois pas lui en parler. Si tu dis un mot, tu me réponds des conséquences. Godefroid resta pendant dix minutes dans la plus parfaite immobilité. — Acceptes-tu, oui ou non, lui dit impitoyablement Rastignac. Godefroid prit une plume et de l'encre, il écrivit et signa la lettre que lui dicta Rastignac. — Mon pauvre cousin ! s'écria-t-il. — Chacun pour soi, dit Rastignac. Et d'un de chambré ! ajouta-t-il en quittant Godefroid. Pendant que Rastignac manœuvrait dans Paris, voilà quel aspect présentait la Bourse. J'ai un ami de province, une bête qui me demandait en passant à la Bourse, entre quatre et cinq heures, pourquoi ce rassemblement de causeurs qui vont et viennent, ce qu'ils peuvent se dire, et pourquoi se promener après l'irrévocable fixation du cours des Effets publics. — « Mon ami, lui dis-je, ils ont mangé, ils digèrent ; pendant la digestion, ils font des cancans sur le voisin, sans cela pas de sécurité commerciale à

Paris. Là se lancent les affaires, et il y a tel homme, Palma, par exemple, dont l'autorité est semblable à celle de Sinard à l'Académie royale des Sciences. Il dit que la spéculation se fasse, et la spéculation est faite ! »

— Quel homme, messieurs, dit Blondet, que ce juif qui possède une instruction non pas universitaire, mais universelle. Chez lui, l'universalité n'exclut pas la profondeur ; ce qu'il sait, il le sait à fond ; son génie est intuitif en affaires ; c'est le grand-référendaire des loups-cerviers qui dominent la place de Paris, et qui ne font une entreprise que quand Palma l'a examinée. Il est grave, il écoute, il étudie, il réfléchit, et dit à son interlocuteur qui, vu son attention, le croit empaumé : — Cela ne me va pas. Ce que je trouve de plus extraordinaire, c'est qu'après avoir été dix ans l'associé de Werbrust, il ne s'est jamais élevé de nuages entre eux.

— Ça n'arrive qu'entre gens très-forts ou très-faibles ; tout ce qui est entre les deux se dispute et ne tarde pas à se séparer ennemis, dit Couture[71].

— Vous comprenez, dit Bixiou, que Nucingen avait savamment et d'une main habile, lancé sous les colonnes de la Bourse un petit obus qui éclata sur les quatre heures. — Savez-vous une nouvelle grave, dit du Tillet à Werbrust en l'attirant dans un coin, Nucingen est à Bruxelles, sa femme a présenté au Tribunal une demande en séparation de biens. — Êtes-vous son compère pour une liquidation ? dit Werbrust en souriant. — Pas de bêtises, Werbrust, dit du Tillet, vous connaissez les gens qui ont de son papier, écoutez-moi, nous avons une affaire à combiner. Les actions de notre nouvelle société gagnent vingt pour cent, elles gagneront vingt-cinq fin du trimestre, vous savez pourquoi, on distribue un magnifique dividende. — Finaud, dit Werbrust, allez, allez votre train, vous êtes un diable qui avez les griffes longues, pointues, et vous les plongez dans du beurre. — Mais laissez-moi donc dire, ou nous n'aurons pas le temps d'opérer. Je viens de trouver mon idée en apprenant la nouvelle, et j'ai positivement vu madame de Nucingen dans les larmes, elle a peur pour sa fortune. — Pauvre petite ! dit Werbrust d'un air ironique. Hé ! bien ? reprit l'ancien juif d'Alsace en interrogeant du Tillet qui se taisait. — Hé ! bien, il y a chez moi mille actions de mille francs que Nucingen m'a remises à placer, comprenez-vous ? — Bon ! — Achetons à dix, à vingt pour cent de remise, du papier de la maison Nucingen pour un million, nous gagnerons une belle prime sur ce million, car nous serons créanciers et débiteurs, la confusion s'opérera ! mais agissons finement, les détenteurs pourraient croire que nous manœuvrons dans les intérêts de Nucingen. Werbrust comprit alors le tour à faire et serra la main de du Tillet en lui jetant le regard d'une femme qui fait une niche à sa voisine. — Hé ! bien, vous savez la nouvelle, leur dit Martin Falleix, la maison Nucingen suspend ? — Bah ! répondit Werbrust, n'ébruitez donc pas cela, laissez les gens qui ont de son papier faire leurs affaires. — Savez-vous la cause du désastre ?... dit Claparon en intervenant. — Toi, tu ne sais rien, lui dit du Tillet, il n'y aura pas le moindre désastre, il y aura un paiement intégral. Nucingen recommencera les affaires et trouvera des fonds tant qu'il en voudra chez moi. Je sais la cause de la suspension : il a disposé de tous ses capitaux en faveur du Mexique qui lui retourne des métaux, des canons espagnols si sottement fondus qu'il s'y trouve de l'or, des cloches, des argenteries d'église, toutes les démolitions de la monarchie espagnole dans les Indes. Le retour de ces valeurs tarde. Le cher baron est gêné, voilà tout. — C'est vrai, dit Werbrust, je prends son papier à vingt pour cent d'escompte. La nouvelle circula dès lors avec la rapidité du feu sur une meule de paille. Les choses les plus contradictoires se disaient. Mais il y avait une telle confiance en la maison Nucingen, toujours à cause des deux précédentes liquidations, que tout le monde gardait le papier Nucingen. — Il faut que Palma nous donne un coup de main, dit Werbrust. Palma était l'oracle des Keller, gorgés de valeurs Nucingen. Un mot d'alarme dit par lui suffisait. Werbrust obtint de Palma qu'il sonnât un coup de cloche. Le lendemain, l'alarme régnait à la Bourse. Les Keller conseillés par Palma cédèrent leurs valeurs à dix pour cent de remise, et firent autorité à la Bourse : on les savait très-fins. Taillefer donna dès lors trois cent mille francs à vingt pour cent, Martin Falleix deux cent mille à quinze pour cent. Gigonnet devina le coup ! Il chauffa la panique afin de se procurer du papier Nucingen pour gagner quelques deux ou trois pour cent en le cédant à Werbrust. Il avisa, dans un coin de la Bourse, le pauvre Matifat, qui avait trois cent mille francs chez Nucingen. Le droguiste, pâle et blême, ne vit pas sans frémir le terrible Gigonnet, l'escompteur de son ancien quartier, venant à lui pour le scier en deux. — Ça va mal, la crise se dessine, Nucingen arrange [72] ! mais ça ne vous regarde pas, père Matifat, vous êtes retiré des affaires. — Hé ! bien, vous vous trompez, Gigonnet, je suis pincé de trois cent mille francs avec lesquels je voulais opérer sur les rentes d'Espagne [73]. — Ils sont sauvés, les rentes d'Espagne vous auraient tout dévoré, tandis que je vous donnerai quelque chose de votre compte chez Nucingen, comme cinquante pour cent. — J'aime mieux voir venir la liquidation, répondit Matifat, jamais un banquier n'a donné moins de cinquante pour cent. Ah ! s'il ne s'agissait que de dix pour cent de perte, dit l'ancien droguiste. — Hé ! bien, voulez-vous à quinze ? dit Gigonnet. — Vous me paraissez bien pressé, dit Matifat. — Bonsoir, dit Gigonnet. — Voulez-vous à douze ? — Soit, dit Gigonnet. Deux millions furent rachetés le soir et balancés chez Nucingen par du Tillet, pour le compte de ces trois associés fortuits, qui le lendemain touchèrent leur prime. La vieille, jolie, petite baronne d'Aldrigger déjeunait avec ses deux filles et Godefroid, lorsque Rastignac vint d'un air diplomatique engager la conversation sur la crise financière. Le baron de Nucingen avait une vive affection pour la famille d'Aldrigger, il s'était arrangé, en cas de malheur, pour couvrir le compte de la baronne par ses meilleurs valeurs, des actions dans les mines de plomb argentifère ; mais pour la sûreté de la baronne, elle devait le prier d'employer ainsi les fonds. — Ce pauvre Nucingen, dit la baronne, et que lui arrive-t-il donc ? — Il est en Belgique, sa femme demande une séparation de biens ; mais il est allé chercher des ressources chez des banquiers. — Mon Dieu, cela me rappelle mon pauvre mari ! Cher monsieur de Rastignac, comme cela doit vous faire mal, à vous si attaché à cette maison-là. — Pourvu que tous les indifférents soient à l'abri, ses amis seront récompensés plus tard, il s'en tirera, c'est un homme habile. — Un honnête homme, surtout, dit la baronne. Au bout d'un mois, la liquidation du passif de la maison Nucingen était opérée, sans autres procédés que les lettres par lesquelles chacun demandait l'emploi de son argent en valeurs désignées et sans autres formalités de la part des maisons de banque que la remise des valeurs Nucingen contre les actions qui prenaient faveur. Pendant que du Tillet, Werbrust, Claparon, Gigonnet et quelques gens, qui se croyaient fins, faisaient revenir de l'Étranger avec un pour cent de prime le papier de la maison Nucingen, car ils gagnaient encore à l'échanger contre les actions en hausse, la rumeur était d'autant plus grande sur la place de Paris, que personne n'avait plus rien à craindre. On babillait sur Nucingen, on l'examinait, on le jugeait, on trouvait moyen de le calomnier ! Son luxe, ses entreprises ! Quand un homme en fait autant, il se coule, etc. Au plus fort de ce *tutti*, quelques personnes furent très-étonnées de recevoir des lettres de Genève, de Bâle, de Milan, de Naples, de Gênes, de Marseille, de Londres, dans lesquelles leurs correspondants annonçaient, non sans étonnement, qu'on leur offrait un pour cent de prime du papier de Nucingen de qui elles leur mandaient la faillite. — Il se passe quelque chose, dirent les Loups-Cerviers. Le Tribunal avait prononcé la séparation de biens entre Nucingen et sa femme. La question se compliqua bien plus encore : les journaux annoncèrent le retour de monsieur le baron de Nucingen, lequel était allé s'entendre avec un célèbre industriel de la Belgique, pour l'exploitation d'anciennes mines de charbon de terre, alors en souffrance, les fosses des bois de Bossut[74]. Le baron reparut à la Bourse, sans seulement prendre la peine de démentir les rumeurs calomnieuses qui avaient circulé sur sa maison, il dédaigna de réclamer par la voie des journaux, il acheta pour deux millions un magnifique domaine aux portes de Paris. Six semaines après, le journal de Bordeaux annonça l'entrée en rivière de deux vaisseaux chargés, pour le compte de la maison Nucingen, de métaux dont la valeur était de sept millions. Palma, Werbrust et du Tillet comprirent que le tour était fait, mais ils furent les seuls à le comprendre. Ces écoliers étudièrent la mise en scène de ce *puff* financier, reconnurent qu'il était préparé depuis onze mois, et proclamèrent Nucingen le plus grand financier européen. Rastignac n'y comprit rien, mais il y avait gagné quatre cent mille francs que Nucingen lui avait laissé tondre sur les brebis parisiennes, et avec lesquels il a doté ses deux sœurs. D'Aiglemont, averti par son cousin Baudenord, était venu supplier Rastignac d'accepter dix pour cent de son million, s'il lui faisait obtenir l'emploi du million en actions sur un canal qui est encore à faire, car Nucingen a si bien roulé le Gouvernement dans cette affaire-là que les concessionnaires du canal on intérêt à ne pas le finir[75]. Charles Grandet a imploré l'amant de Delphine de lui faire échanger son argent contre des actions. Enfin, Rastignac a joué pendant dix jours le rôle de Law supplié par les plus jolies duchesses de leur donner des actions, et aujourd'hui le gars peut avoir quarante mille livres de rente dont l'origine vient des actions dans les mines de plomb argentifère.

— Si tout le monde gagne, qui donc a perdu ? dit Finot.

— Conclusion, reprit Bixiou. Alléchés par le pseudo-dividende qu'ils touchèrent quelques mois après l'échange de leur argent contre les actions, le marquis d'Aiglemont et Beaudenord les gardèrent (je vous les pose pour tous les autres), ils avaient trois pour cent de plus de leurs capitaux, ils chantèrent les louanges de Nucingen, et le défendirent au moment même où il fut soupçonné de suspendre ses paiements. Godefroid épousa sa chère Isaure, et reçut pour cent mille francs d'actions dans les mines. A l'occasion de ce mariage, les Nucingen donnèrent un bal dont la magnificence surpassa l'idée qu'on s'en faisait. Delphine offrit à la jeune mariée une charmante parure en rubis. Isaure dansa, non plus en jeune fille, mais en femme heureuse. La petite baronne fut plus que jamais bergère des Alpes. Malvina, la femme d'*Avez-vous vu dans Barcelone?* entendit au milieu de ce bal du Tillet lui conseillant sèchement d'être madame Desroches. Desroches, chauffé par les Nucingen, par Rastignac, essaya de traiter les affaires d'intérêt ; mais aux premiers mots d'actions des mines données en dot, il rompit, et se retourna vers les Matifat. Rue du Cherche-Midi, l'avoué trouva les damnées actions sur les canaux que Gigonnet avait fourrées à Matifat au lieu de lui donner de l'argent. Vois-tu Desroches rencontrant le râteau de Nucingen sur les deux dots qu'il avait couchées en joue. Les catastrophes ne se firent pas attendre. La société Claparon fit trop d'affaires, il y eut engorgement, elle cessa de servir les intérêts et de donner des dividendes, quoique ses opérations fussent excellentes. Ce malheur se combina avec les événements de 1827. En 1829, Claparon était trop connu pour être l'homme de paille de ces deux colosses, et il roula de son piédestal à terre. De douze cent cinquante francs, les actions tombèrent à quatre cents francs, quoiqu'elles valussent intrinsèquement six cents francs. Nucingen, qui connaissait leur prix intrinsèque, racheta. La petite baronne d'Aldrigger avait vendu ses actions dans les mines qui ne rapportaient rien, et Godefroid vendit celles de sa femme par la même raison. De même que la baronne, Beaudenord avait échangé ses actions de mines contre les actions de la société Claparon. Leurs dettes les forcèrent à vendre en pleine baisse. De ce qui leur représentait sept cent mille francs, ils eurent deux cent trente mille francs. Ils firent leur lessive, et le reste fut prudemment placé dans le trois pour cent à 75. Godefroid, si heureux garçon, sans soucis, qui n'avait qu'à se laisser vivre, se vit chargé d'une petite femme bête comme une oie, incapable de supporter l'infortune, car au bout de six mois il s'était aperçu du changement de l'objet aimé en volatile ; et, de plus, il est chargé d'une belle-mère sans pain qui rêve toilettes. Les deux familles se sont réunies pour pouvoir exister. Godefroid fut obligé d'en venir à faire agir toutes ses protections refroidies pour avoir une place de mille écus au Ministère des Finances. Les amis ?... aux Eaux. Les parents ?... étonnés, promettant : « *Comment, mon cher, mais comptez sur moi ! Pauvre garçon !* » Oublié net un quart d'heure après. Beaudenord dut sa place à l'influence de Nucingen et de Vandenesse. Ces gens si estimables et si malheureux logent aujourd'hui, rue du Mont-Thabor, à un troisième étage au-dessus de l'entresol. L'arrière-petite perle des Adolphus, Malvina, ne possède rien, elle donne des leçons de piano pour ne pas être à charge à son beau-frère. Noire, grande, mince, sèche, elle ressemble à une momie échappée de chez Passalacqua[76] qui court à pied dans Paris. En 1830, Beaudenord a perdu sa place, et sa femme lui a donné un quatrième enfant. Huit maîtres et deux domestiques (Wirth et sa femme) ! argent : huit mille livres de rentes. Les mines donnent aujourd'hui des dividendes si considérables que l'action de mille francs vaut mille francs de rente. Rastignac et madame de Nucingen ont acheté les actions vendues par Godefroid et par la baronne. Nucingen a été créé pair de France par la Révolution de Juillet, et grand-officier de la Légion-d'Honneur. Quoiqu'il n'ait pas liquidé après 1830, il a, dit-on, seize à dix-huit millions de fortune. Sûr des Ordonnances de juillet, il avait vendu tous ses fonds et replacé hardiment quand le trois pour cent fut à 45[77], il a fait croire au Château que c'était par dévouement, et il a dans ce temps avalé, de concert avec du Tillet, trois millions à ce grand drôle de Philippe Bridau ! Dernièrement, en passant rue de Rivoli pour aller au bois de Boulogne, notre baron aperçut sous les arcades la baronne d'Aldrigger. La petite vieille avait une capote verte doublée de rose, une robe à fleurs, une mantille, enfin elle était toujours et plus que jamais bergère des Alpes, car elle n'a pas plus compris les causes de son malheur que les causes de son opulence. Elle s'appuyait sur la pauvre Malvina, modèle des dévouements héroïques, qui avait l'air d'être la vieille mère, tandis que la baronne avait l'air d'être la jeune fille ; et Wirth les suivait un parapluie à la main. — « *Foilà tes chens,* dit le baron à monsieur Cointet, un ministre avec lequel il allait se promener, *dont il m'a ité imbossiple te vaire la vordeine. La pourrasque à brincibes esd bassée, reblacez tonc ce baufre Peautenord.* » Beaudenord est rentré aux Finances par les soins de Nucingen, que les d'Aldrigger vantent comme un héros d'amitié, car il invite toujours la petite bergère des Alpes et ses filles à ses bals. Il est impossible à qui que ce soit au monde de démontrer comment cet homme a, par trois fois et sans effraction, voulu voler le public enrichi par lui, malgré lui.

Personne n'a de reproches à lui faire. Qui viendrait dire que la haute Banque est souvent un coupe-gorge commettrait la plus insigne calomnie. Si les Effets haussent et baissent, si les valeurs augmentent et se détériorent, ce flux et reflux est produit par un mouvement naturel, atmosphérique, en rapport avec l'influence de la lune, et le grand Arago est coupable de ne donner aucune théorie scientifique sur cet important phénomène. Il résulte seulement de ceci une vérité pécuniaire que je n'ai vue écrite nulle part...

— Laquelle.

— Le débiteur est plus fort que le créancier.

— Oh ! dit Blondet, moi je vois dans ce que nous avons dit la paraphrase d'un mot de Montesquieu, dans lequel il a concentré l'Esprit des Lois.

— Quoi ? dit Finot.

— Les lois sont des toiles d'araignées à travers lesquelles passent les grosses mouches et où restent les petites.

— Où veux-tu donc en venir ? dit Finot à Blondet.

— Au gouvernement absolu, le seul où les entreprises de l'Esprit contre la Loi puissent être réprimées ! Oui, l'Arbitraire sauve les peuples en venant au secours de la justice, car le droit de grâce n'a pas d'envers : le Roi, qui peut gracier le banqueroutier frauduleux, ne rend rien à la victime dépouillée. La Légalité tue la Société moderne.

— Fais comprendre cela aux électeurs ! dit Bixiou.

— Il y a quelqu'un qui s'en est chargé.

— Qui ?

— Le Temps. Comme l'a dit l'évêque de Léon[78], si la liberté est ancienne, la royauté est éternelle : toute nation saine d'esprit y reviendra sous une forme ou sous une autre.

— Tiens, il y avait du monde à côté, dit Finot en nous entendant sortir.

— Il y a toujours du monde à côté, répondit Bixiou qui devait être aviné.

Paris, novembre 1837.

DOSSIER

VIE DE BALZAC

La biographie de Balzac est tellement chargée d'événements si divers, et tout s'y trouve si bien emmêlé, qu'un exposé purement chronologique des faits serait d'une confusion extrême.

Dans l'ordre chronologique, nous nous sommes donc contentés de distinguer, d'une manière aussi peu arbitraire que possible, cinq grandes époques de la vie de Balzac : des origines à 1814, 1815-1828, 1828-1833, 1833-1840, 1841-1850.

A l'intérieur des périodes principales, nous avons préféré, quand il y avait lieu, classer les faits selon leur nature : l'œuvre, les autres activités touchant la littérature, la vie sentimentale, les voyages, etc. (mais en reprenant, à l'intérieur de chaque paragraphe, l'ordre chronologique).

Famille, enfance : des origines à 1814

En juillet 1746 naît dans le Rouergue, d'une lignée paysanne, Bernard-François Balssa, qui sera le père du romancier et mourra en 1829 ; trente ans plus tard nous retrouvons le nom orthographié « Balzac ».

Janvier 1797 : Bernard-François, directeur des vivres de la division militaire de Tours, épouse à cinquante ans Laure Sallambier, qui en a dix-huit, et qui vivra jusqu'en 1854.

1799, 20 mai : naissance à Tours d'Honoré Balzac (le nom ne comporte pas encore la particule). Un premier fils, né jour pour jour un an plus tôt, n'avait pas vécu.

Après Honoré, trois autres enfants naîtront : 1° Laure (1800-1871), qui épousera en 1820 Eugène Surville, ingénieur des Ponts et

Chaussées ; 2° Laurence (1802-1825), devenue en 1821 Mme de Montzaigle : c'est sur son acte de baptême que la particule « de » apparaît pour la première fois devant le nom de Balzac. Elle mourra dans la misère, honnie sans raison par sa mère : 3° Henry (1807-1858), fils adultérin dont le père était Jean de Margonne (1780-1858), châtelain de Saché.

L'enfance et l'adolescence d'Honoré seront affectées par la préférence de la mère pour Henry, lequel, dépourvu de dons et de caractère, traînera une existence assez misérable ; les ternes séjours qu'il fera dans les îles de l'océan Indien avant de mourir à Mayotte contrastent absolument avec les aventures des romanesques coureurs de mers balzaciens. Balzac gardera des liens étroits avec Margonne et séjournera souvent à Saché, où l'on montre encore sa chambre et sa table de travail.

Dès sa naissance, Honoré est mis en nourrice chez la femme d'un gendarme à Saint-Cyr-sur-Loire, aujourd'hui faubourg de Tours (rive droite). De 1804 à 1807 il est externe dans un établissement scolaire de Tours, de 1807 à 1813 il est pensionnaire au collège de Vendôme. Puis, pendant quelques mois, en 1813, atteint de troubles et d'une espèce d'hébétude qu'on attribue à un abus de lecture, il demeure dans sa famille, au repos. De l'été 1813 à juin 1814, il est pensionnaire dans une institution du Marais. Autant d'étapes que l'on retrouvera dans *Le Lys*. De juillet à septembre 1814, il reprend ses études au collège de Tours, comme externe.

Son père, alors administrateur de l'Hospice général de Tours, est nommé directeur des vivres dans une entreprise parisienne de fournitures aux armées. Toute la famille quitte Tours pour Paris, en novembre 1814.

Apprentissages, 1815-1828

1815-1819. Honoré poursuit ses études à Paris. Il entreprend son droit, suit des cours à la Sorbonne et au Muséum. Il travaille comme clerc dans l'étude de Me Guillonnet-Merville, avoué, puis dans celle de Me Passez, notaire ; ces deux stages laisseront sur lui une empreinte profonde.

Son père ayant pris sa retraite, la famille, dont les ressources sont désormais réduites, quitte Paris et s'installe pendant l'été 1819 à Villeparisis. Le 16 août, le frère cadet de Bernard-François était guillotiné à Albi pour l'assassinat, dont il n'était peut-être pas coupable, d'une fille de ferme. Cependant Honoré, qu'on destinait au notariat, obtient de renoncer à cette carrière, et de demeurer seul à Paris, dans une mansarde, rue Lesdiguières, pour éprouver sa vocation en s'exerçant au métier des lettres. En septembre 1820, au tirage au sort, il a obtenu un « bon numéro » le dispensant du service militaire.

Dès 1817 il a rédigé des *Notes sur la philosophie et la religion*, suivies en 1818 de *Notes sur l'immortalité de l'âme*, premiers indices du goût prononcé qu'il gardera longtemps pour la spéculation philosophique ; maintenant il s'attaque à une tragédie, *Cromwell*, cinq actes en vers, qu'il termine au printemps de 1820. Soumise à plusieurs juges successifs, l'œuvre est uniformément estimée détestable ; Andrieux, aimable écrivain, professeur au Collège de France et académicien, conclut que l'auteur peut tenter sa chance dans n'importe quelle voie, hormis la littérature. Balzac continue sa recherche philosophique avec *Falthurne* et *Sténie* (1820), que suivront bientôt (1823) un *Traité de la prière* et un second *Falthurne*.

De 1822 à 1827, soit en collaboration soit seul, sous les pseudonymes de lord R'hoone et Horace de Saint-Aubin, il publie une masse considérable de produits romanesques « de consommation courante », qu'il lui arrivera d'appeler « petites opérations de littérature marchande » ou même « cochonneries littéraires ». A leur sujet, les balzaciens se partagent : les uns y trouvent des ébauches de thèmes et les signes avant-coureurs du génie romanesque ; les autres doutent que Balzac, soucieux de satisfaire une clientèle populaire, y ait rien mis qui soit sérieusement de lui-même.

En 1822 commence une partie de l'histoire du *Lys* : sa longue liaison (mais, de sa part, non exclusive) avec Antoinette de Berny, qu'il a rencontrée à Villeparisis l'année précédente. Née en 1777, elle a alors deux fois l'âge d'Honoré qui aura pour celle qu'il a rebaptisée Laure, et la *Dilecta*, un amour ambivalent, où il trouvera une compensation à son enfance frustrée.

Fille d'un musicien de la Cour et d'une femme de la chambre de Marie-Antoinette, femme d'expérience, Laure initiera son jeune amant aux secrets de la vie. Elle restera pour lui un soutien, et le guide le plus sûr. Elle mourra en 1836.

En 1825, Balzac entre en relation avec la duchesse d'Abrantès (1784-1838) ; cette nouvelle maîtresse, qui d'ailleurs s'ajoute à la précédente et ne se substitue pas à elle, a encore quinze ans de plus que lui. Fort avertie de la grande et petite histoire de la Révolution et de l'Empire, elle complète l'éducation que lui a donnée Mme de Berny, et le présente aux nombreux amis qu'elle garde dans le monde : lui-même, plus tard, se fera son conseiller et même son collaborateur lorsqu'elle commencera ses *Mémoires.*

Durant la fin de cette période, il se lance dans des affaires qui enrichissent d'une manière incomparable l'expérience du futur auteur de *La Comédie humaine,* mais qui, en attendant, se soldent par de pénibles et coûteux échecs.

Il se fait éditeur en 1825, imprimeur en 1826, fondeur de caractères en 1827, toujours en association, les fonds de ses propres apports étant constitués par sa famille et par Mme de Berny. En 1825 et 1826, il publie, entre autres, des éditions compactes de Molière et de La Fontaine, pour lesquelles il a composé des notices. En 1828, la société de fonderie est remaniée : il en est écarté au profit d'Alexandre de Berny, fils de son amie : l'entreprise deviendra une des plus belles réalisations françaises dans ce domaine. L'imprimerie est liquidée quelques mois plus tard, en août : elle laisse à Balzac 60 000 francs de dettes (dont 50 000 envers sa famille).

Nombreux voyages et séjours en province, notamment dans la région de L'Isle-Adam, en Normandie, et souvent sur ordonnance médicale comme Vandenesse, en Touraine, dans la vallée du *Lys.*

Les débuts, 1828-1833

A la mi-septembre 1828, Balzac va s'établir pour six semaines à Fougères, en vue du roman qu'il prépare sur la chouannerie. *Le Dernier Chouan ou la Bretagne en 1800,* dont le titre deviendra finalement *Les Chouans,* paraît en mars 1829 ; c'est le premier roman dont il assume ouvertement la responsabilité en le signant de son véritable nom.

En décembre 1829, il publie sous l'anonymat *Physiologie du mariage,* un essai ou, comme il dira plus tard, une « étude analytique » qu'il avait ébauchée puis délaissée plusieurs années auparavant.

1830 : les *Scènes de la vie privée* réunissent en deux volumes six courts récits. Ce nombre sera porté à quinze dans une réédition du même titre en quatre tomes (1832).

1831 : *La Peau de chagrin* ; ce roman est repris pour former la même année, avec douze autres récits, trois volumes de *Romans et contes philosophiques* ; l'ensemble est précédé d'une introduction de Philarète Chasles, certainement inspirée par l'auteur. 1832 : les *Nouveaux Contes philosophiques* augmentent cette collection de quatre récits (dont une première version de *Louis Lambert*).

Les *Contes drolatiques*. A l'imitation des *Cent nouvelles nouvelles* (il avait un goût très vif pour la vieille littérature), il voulait en écrire cent, répartis en dix dizains. Le premier dizain paraît en 1832, le deuxième en 1833 ; le troisième ne sera publié qu'en 1837, et l'entreprise s'arrêtera là.

Septembre 1833 : *Le Médecin de campagne*. Pendant toute cette époque, Balzac donne une foule de textes divers à de nombreux périodiques. Il poursuivra ce genre de collaboration durant toute sa vie, mais à une cadence moindre.

Laure de Berny reste la *Dilecta*. Laure d'Abrantès devient une amie. Passade avec Olympe Pélissier.

Entré en liaison d'abord épistolaire avec la duchesse de Castries en 1831, il séjourne auprès d'elle, à Aix-les-Bains et à Genève, en septembre et octobre 1832 ; elle se laisse chaudement courtiser, mais ne cède pas, ce dont il se « venge » par *La Duchesse de Langeais*.

Au début de 1832, il reçoit d'Odessa une lettre signée « L'Étrangère », et répond par une petite annonce insérée dans *La Gazette de France* : c'est le début de ses relations avec Mme Hanska (1805-1882), sa future femme, qu'il rencontre pour la première fois à Neuchâtel dans les derniers jours de septembre 1833.

Vers cette même époque, il a une maîtresse discrète, Maria du Fresnay.

Voyages très nombreux. Outre ceux que nous avons signalés ci-dessus (Fougères, Aix, Genève, Neuchâtel), il faut mentionner plusieurs séjours à Saché, près de Nemours chez Mme de Berny, près d'Angoulême chez Zulma Carraud, etc.

Son travail acharné n'empêche pas qu'il ne soit très répandu dans les milieux littéraires et dans le monde ; il mène une vie ostentatoire et dispendieuse.

En politique, il s'affiche légitimiste. Il envisage de se présenter aux élections législatives de 1831, et en 1832 à une élection partielle.

L'essor, 1833-1840

Durant cette période, Balzac ne se contente pas d'assurer le développement de son œuvre : il se préoccupe de lui assurer une organisation d'ensemble, comme en témoignaient déjà les *Scènes de la vie privée* et les *Romans et contes philosophiques.* Maintenant il s'avance sur la voie qui le conduira à la conception globale de *La Comédie humaine.*

En octobre 1833, il signe un contrat pour la publication des *Études de mœurs au XIXe siècle,* qui doivent rassembler aussi bien les rééditions que des ouvrages nouveaux, répartis en quatre tomes de *Scènes de la vie privée,* quatre de *Scènes de la vie de province* et quatre de *Scènes de la vie parisienne.* Les douze volumes paraissent en ordre dispersé de décembre 1833 à février 1837. Le tome I est précédé d'une importante *Introduction* de Félix Davin, porte-plume de Balzac. La classification a une valeur littérale et symbolique ; elle se fonde à la fois sur le cadre de l'action et sur la signification du thème.

Parallèlement paraissent de 1834 à 1840 vingt volumes d'*Études philosophiques,* avec une nouvelle introduction de Félix Davin.

Principales créations en librairie de cette période : *Eugénie Grandet,* fin 1833 ; *La Recherche de l'absolu,* 1834 ; *Le Père Goriot, La Fleur des pois* (titre qui deviendra *Le Contrat de mariage*), *Séraphita,* 1835 ; *Histoire des Treize,* 1833-1835 ; *Le Lys dans la vallée,* 1836 ; *La Vieille Fille, Illusions perdues* (début), *César Birotteau,* 1837 ; *La Femme supérieure* (titre qui deviendra *Les Employés*), *La Maison Nucingen, La Torpille* (début de *Splendeurs et misères des courtisanes*), 1838 ; *Le Cabinet des antiques, Une fille d'Ève,* la deuxième partie d'*Illusions perdues, Béatrix* (début), 1839 ; *Une princesse parisienne* (titre qui deviendra *Les Secrets de la princesse de Cadignan*), *Pierrette, Pierre Grassou,* 1840.

En marge de cette activité essentielle, Balzac prend à la fin de 1835 une participation majoritaire dans la *Chronique de Paris,* journal politique et littéraire ; il y publie un bon nombre de textes, jusqu'à ce que la société, irrémédiablement déficitaire, soit dissoute six mois plus tard. Curieusement il réédite (et complète à l'aide de « nègres ») en gardant un pseudonyme qui n'abuse personne, une partie de ses romans de jeunesse ; les *Œuvres complètes d'Horace de Saint-Aubin,* seize volumes, 1836-1840.

En 1838, il s'inscrit à la toute jeune Société des Gens de Lettres, il la préside en 1839, et mène diverses campagnes pour la protection de la propriété littéraire et des droits des auteurs.

Candidat à l'Académie française en 1839, il s'efface devant Hugo, qui ne sera pas élu.

En 1840, il fonde la *Revue parisienne*, mensuelle et entièrement rédigée par lui; elle disparaît après le troisième numéro, où il a inséré son long et fameux article sur *La Chartreuse de Parme.*

Théâtre, vieille et durable préoccupation depuis le *Cromwell* de ses vingt ans : en 1839, la Renaissance refuse *L'École des ménages*, pièce dont il donne chez Custine une lecture à laquelle assistent Stendhal et Théophile Gautier. En 1840, la censure, après plusieurs refus, finit par autoriser *Vautrin*, qui sera interdit dès le lendemain de la première.

Il séjourne à Genève auprès de Mme Hanska du 24 décembre 1833 au 8 février 1834; il la retrouve à Vienne (Autriche) en mai-juin 1835 : alors commence une séparation qui durera huit ans.

Le 4 juin 1834, naît Marie du Fresnay, présumée être sa fille, et qu'il regarde comme telle; elle mourra en 1930.

Mme de Berny malade depuis 1834, accablée de malheurs familiaux, cesse de le voir à la fin de 1835 : elle va mourir le 27 juillet 1836.

Le 29 mai 1836, naissance de Lionel-Richard, fils présumé de Balzac et de la comtesse Guidoboni-Visconti.

Juillet-août 1836 : Mme Marbouty, déguisée en homme, l'accompagne à Turin où il doit régler une affaire de succession pour le compte et avec la procuration du mari de Frances Sarah, le comte Guidoboni-Visconti. Ils rentrent par la Suisse.

Autres voyages toujours nombreux, et nombreuses rencontres.

Au cours de l'excursion autrichienne de 1835, il est reçu par Metternich, et visite le champ de bataille de Wagram en vue d'un roman qu'il ne parviendra jamais à écrire, et rencontre pendant « deux heures » lady Ellenborough parfois proposée comme un des « modèles » de lady Dudley. En 1836, séjournant en Touraine, il se voit accueilli par Talleyrand et la duchesse de Dino. L'année suivante, c'est George Sand qui l'héberge à Nohant; elle lui suggère le sujet de *Béatrix.*

Durant un second voyage italien, en 1837, il a appris, à Gênes, qu'on pourrait exploiter fructueusement en Sardaigne les scories d'anciennes mines de plomb argentifère ; en 1838, en passant par la Corse, il se rend sur place pour y constater que l'idée était si bonne qu'une société marseillaise l'a devancé ; retour par Gênes, Turin, et Milan où il s'attarde.

On signale en 1834 un dîner réunissant Balzac, Vidocq et les bourreaux Sanson père et fils.

Démêlés avec la Garde nationale, où il se refuse obstinément à assurer ses tours de garde : en 1835, à Chaillot sous le nom de « madame veuve Durand », il se cache autant de ses créanciers que de la garde qui l'incarcérera, en 1836, pendant une semaine dans sa prison surnommée « Hôtel des Haricots » ; nouvel emprisonnement en 1839, pour la même raison.

En 1837, près de Paris, à Sèvres, au lieu-dit les Jardies, il achète les premiers éléments de ce dont il voudra constituer tout un domaine. Sa légende commençant, on prétendra qu'il aurait rêvé d'y faire fortune en y acclimatant la culture de l'ananas. Ses projets assez grandioses lui coûteront fort cher et ne lui amèneront que des déboires. Liquidation onéreuse et longue : à la mort de Balzac, l'affaire n'était pas entièrement liquidée.

C'est en octobre 1840 que, quittant les Jardies, il s'installe à Passy dans l'actuelle rue Raynouard, où sa maison est redevenue aujourd'hui « La Maison de Balzac ».

Suite et fin, 1841-1850

Le fait marquant qui inaugure cette période est l'acte de naissance officiel de *La Comédie humaine* considérée comme un ensemble organique. Cet acte, c'est le contrat passé le 2 octobre 1841 avec un groupe d'éditeurs pour la publication, sous ce « titre général », des « œuvres complètes » de Balzac, celui-ci se réservant « l'ordre et la distribution des matières, la tomaison et l'ordre des volumes ».

Nous avons vu le romancier, dès ses véritables débuts ou presque, montrer le souci d'un ordre et d'un classement. Une lettre à Mme Hanska du 26 octobre 1834 en faisait déjà état. Une lettre de décembre 1839 ou janvier 1840, adressée à un éditeur non identifié, et restée sans suite, mentionnait pour la première fois le « titre général », avec un plan assez détaillé. Cette fois le grand projet va enfin se réaliser (sous réserve de quelques changements de détail ultérieurs dans le plan, de plusieurs ouvrages annoncés qui ne seront jamais composés et, enfin, de quelques autres composés et non annoncés).

Réunissant rééditions et nouveautés, l'ensemble désormais intitulé *La Comédie humaine* paraît de 1842 à 1848 en dix-sept volumes, complétés en 1855 par un tome XVIII, et suivis, en 1855 encore, d'un tome XIX *(Théâtre)* et d'un tome XX *(Contes drolatiques)*. Trois parties : *Études de mœurs, Études philosophiques, Études analytiques* — la première partie étant elle-même divisée en *Scènes de la vie privée, Scènes de la vie de province, Scènes de la vie parisienne, Scènes de la vie politique, Scènes de la vie militaire* et *Scènes de la vie de campagne.*

L'*Avant-propos* est un texte doctrinal capital. Avant de se résoudre à l'écrire lui-même, Balzac avait demandé vainement une préface à Nodier, à George Sand, ou envisagé de reproduire les introductions de Davin aux anciennes *Études de mœurs* et *Études philosophiques.*

Premières publications en librairie : *Le Curé de village,* 1841 ; *Mémoires de deux jeunes mariées, Ursule Mirouët, Albert Savarus, La Femme de trente ans* (sous sa forme et son titre définitifs après beaucoup d'avatars), *Les Deux Frères* (titre qui deviendra *La Rabouilleuse),* 1842 ; *Une ténébreuse affaire, La Muse du département, Illusions perdues* (au complet), 1843 ; *Honorine, Modeste Mignon,* 1844 ; *Petites misères de la vie conjugale,* 1846 ; *La Dernière Incarnation de Vautrin* (achevant *Splendeurs et misères des courtisanes*), 1847 ; *Les Parents pauvres (Le Cousin Pons* et *La Cousine Bette*), 1847-1848.

Romans posthumes. *Le Député d'Arcis* et *Les Petits Bourgeois,* restés inachevés, et terminés, avec une désinvolture confondante, par Charles Rabou agréé par la veuve, paraissent respectivement en 1854 et 1856. La veuve assure elle-même, avec beaucoup plus de tact, la mise au point des *Paysans* qu'elle publie en 1855.

Théâtre. Représentation et échec des *Ressources de Quinola,* 1842 ; de *Paméla Giraud,* 1843. Succès sans lendemain de *La Marâtre,* pièce créée à une date peu favorable (25 mai 1848) ; trois mois plus tard la Comédie-Française reçoit *Mercadet ou le Faiseur,* mais la pièce ne sera pas représentée.

Chevalier de la Légion d'honneur depuis avril 1845, Balzac, encore candidat à l'Académie française, obtient 4 voix le 11 janvier 1849, dont celles de Hugo et de Lamartine (on lui préfère le duc de

Noailles), et, aux trois scrutins du 18 janvier, 2 voix (Vigny et Hugo), 1 voix (Hugo) et 0 voix, le comte de Saint-Priest étant élu.

Préoccupations et voyages, durant cette période, portent pratiquement un seul et même nom : Mme Hanska. Le comte Hanski était mort le 10 novembre 1841, en Ukraine ; mais Balzac recevra le 5 janvier 1842 seulement l'annonce de l'événement. Mme Hanska, libre désormais de l'épouser, va néanmoins le faire attendre plus de huit ans encore, soit qu'elle manque d'empressement, soit que réellement le régime tsariste se dispose à confisquer ses biens, qui sont considérables, si elle s'unit à un étranger.

En 1843, après huit ans de séparation, Balzac va la retrouver pour deux mois à Saint-Pétersbourg ; il rentre par Berlin, les pays rhénans, la Belgique. En 1845, voyages communs en Allemagne, en France, en Hollande, en Belgique, en Italie. En 1846, ils se rencontrent à Rome et voyagent en Italie, en Suisse, en Allemagne.

Mme Hanska est enceinte ; Balzac en est profondément heureux, et, de surcroît, voit dans cette circonstance une occasion de hâter son mariage ; il se désespère lorsqu'elle accouche, en novembre 1846, d'un enfant mort-né.

En 1847, elle passe quelques mois à Paris ; peu après, Balzac rédige un testament en sa faveur. A l'automne, il va la retrouver en Ukraine, où il séjourne près de cinq mois. Il rentre à Paris, assiste à la révolution de février 1848 et envisage une candidature aux élections législatives, puis il repart dès la fin de septembre pour l'Ukraine, où il séjourne jusqu'à la fin d'avril 1850. Malade, il ne travaille plus : depuis plusieurs années sa santé n'a cessé de se dégrader.

Il épouse Mme Hanska, le 14 mars 1850, à Berditcheff.

Rentrés à Paris vers le 10 mai, les deux époux, le 4 juin, se font donation de tous leurs biens en cas de décès.

Balzac est rentré à Paris pour mourir. Affaibli, presque aveugle, il ne peut bientôt plus écrire ; la dernière lettre connue, de sa main, date du 1er juin 1850. Le 18 août, il reçoit l'extrême-onction, et Hugo, venu en visite, le trouve inconscient : il meurt à onze heures et demie du soir. On l'enterre au Père-Lachaise trois jours plus tard ; les cordons du poêle sont tenus par Hugo et Dumas, mais aussi par le navrant Sainte-Beuve, qui lui vouait la haine des impuissants, et par le ministre de l'Intérieur ; devant sa tombe, superbe discours de

Hugo : ni Hugo ni Baudelaire ne se sont trompés sur le génie de Balzac.

La femme de Balzac, après avoir trouvé quelques consolations à son veuvage, mourra ruinée de sa propre main et par sa fille en 1882.

REMARQUES SUR LE TEXTE

« ... *de la prudence : si ça tient, n'y touchez pas*[1]. »

André Fermigier

Ces deux récits sont donnés ici dans la dernière version établie par Balzac pour leur réédition : celle de son exemplaire de l'édition Furne de *La Comédie humaine* corrigée par lui et conservée à la Bibliothèque Lovenjoul, à l'Institut de France.

A quelques fautes typographiques près, ce texte n'a été ni corrigé ni « modernisé ». J'ai tenu à respecter les directives explicites de Balzac, inscrites en page de garde du tome I (Lov. A 17, f° 1). D'abord : « Les mots monsieur, madame, mademoiselle ne se mettent jamais en abrégé, mais en entier ». Pour les guillemets, à « toutes les lettres », ce qui ne concerne pas nos textes, mais on verra que, si les conversations n'en comportent pas, Balzac en met aux pensées intimes et aux propos de tiers rapportés par un personnage. Ces volontés de Balzac sont si nettes et, tout à la fois, si modestes qu'il m'a semblé simplement juste de s'y conformer.

D'autre part, j'ai tenu aussi à conserver les particularismes. Soit ceux de Balzac : sa ponctuation parfois curieuse mais dont découle un sens qu'une rectification pourrait changer ; ses graphies quelquefois singulières, surtout en ce qui concerne les noms — Rostchild, Shakspeare, Interlachen —, d'ailleurs couramment déformés alors. Soit ceux de son temps, où l'on écrivait encore « dénoûment », « gaîté », où l'on usait beaucoup du trait d'union pour des mots

1. « Le Faune et le Cerf », *Le Monde*, 5 mars 1981.

aujourd'hui disjoints ou fondus : « très-joli », « long-temps », « passe-port », etc.

Le sens du récit n'en est nullement affecté. Dès lors, pourquoi ne pas conserver ces marques du passé ? Elles ajoutent à la lecture un dépaysement dans le temps et l'inimitable charme d'une patine intacte, aussi précieuse dans un texte que dans un meuble ou un monument anciens.

NOTICES

NOTICE DE « MELMOTH RÉCONCILIÉ »

Les étapes de la création de *Melmoth réconcilié* sont retracées dans l'Introduction. En bref, c'est à l'automne 1830 que Balzac commence par trois fois son récit ; ces trois ébauches sont reproduites dans « Documents », plus loin. Le 1er septembre 1834, l'éditeur-libraire Lequien a reçu de Balzac un « morceau intitulé *la Fin de Melmoth* qu'il m'a donné pour être inséré dans le tome six du *Livre des Conteurs* (*Corr.* [*Correspondance* établie par Roger Pierrot, Garnier] t. II, p. 548). En fait, Balzac n'a rien « donné » du tout : il n'a pas écrit alors la première ligne du « morceau ». Et avant même de commencer, vers le 20 décembre, Balzac a changé le titre : celui, définitif, de *Melmoth réconcilié* apparaît dans l'*Introduction* aux *Études philosophiques,* datée du « 6 décembre [1834] ».

Le manuscrit semble avoir disparu. De la création de *Melmoth réconcilié,* seules restent les épreuves données par Balzac, en avril 1835, au prince Alfred Schönburg-Hartenstein ; elles appartiennent aujourd'hui à son descendant, le prince Niklaus Schönburg-Hartenstein. Ces épreuves ont été étudiées avec soin par Moïse Le Yaouanc.

L'édition originale de *Melmoth réconcilié* se trouve dans *Le Livre des Conteurs,* recueil collectif publié par Alexandre Lequien en 6 volumes, dont la mise en vente fut annoncée par la *B.F.* [*Bibliographie de la France*] le 13 juin 1835 ; *Melmoth réconcilié* y figurait en tête du t. V, et non dans le t. VI comme l'indiquent toutes ses bibliographies. La 2e édition peu corrigée, parut dans le t. XXII des *Études philosophiques*, publié par Werdet, annoncé par la *B.F.* du 24 septembre 1836. La 3e édition fut celle de *La Comédie humaine*, dans le t. XIV, le premier des *Études philosophiques*, daté de 1845 mais annoncé seulement le 1er août 1846 par la *B.F.* ; ses corrections visaient presque toutes à mieux intégrer les personnages dans l'œuvre globale. Lors des corrections postérieures — celles dites du « Furne corrigé » — pour la réédition de son œuvre, Balzac laissa *Melmoth réconcilié* pratiquement inchangé. Par ailleurs, il envisagea une autre réédition séparée sous le titre de *Melmoth converti* (*Corr.*, t. V, p. 143 : après juillet 1846).

NOTICE DE « LA MAISON NUCINGEN »

L'histoire de la création de *La Maison Nucingen* est, pour l'essentiel, vue dans l'Introduction. Le manuscrit de ce roman semble n'avoir pas été conservé. Balzac en avait offert les épreuves au directeur de l'Opéra, Edmond Duponchel, le 25 août 1939 (*Corr.* t. III, p. 684). Ces épreuves sont aujourd'hui conservées à la Bibliothèque de Lovenjoul, à l'Institut de France, sous la cote A. 125 et quelques pages dans A. 222, folios 116-118, 124-126. Il y a huit jeux d'épreuves successives, tous complets, sauf le cinquième où manquent 2 folios, le 37 bis et le 38. A partir du quatrième jeu, Balzac avait commencé à ajouter des chapitres : I. *Les Cormorans.* II. *Théorie du bonheur.* III. *L'Objet aimé.* IV. *Cœurs assortis.* V. *Troisième liquidation de Nucingen*, rayé et remplacé par : *Les Petits Law.* Tous ces chapitres ont été supprimés sur le 8e et dernier jeu d'épreuves. Pierre Citron a bien mis en lumière le travail considérable des corrections de Balzac.

Après le refus catégorique de Girardin de publier *La Maison Nucingen* dans *La Presse*, ce roman ne fut publié qu'en librairie. L'édition originale fut éditée par Werdet avec, pour titre général *Études de Mœurs au XIXe siècle*, pour titre principal *La Femme supérieure* et, en sous-titre, *La Maison Nucingen, La Torpille.* L'ouvrage, en deux volumes in-8°, fut annoncé par la *B.F.* du 6 octobre 1838. *La Maison Nucingen* y est au t. II, p. 191-344. Une deuxième édition parut peu après, toujours chez Werdet, en trois volumes in-12 ; annoncée par la *B.F.* du 22 décembre 1838, elle portait la date de 1839. La troisième édition fut celle de *La Comédie humaine,* au t. XI — t. III des *Scènes de la vie parisienne* — sorti en novembre 1844.

INDICATIONS BIBLIOGRAPHIQUES

I. Éditions

L'Œuvre de Balzac, Club français du livre, Préface de *Melmoth réconcilié* par Albert Béguin, t. III ; Préface de *La Maison Nucingen* par Bernard Guyon, t. VI.

Œuvres complètes de Balzac, Club de l'honnête homme, t. VIII et XIV, Notices de Maurice Bardèche.

La Comédie humaine, nouvelle éd. à la Bibliothèque de la Pléiade, Introduction à *Melmoth réconcilié* par Moïse Le Yaouanc, t. X ; Introduction à *La Maison Nucingen* par Pierre Citron, t. VI.

II. Études critiques

Pour *Melmoth réconcilié* :

PIERRE-GEORGES CASTEX, *Le Conte fantastique en France de Nodier à Maupassant,* José Corti, 1951.

MARCEL RUFF, « *Maturin et les romantiques français* ». *Introduction à Bertram ou le Château de Saint-Aldobrand,* José Corti, 1956.

MOÏSE LE YAOUANC, « Présence de *Melmoth* dans *La Comédie humaine* », *L'Année balzacienne 1970.*

MOÏSE LE YAOUANC, « Recherches sur *Melmoth réconcilié.* Le cahier Schönburg-Hartenstein », *L'Année balzacienne 1975.*

RUTH AMOSSY et ELISHEVA ROSEN, « *Melmoth réconcilié* ou la parodie du conte fantastique », *L'Année balzacienne 1978.*

Pour *La Maison Nucingen* :

MAURICE BOUVIER-AJAM, « Les opérations financières de *La Maison Nucingen* », *Europe*, janvier-février 1965.

R.J.B. CLARK, « Vers une édition critique de *La Maison Nucingen* : genèse et épreuves », *Mélanges Hunt*, Leicester University Press, 1972.

DOCUMENTS

DOCUMENT SUR « MELMOTH RÉCONCILIÉ »

Voici les textes des trois débuts ébauchés par Balzac à l'automne 1830 dans l'ordre logique de leur rédaction. Ces ébauches se trouvent dans les recueils manuscrits de la Bibliothèque de Lovenjoul, à l'Institut de France. Les deux premiers sont dans A. 257, f° 28 v° et f° 27 r°, le troisième dans A. 148 f° 4.

Le dernier bienfait de Melmoth le voyageur

Par une soirée d'hiver, en 1815, un anglais se trouvait dans le grand salon de la Chaumière, vaste établissement situé sur le boulevard du Mont-Parnasse, à Paris. Tous les dimanches, les lundis et les jours de fête, les grisettes, les étudiants, les commis, les riches ouvriers viennent manger, boire, danser et s'amuser dans cette immense guinguette. Les jardins sont vastes et mal éclairés, à cette époque la police y était représentée assez paternellement par deux ou trois gendarmes qui se promenaient gravement au sein de ce petit Élysée.

Le dernier bienfait de Melmoth-le-Voyageur

Dans l'année 1815, vers la fin de l'été, un étranger, qui se promenait sur le boulevard du Mont-Parnasse à Paris, fut tiré de la méditation à laquelle il s'abandonnait, par un bruit confus.

[sans titre]

Dans l'année 1815, vers la fin de l'été, un étranger marchait d'un pas lent, sur les sombres boulevards qui commencent au Champ de Mars et finissent à la plaine de l'Observatoire. Paris n'a pas de lieu plus solennel. Les allées de cette promenade sont plantés d'ormes très-élevés dont les feuillages noirs forment des dômes imposants. Là, le silence est d'autant plus profondément senti que le bruit de la ville gronde dans le lointain, comme une musique grave, accompagnement mélancolique et religieux, semblable aux soupirs de l'orgue dans un temple. Dix heures venaient de sonner aux horloges. La nuit était superbe ; l'air avait cette humidité nuageuse qui jette dans l'atmosphère parisienne un voile gracieux. A travers les feuilles, l'étranger pouvait voir un ciel d'azur parsemé d'étoiles ; et, dans le lointain, les tours de Saint-Sulpice, l'observatoire, le dôme du Panthéon, celui du Val-de-Grâce et les hautes cimes des arbres lui apparaissaient comme des fantômes. Les lumières étincelaient au sein d'un amas immense de maisons noires... C'était une scène vraiment majestueuse. Quand l'étranger parvint au boulevard du Mont-Parnasse, le bruit confus qui s'échappait d'une immense maison le tira de la rêverie profonde dans laquelle il était plongé. Alors il s'arrêta, autant pour écouter le singulier murmure de cet édifice dont la construction avait je ne sais quoi de bizarre, que pour examiner la physionomie du paysage parisien qui s'offrit à ses regards. Devant lui se trouvait une espèce de plaine inculte au fond de laquelle se dessinaient, comme des ombres, les deux monuments de la Barrière Montparnasse. Des hommes ivres, chantant d'une voix rauque, des couples avinés disputant à haute voix allaient et venaient. Des fiacres étaient stationnés auprès du Boulevard. Chaque

DOCUMENT SUR « LA MAISON NUCINGEN »

Sur épreuves, Balzac avait prolongé son texte, à la fin, par les réflexions suivantes :

— Quelle effroyable jeunesse ! s'écria-t-elle.

— Le journalisme est l'alchimie de l'intelligence, dis-je à ma voisine étonnée : vous venez d'en voir les plus beaux *précipités.* Est-ce à dire que ni la *vertu,* ni l'*art* n'existent, parce qu'il y a des gens qui passent devant Raphaël en causant d'affaires ou qui ne saluent pas un honnête homme dans le malheur ? Il est en nous un sentiment du beau idéal : moralement il produit la vertu, physiquement il produit l'art. Chez ces gens-là l'esprit a tout tué. Ils n'ont pas un ami, pas une maîtresse. Ils dînent au Rocher de Cancale quand on se bat dans Paris ; ils suivent en tilbury les tapissières chargées de morts pendant le choléra ; ils ne savent pas ce qu'on trouve dans Raphaël...

— Les pauvres gens ! dit-elle.

— Eh bien ! tu les plains ?

Sur la dernière épreuve, Balzac raya cette fin et écrivit en marge :

J'ai supprimé la copie de la précédente épreuve. Il n'y avait pas à conclure. Il faut laisser penser ce que j'y dirai.

NOTES

MELMOTH RÉCONCILIÉ

1. Le général Gilbert-Anne-François-Zéphirin, baron de Pommereul (1774-1860), était le fils du général baron François-René-Jean (1745-1823) qui s'était lié avec Bernard-François Balzac, franc-maçon comme lui, quand il fut préfet d'Indre-et-Loire de novembre 1800 à décembre 1805. De la mi-septembre à la fin d'octobre 1828, Balzac, qui préparait *Les Chouans,* séjourna chez le baron Gilbert et sa femme, à Fougères. Une vive sympathie naquit entre eux ; elle devait un peu s'altérer au fil des déboires et de l'échec du Canal latéral à la Loire de Surville, dans lequel le baron engloutit pas mal d'argent. Avec cet arrière-plan de dégringolade spéculative, Pommereul, qui ne manquait pas d'humour, dut apprécier le choix de l'œuvre dédiée.

2. Étage pour fortune moyenne, alors, le premier étant le plus cher et le dernier celui des pauvres.

3. Toute *La Comédie humaine* témoigne du fait que la désignation des monnaies resta floue pendant son époque. La Révolution supprima les termes monétaires de l'Ancien Régime : le *louis* d'or, l'*écu* d'argent, le *sou* de billon, le *liard* de cuivre. Puis c'est la *livre,* unité de compte d'avant 89, qui fut remplacée par la loi du 17 germinal an XI (7 avril 1803) par le *franc,* terme curieusement choisi puisque encore plus antique : il datait de Jean le Bon en 1360. Mais l'adaptation devait être longue. Les pièces en livres ne furent démonétisées qu'en 1829, et celles de billon en 1845.

4. Aujourd'hui rue de Turenne.

5. Balzac pense ici, évidemment, à deux produits des grandes

écoles, proches et polytechniciens : son beau-frère Surville, ancien ingénieur ordinaire des Ponts, et le mari de son amie Zulma Carraud, ex-capitaine instructeur à Saint-Cyr, aux vies peu brillantes.

6. Lampe à huile, avec un mécanisme à ressort, inventée par Bertrand-Guillaume Carcel (1750-1812).

7. Le Grand-livre d'une banque était le registre des doit et avoir, à ne pas confondre avec le Grand-Livre de la Banque de France, institué par la loi du 24 août 1793, catalogue explicatif des créanciers de l'État, en particulier les rentiers.

8. *Melmoth réconcilié* est le seul roman où la maison Nucingen soit dirigée par « deux banquiers ». Pour l'édition Furne, Balzac ne s'avisa de ce disparate que plus loin, où il ne laissa qu'un banquier.

9. Nom d'invention. Avant l'édition Furne, on lisait ici et plus loin celui de Baring. Il s'agissait d'Alexander Baring, premier baron Ashburton (1774-1848), de Londres, un des premiers banquiers d'Europe.

10. Expression inexpliquée dans les dictionnaires, mais qui peut se comprendre par le goût de ce vin, prononcé et, surtout, très sucré, tel qu'il pouvait camoufler l'amertume des « poudres de succession ».

11. Nom et prénom du héros de Maturin.

12. Dans l'édition originale, Émile et Taillefer, personnages de romans antérieurs, *La Peau de chagrin* et *Le Père Goriot*, au lieu de Werbrust et du Tillet, apparus en 1837 dans *La Femme supérieure* et, pour le second, simultanément, dans *César Birotteau* et *La Maison Nucingen*.

13. Pour « Protesté ».

14. Marais que dut traverser la Grande Armée après la Bérézina.

15. *Venice preserved or a Plot discovered*, tragédie de Thomas Otway (1652-1685), très souvent citée par Balzac et fort connue à son époque. Dans *La Peau de chagrin*, Émile, apprenant le nom de guerre d'Aquilina, s'écriait : « Oh ! oh ! tu viens de *Venise sauvée* ».

16. Ou fourmi-lion, insecte déjà évoqué dans *Ferragus* où un personnage se tapit chez lui « comme un formicaleo au fond de sa volute sablonneuse ».

17. Stationnant dans les rues, les fiacres étaient moins bien équipés, moins propres et moins chers que les voitures de louage abritées dans les remises. On disait bien « un remise ».

18. Jusqu'à l'édition Furne, on pouvait lire ici le nom de Mathéo. Et, en 1846, dans *La Cousine Bette*, Balzac devait encore nommer

Mathéo et aussi Kessner *(sic)* avant de leur substituer de nouveau un anonyme « caissier du Trésor ».

19. Le théâtre du Gymnase-Dramatique, construit en 1819 sur l'emplacement de l'ancien cimetière Bonne-Nouvelle, avait été ouvert le 23 décembre 1820. Protégé par la duchesse de Berry, il devenait, le 8 septembre 1824, le Théâtre de Madame où le vaudeville avait « un droit de bourgeoisie à peu près exclusif » (*Annuaire des lettres, des arts et des théâtres*, 1846-1847, p. 427).

20. Vite, comme on voyageait en poste, par rapport aux diligences.

21. « Doublon de figue », selon Moïse Le Yaouanc.

22. « Personne lente et paresseuse qui semble toujours assoupie. » (Littré).

23. S'il était juste d'associer Perlet et *Le Comédien d'Étampes*, ils le sont ici à contresens : ce dont tout Paris s'entretint ce ne fut pas que le comédien joue la pièce mais qu'il ne la joue pas. La comédie-vaudeville en un acte de Moreau et Sewrin fut créée au Gymnase le 23 juin 1821 et, au dernier moment, Adrien Perlet (1795-1850), refusa de chanter un air, se prit de querelle avec Moreau et le directeur du Gymnase qui le firent même arrêter. Perlet quitta ce théâtre où il ne reparut qu'en juillet 1827. En 1822, date de l'action, Castanier ne pouvait donc pas le voir dans cette comédie.

24. Mathéo avait été aussi condamné à vingt ans de travaux forcés et Kesner à l'exposition publique.

25. Jusqu'en 1837, dans la même enceinte que ses asiles, Bicêtre eut une prison où étaient regroupés les condamnés aux travaux forcés auxquels on rivait leurs chaînes avant leur départ pour le bagne. Par la loi du 9 décembre 1836, la « chaîne » fut abolie et l'administration instaura le transport des forçats par voitures cellulaires; la première partait le 6 juillet 1837 (C.-L. Lesur, *Annuaire historique* pour 1837, « Chronique », p. 195-196).

26. Balzac met ici l'histoire dans le contexte des nombreux complots militaires de 1822 et des exécutions qui s'ensuivirent : l'affaire du colonel Caron à Belfort, du général Berton à Saumur, du capitaine Vallée à Toulon et celle dite des quatre sergents de La Rochelle, sous-officiers dans un régiment de ligne, comme l'amant d'Aquilina (mais aucun ne se prénommait Léon), furent guillotinés à Paris en place de Grève. M. de Berny, le mari de la *Dilecta* de Balzac, siégeait à leur procès en qualité de conseiller.

27. Sur le rôle de la Charbonnerie, depuis 1820, sur le lâchage général de ses chefs, notamment en 1822, envers les exécutants

inférieurs, voir S. Charléty, *La Restauration*, dans l'*Histoire de France contemporaine* de Lavisse, Hachette, p. 170 *sq.*

28. Dans l'édition originale : M. de Marchangy, l'avocat-général qui avait requis la mort contre les quatre sergents de La Rochelle.

29. Son « arrêt » : *Mane, thecel, phares* (compté, pesé, divisé). Menace écrite en hébreu sur un mur de la salle où Balthazar se livrait à sa dernière orgie en profanant les vases sacrés pendant que Cyrus entrait dans Babylone.

30. Rappel de Montesquieu et de *L'Esprit des lois* : « Quand les sauvages de la Louisiane veulent avoir du fruit, ils coupent l'arbre au pied et cueillent le fruit. Voilà le gouvernement despotique. » (1re Partie, livre V, chapitre XIII).

31. Allusions aux conférences de l'évêque d'Hermopolis, Mgr Frayssinous, prononcées à Saint-Sulpice sous le titre de *Défense du christianisme* et, selon le sous-titre, destinées aux « jeunes gens appartenant aux classes éclairées de la société » : elles produisirent « une grande sensation. La foule se portait à Saint-Sulpice pour l'entendre ; et les connaisseurs dans ce genre le mirent, d'une voix unanime, à la tête des prédicateurs de l'époque ». (Arnault, Jay, Jouy, Norvins, *Biographie nouvelle des contemporains*, t. VII, p. 317) ; puis, à Lamennais et à son *Essai sur l'indifférence en matière de religion.*

32. La division des questions et motions en propositions à discuter séparément.

33. « Jour de colère », premiers mots et titre d'une des cinq proses de la Messe des morts.

34. En fait, c'est seulement avec la Bourse définitive, en 1827 (voir la n. 38), que les négociations d'effets publics s'effectuèrent de 2 à 3 heures et les autres jusqu'à 5 heures. Mais en 1822, date de l'action, toutes les négociations avaient lieu de 2 à 4 heures (*Almanach du commerce* de 1823 et 1828).

35. Personnage apparu dans *César Birotteau* et mis ici dans l'édition Furne en lieu et place d'un Valdenoir sans autre existence romanesque.

36. En majuscules, il s'agit toujours de la Banque de France.

37. « Nom donné en Orient aux fumeurs et mangeurs d'opium », selon le *Larousse du XXe siècle* et, curieusement, non mentionné dans les dictionnaires de l'époque de Balzac.

38. Provisoire : la construction de l'actuelle Bourse des valeurs commençait sur l'emplacement du couvent des Filles Saint-Thomas le 24 mars 1808. Puis les capitaux vinrent à manquer, Brongniart

mourait en 1813. Lebarre lui succédait, mais les travaux furent de nouveau arrêtés de 1814 à 1821 et s'achevèrent seulement en 1827. Depuis sa fondation en 1724, la Bourse avait été successivement installée jusqu'en 1793 galerie Vivienne, jusqu'en 1796 au Louvre, jusqu'en 1809 dans l'église Notre-Dame des Victoires, jusqu'en 1818 au Palais-Royal et, jusqu'en 1827, dans un bâtiment annexe de la Bourse définitive dont l'entrée se trouvait rue Feydeau.

39. La Bibliothèque bleue des contes et féeries alors fameuse.

40. C'est-à-dire le mercure.

41. Le théosophe Jakob Boehm (1575-1624) exerça le métier de cordonnier jusqu'à sa mort, à Goerlitz, localité devenue prussienne en 1815. Le traducteur du *Traité*, indiqué comme un « Ph[ilosophe] in[connu] », était le mystique français Louis-Claude de Saint-Martin (1743-1813), parfaitement connu sous ce titre.

42. Les becquets sont aussi des pièces de cuir introduites sous les semelles pour les renforcer.

LA MAISON NUCINGEN

1. Sans nul doute la meilleure amie de Balzac qui, cependant, écrit mal son nom. Estelle-Zulma Tourangin (1796-1889), avait épousé en 1816 le polytechnicien François-Michel Carraud. Républicaine par filiation et par conviction, elle avait pour Balzac une affection aussi solide que peu complaisante. Elle le reçut souvent à Saint-Cyr, ensuite à la Poudrerie d'Angoulême, puis, à partir de 1834, à Frapesle, son manoir d'Issoudun. Par une singulière coïncidence, après cette dédicace, leurs relations s'espacèrent notablement.

2. Établi aux arcades 83, 84 et 85 du Palais-Royal, racheté en 1787 par les frères Jean-Baptiste (1749-1809) et Jean-François Véry (v. 1759-1826), et tenu à la date de l'action par leur neveu François Meunier, dit Meunier-Véry, ce célèbre restaurant avait gardé sa cote malgré la désaffection des Parisiens pour le Palais-Royal depuis 1830.

3. Phrase prononcée par M. Prudhomme dans *Le Roman chez la portière* (voir mon éd. de H. Monnier, *Scènes populaires* et *Les Bas-fonds de la société*, Folio, 1984, p. 59). Il est juste que Henry Monnier soit cité dès le début de cette œuvre où il est omniprésent. Il est Bixiou, « celui de 1836 », et toutes les interventions du personnage romanesque portent la marque de sa causticité, de son don

d'improviser des scènes à plusieurs personnages supérieurement imités, et aussi de son désenchantement qui, plus tard, fera de lui un inspirateur du pitoyable cousin Pons.

4. Idée venue d'un morceau de F. Souliè, « Les Existences problématiques », paru dans le t. I du *Nouveau tableau de Paris* (1835).

5. *Gustave III ou le Bal masqué,* opéra historique en 5 actes de Scribe, musique d'Auber, créé à l'Académie Royale de Musique le 27 février 1833. Les deux personnages du ballet final s'opposaient en un parfait contraste.

6. Ouvert en 1816 boulevard du Temple, 64 : « On joue tous les genres à ce théâtre, où le Pierrot Desbureaux [*sic*] attire toujours la foule. » (*Almanach des spectacles,* Barba, 1837, p. 39). C'est en 1819 que Jean-Gaspard Debureau (1793-1846), remplit pour la première fois un rôle de Pierrot. Nodier, qui l'admirait, le fit découvrir à Balzac, Nerval et Gautier qui écrira : « Pierrot s'était si bien accoutumé à nous voir qu'il ne se faisait pas un seul festin sur la scène qu'il ne nous en donnât notre part » (H. Lyonnet, *Dictionnaire des comédiens français,* t. I, p. 453-455).

7. C'est seulement en 1823 que parut en France la première édition de cette œuvre, mais dans une version très malmenée. Balzac ne devait jamais connaître sa première édition à peu près convenable publiée en 1875.

8. *Tartuffe,* acte V, sc. VIII : « Remettez-vous, Monsieur, d'une alarme si chaude, / Nous vivons sous un prince ennemi de la fraude. » Bixiou déforme Molière pour attaquer Louis-Philippe sur un affairisme dont l'accusaient nombre de contemporains.

9. Les trois endossements exigés par la Banque de France pour accepter un effet.

10. Monnier toujours : cette expression lui était propre et il devait publier plus tard *Les Diseurs de rien* dans *Le Siècle.* Le rédacteur, trouvant les propos un peu ennuyeux, pratiqua de grandes coupures dans le texte. Monnier protesta : « Si les *Diseurs de rien* avaient dit quelque chose d'intéressant, ils n'eussent point justifié leur titre. »

11. Pierre-Paul Royer-Collard (1763-1845), philosophe et homme politique, il fut le chef spirituel des Doctrinaires. *La Critique de la raison pure,* de Kant, avait été publiée en 1781.

12. Marmontel et Chamfort ont conté comment le duc de Richelieu avait fait établir une cheminée pivotante dans un mur mitoyen qui lui servait de porte pour s'introduire dans la chambre de sa maîtresse. Femme du fermier général Le Riche de La

Popelinière (1691-1762), Mme de La Popelinière était la fille de la comédienne Mimi Dancourt.

13. Gabriel-Julien Ouvrard (1770-1846), financier et munitionnaire de la République à la Restauration, très contesté, surtout par Napoléon qui le fit emprisonner deux fois.

14. L'image semble avoir été créée par Dupin aîné qui, selon une note du 17 janvier 1832 du *Journal* de Cuvillier-Fleury, lors d'une séance à la Chambre des députés, « compara les banquiers à des *loups-cerviers* marchant à la suite des grandes armées pour butiner vivres et cadavres ».

15. Étienne-Michel Bouret (1710-1777) et Nicolas Beaujon (1718-1768) : deux fermiers généraux.

16. L'*Almanach de Gotha* de 1836 avait consacré une longue notice aux Fugger-Babenhausen ; à la date de l'action, leur unique représentant, le prince Léopold, né en 1827, était sous tutelle.

17. Jacques Cœur était mort à Chio, mais ce n'est pas lui qui avait fait bâtir l'église dans laquelle il avait été enterré.

18. École dominée par l'anatomiste et pathologiste Bichat, qui la fonda sur l'analyse histologique de l'organisme. Mais ses travaux sur les fonctions vitales firent de lui surtout le chef de l'École vitaliste.

19. Type créé par Dorvigny, en 1779, dans *Les Battus paient l'amende*, où, donnant un couteau à Suzon, il dit : « Prenez-le, c'est tout ce qu'il y a de meilleur ; il m'a déjà usé deux manches et trois lames, et c'est toujours le même. »

20. Bixiou « revient » à l'expression « abstraitement parlant » citée plus haut : le terme « abstrait » était souvent employé s'agissant des sensations par le fossoyeur de l'école sensualiste de Condillac que fut Royer-Collard.

21. Encore un fait vrai de la vie de Monnier : de 1822 à 1827, il vécut presque constamment à Londres.

22. Malgré sa grande admiration pour Stendhal, qu'il devait superbement manifester en 1840 à *La Chartreuse de Parme*, Balzac n'a jamais réussi à écrire proprement son nom.

23. Cette œuvre du sculpteur et Grand prix de Rome en 1821, Philippe-Joseph-Henri Lemaire (1798-1880), venait d'être installée aux Tuileries quand Balzac écrit *La Maison Nucingen*.

24. Antonio Franconi (1738-1836) et ses fils Laurent-Antoine (1776-1849) et Jean-Girard-Henri, dit Minette (1779-1849), d'abord continuateurs du Cirque équestre de l'Anglais Astley, fondèrent en 1807, au jardin des Capucines, le Cirque Franconi qui deviendra le Cirque-Olympique.

25. A l'époque, Balzac avait aussi son tigre, nommé « Grain-de-mil », « aussi exigu que le général *Tom Pouce* », « microscopique », selon Werdet. Il mourut à la fin de 1837 : « Pendant tout le temps de la maladie de ce petit garçon, qui n'avait que douze ans, de Balzac en eut un soin extrême, et venait chaque jour le voir. » (*Portrait intime de Balzac*, 1859, p. 300 et 362). Cet épisode triste et affectueux se passait donc pendant la rédaction de *La Maison Nucingen* ; il y en a comme un écho attendri dans ces lignes.

26. Premier cercle créé à Paris, le Cercle de l'Union, installé dans l'ancien hôtel de Lévis, à l'angle du boulevard des Italiens et de la rue de Gramont, avait été fondé en 1828 par le duc de Guiche.

27. Ancien laquais devenu un riche traitant, personnage-titre d'une comédie de Lesage créée au Théâtre-Français en 1709.

28. Situé à l'angle de la rue Mandar et de la rue Montorgueil, alors la rue des écaillers, ce restaurant, fondé par Bruno Baleine, était tenu à la date de l'action, depuis 1816, par Pierre-Frédéric Borrel. Très renommé pour « la perfection et la délicatesse de sa cuisine », selon le *Journal des Gourmands et des Belles.*

29. Mme veuve Prévost, fleuriste spécialiste des fleurs dites « à la main », fournisseuse des bals de la Cour, établie rue de Richelieu, 10.

30. Élevés en cage.

31. « Pas de deux caractérisé par des sauts précipités » (P. Citron).

32. Maître de danse de Louis XV.

33. *Les Éléments,* ballet de 1721, musique de Delalande, argument de Destouches ; *L'Europe galante,* ballet de 1797, musique de Campra, livret de La Motte.

34. Dernier vers d'un quatrain de Pierre-Charles Roy (1683-1764) inscrit sous une gravure d'un tableau de Lancret, *Le Patinage.*

35. *Clarisse Harlowe (Clarissa or the History of a young Lady)*, roman de Samuel Richardson (1747-1748), publié en sept volumes et raccourci en deux lignes par Fiévée : « Un libertin par système veut séduire une fille sage par principe et par caractère, voilà tout le roman, et c'est un des plus volumineux qu'on connaisse. »

36. Chanson de Musset parue dans les *Contes d'Espagne et d'Italie* en 1830 et mise en musique par Hippolyte Monpou.

37. Ninon de Lenclos, célèbre femme galante et femme d'esprit, séduisante jusqu'à sa mort, à quatre-vingt-cinq ans.

38. Très « actuel », mais en Angleterre : c'est le 28 novembre

1837 — en pleine rédaction de *La Maison Nucingen* où Balzac ajouta ce détail sur sa troisième épreuve —, qu'eut lieu à Norwich le procès du jeune Walter Bairn, de quatorze ans, qui, pour défendre sa mère, empoisonna son père et, par un malheureux hasard, sa petite sœur. Les circonstances atténuantes furent, en effet, retenues (C.-L. Lesur, *Annuaire historique* pour 1837, « Chronique » p. 243-245).

39. Nom de prestidigitateurs sous François Ier et au XVIIIe siècle. En 1713, un recueil d'anecdotes intitulé *Les Tours de Maître Gonin* fut publié sous l'anonymat par l'abbé Bordelon.

40. En fait, la paix d'Amiens fut signée le 25 mars 1802.

41. Notations typiques de Balzac qui indique ainsi le caractère crédule, gobe-mouches des d'Aldrigger : ils se sont toujours appliqués à suivre les modes. Malvina est la belle-fille d'Ossian dans les *Poèmes d'Ossian* de Macpherson ; Napoléon devait garder le goût acquis par Bonaparte au temps où l' « on ossianisait tout » ; il commanda des peintures sur *Ossian* à Gérard et à Girodet pour la Malmaison, et à Ingres pour le Quirinal. *Partant pour la Syrie* avait connu une grande vogue sous l'Empire : la musique avait été composée par la reine Hortense et les paroles par le comte Alexandre de Laborde.

42. Passage du *Dies irae* : « en cendres ».

43. Toute la scène de l'enterrement est du pur Monnier. Balzac y a pastiché une des charges favorites de celui qui devait publier *L'Enterrement* dans les *Scènes de la ville et de la campagne* en 1841.

44. C'est ici que Balzac commença, sur épreuves, à reproduire phonétiquement l'accent yiddish de Nucingen qui devait ensuite envahir tous les romans où le banquier reparaîtrait. Il est plus que probable que, en cette occurrence, Heine a beaucoup aidé Balzac.

45. Personnage de voleur né dans *L'Auberge des Adrets*, mélodrame créé en 1823, et devenu légendaire par l'interprétation qu'en fit Frédérick Lemaître dans le rôle-titre du mélodrame créé aux Folies-Dramatiques le 14 juin 1834. Daumier devait en tirer sa série des *Cent et un Robert Macaire.*

46. Caleb Balderston, vieux serviteur fidèle dans *La Fiancée de Lammermoor* de Walter Scott.

47. « On lit dans *Pensées, sujets, fragments*, au folio 14, cette phrase barrée qui est probablement de 1831 : Tu me verses à boire comme si j'avais monté ton bois. Balzac l'avait gardée en réserve pendant six ans. » (P. Citron.)

48. Allusion possible à un personnage deux fois mis en scène avant *La Maison Nucingen* : *Gasparo ou le Pêcheur de Grenade* de

Vanderbusch et Pittaud de Forges — deux connaissances de Balzac —, créé à l'Opéra-Comique en janvier 1836, et *Gaspardo le pêcheur*, de Joseph Bouchardy, créé en janvier 1837 à l'Ambigu-Comique.

49. La morne plaine de Neuilly et Interlaken en Suisse.

50. *Symbolique et mythologie des peuples de l'Antiquité et surtout des Grecs* de Friedrich Creuzer (1810-1812).

51. Le tarif des guides était le droit à payer par douze lieues, unité de distance nommée poste et servant au calcul des prix. Par les Messageries ordinaires, ce tarif était de 1 franc 50 par cheval et par poste depuis l'Ordonnance royale du 1er mars 1830. Le « postillon en avant », en principe tenu de ne pas devancer la voiture qu'il précédait de plus d'une poste, était un luxe. Les maîtres de poste pouvaient déroger au « Tarif » et conduisaient alors « à prix de composition ». « Sans fil » : sans secret, sans se cacher particulièrement.

52. Longtemps avant d'être maréchal et duc de Dantzig, le soldat François-Joseph Lefebvre (1755-1820) avait épousé la blanchisseuse Anne-Marie Hubsh, la future Madame Sans-Gêne.

53. Encore Monnier. Une de ses scènes, bien connue de Balzac et publiée en 1835, fut *Les Bourgeois campagnards*, parisiens à la campagne et nommés Cibot, comme la future portière du *Cousin Pons*. En quelques mots, ici, Balzac évoque une vraie scène de la vie privée de Monnier, gourmet condamné par manque d'argent à devenir pique-assiette, comme Pons ; « quêteur de dîners » avait écrit Balzac de Bixiou dans *La Femme supérieure*, en 1837 déjà. Et Mirecourt : « Henry Monnier est l'idole des réunions bourgeoises. On le recherche, on l'invite sans cesse. Il a contracté, par cela même, l'habitude et le goût des dîners en ville. Le dîner en ville fait partie du budget de sa maison. Du reste, il paye de sa personne et dédommage amplement ses hôtes. On n'a pas besoin de recourir aux instances pour le décider à représenter un de ses types ; il va de lui-même au-devant de tous les désirs [...] Une fois aux prises avec ses charges, il passe de l'une à l'autre avec une incroyable facilité. » (E. de Mirecourt, *Les Contemporains. Henry Monnier*, Havard, 1857, p. 74-76).

54. Sur épreuves, Balzac avait précisé « aux journées de juillet ». Sur le chiffre des victimes, un rapport, établi en 1831 à la demande de Louis-Philippe pour inscrire leurs noms « sur des tables d'airain que [Sa Majesté] a scellées de sa main sur les murs du Panthéon », en fixait le nombre, pour Paris, à 588. Le docteur Prosper Menière

en comptait au moins 700 (G. de Bertier de Sauvigny, *La Révolution de 1830 en France,* A. Colin, 1970, p. 149-151).

55. Actions gratuites attribuées aux fondateurs d'une entreprise, dites aussi « parts à goinfre », si abusives à l'égard des porteurs d'actions normales que, au moment de l'action, l'usage tendait à les abolir.

56. Molière, *L'Amour médecin,* acte I, sc. I.

57. La *Loi du Maximum,* votée le 11 brumaire an II (1er novembre 1793), fixait un prix maximum pour les denrées et fournitures répertoriées en un tableau établi au cours de plusieurs mois d'un travail fou. La mise en œuvre provoqua un désastre économique tel que la loi dut être abrogée à peine dix mois plus tard.

58. « Six » d'abord. Monnier encore : il avait été employé dans un ministère de 1816 à 1821.

59. Insurrection des canuts du 21 au 23 novembre 1831 pour l'augmentation de leur salaire qui, sans cesse réduit par l'afflux de la main-d'œuvre, ne leur permettait plus de vivre : de 4 à 6 francs sous l'Empire, il était tombé à 18 sous par jour pour 15 heures de travail en 1831. La devise de leur révolte : « Vivre en travaillant ou mourir en combattant ». Louis-Philippe fit envoyer une troupe considérable commandée par le maréchal Soult qu'accompagnait l'héritier du trône, le duc d'Orléans ; ils arrivèrent l'ordre déjà rétabli, mais devaient laisser à Lyon une très forte garnison. Les saint-simoniens avaient beaucoup soutenu cette insurrection ; les républicains devaient plutôt se trouver en première ligne lors des seconds « trois jours » de Lyon, du 9 au 11 avril 1834. Stendhal en a évoqué un épisode et y a trouvé une grande part de son inspiration pour *Lucien Leuwen* (voir mon éd., Imprimerie nationale, 1982, t. I, p. 58-59 et 62-64).

60. François Richard, dit Richard-Lenoir (1765-1839), associé en 1797 à un industriel d'Alençon, Lenoir-Dufresne, pour fonder la première filature de coton en France, devait être ruiné par la suppression des droits de douane sur les cotons, exigée en 1814 par les Anglais dont la concurrence lui fut fatale.

61. « Notable commerçant » était un titre décerné. Les bénéficiaires était des « Électeurs commerçants à qui la loi donne le privilège de nommer les membres des tribunaux et chambres de commerce » (P. Larousse).

62. Insurrection populaire des 5 et 6 juin 1832, dont on retrouve le tragique dans *Les Misérables.* Elle s'acheva par le massacre du dernier carré retranché dans le cloître Saint-Merri. Les casquettes

rouges étaient le signe de reconnaissance des républicains, très impliqués dans le déclenchement et l'action de cette insurrection.

63. L'interdiction de la loterie en 1836, par la loi du 21 mai, et celle, plus proche, des maisons de jeu et leur fermeture le 31 décembre 1837, avaient été des événements à Paris avec, pour la fermeture, foule, police et, même, un suicide devant le fameux n° 113 du Palais-Royal. Par « Ninons de la borne », Balzac entend les prostituées clandestines, non « inscrites » et, par là, échappant aux contrôles sanitaires, sans « maison » ni domicile : une sérieuse préoccupation à laquelle venait de donner un grand écho le remarquable livre de Parent-Duchâtelet, *De la prostitution dans la ville de Paris*, publié en 1836 et auquel son succès valut une réédition dès 1837.

64. Il s'agit, au trente et quarante, de l'égalité à 31 qui fait perdre 50 % aux mises et donne un avantage à la banque.

65. Toutes les éditions portent ici : « la queue du pain », à l'évidence une mauvaise lecture non vue par Balzac, peu chanceux avec cette expression qui, dans *Les Petits Bourgeois*, sera lue : « la guerre au pair »... (éd. Raymond Picard, Classiques Garnier, p. XLVIII).

66. Conventionnel régicide, le dernier ministre des Finances du Directoire, après avoir été en 93 le plus actif promoteur du *Maximum*.

67. Monticule dominant le champ de bataille d'Austerlitz. Cette bataille eut lieu le 2 décembre 1805. Mais le maréchal Berthier n'y était pas encore prince de Wagram : la bataille de Wagram eut lieu le 8 juillet 1809 et Berthier, déjà prince de Neuchâtel depuis 1806, fut fait prince de Wagram le 30 décembre 1809.

68. Manuel Godoy, premier ministre de Carlos IV d'Espagne de 1792 à 1808 et amant de la reine Maria-Luisa.

69. Botté.

70. Le « vrai père » de Marsay était lord Dudley.

71. A la suite, pour la première fois dans son œuvre mais sur épreuves seulement, Balzac nommait Heine, cité pour « l'esprit », en même temps que « Rostchild » et Meyerbeer pour « l'or » et « la musique », comme preuves de « Dieu des Juifs, tu l'emportes ! »

72. Arranger, c'est liquider.

73. Une des valeurs les plus spéculatives du temps du fait des changements dynastiques et de la guerre civile entre les partisans de la régente Maria-Cristina et ceux de don Carlos. Stendhal mit en

scène des faits de la spéculation sur ces valeurs dans *Lucien Leuwen* (voir éd. citée, t. I, p. 56-58).

74. Compagnie d'Anzin le 1er janvier 1837 par la Société de commerce et formée alors en Société (M. Lévy-Leboyer, *Les Banques européennes et l'industrialisation internationale dans la première moitié du XIXe siècle*, P.U.F., 1964, p. 611 et n. 57).

75. Le Canal latéral à la Loire inférieure de Surville ne devait jamais être fini, mais il n'est pas du tout certain que les concessionnaires y aient trouvé leur intérêt...

76. Archéologue de Trieste, auteur d'un *Catalogue raisonné des antiquités découvertes en Égypte* (1826).

77. 3 %, qui avait dépassé 85 francs en janvier 1830, était tombé jusqu'à 47 francs le 2 avril 1831 (C.-L. Lesur, *Annuaire historique* pour 1831, p. 106 des « Documents historiques »). « Le Château » désignait les Tuileries, et en même temps le roi, qui y habitait.

78. Évêque de Saint-Pol-de-Léon depuis 1772, Jean-François de la Marche prononça à peu près cette phrase à la Convention, où il avait été cité à comparaître pour avoir refusé la Constitution civile du clergé en 1791. Réfugié à Londres où il devait mourir, il se prononça tout aussi catégoriquement contre le Concordat en 1802.

DU MÊME AUTEUR

Dans la même collection

LE PÈRE GORIOT. *Préface de Félicien Marceau.*

EUGÉNIE GRANDET. *Édition présentée et établie par Samuel S. de Sacy.*

ILLUSIONS PERDUES. *Préface de Gaëtan Picon. Notice de Patrick Berthier.*

LES CHOUANS. *Préface de Pierre Gascar. Notice de Roger Pierrot.*

LE LYS DANS LA VALLÉE. *Préface de Paul Morand. Édition établie par Anne-Marie Meininger.*

LA COUSINE BETTE. *Édition présentée et établie par Pierre Barbéris.*

LA RABOUILLEUSE. *Édition présentée et établie par René Guise.*

UNE DOUBLE FAMILLE, suivi de LE CONTRAT DE MARIAGE et de L'INTERDICTION. *Préface de Jean-Louis Bory. Édition établie par Samuel S. de Sacy.*

LE COUSIN PONS. *Préface de Jacques Thuillier. Édition établie par André Lorant.*

SPLENDEURS ET MISÈRES DES COURTISANES. *Édition présentée et établie par Pierre Barbéris.*

UNE TÉNÉBREUSE AFFAIRE. *Édition présentée et établie par René Guise.*

LA PEAU DE CHAGRIN. *Préface d'André Pieyre de Mandiargues. Édition établie par Samuel S. de Sacy.*

LE COLONEL CHABERT, suivi de EL VERDUGO, ADIEU, LE RÉQUISITIONNAIRE. *Préface de Pierre Gascar. Édition établie par Patrick Berthier.*

LE COLONEL CHABERT. *Préface de Pierre Barbéris. Édition de Patrick Berthier.*

LE MÉDECIN DE CAMPAGNE. *Préface d'Emmanuel Le Roy Ladurie. Édition établie par Patrick Berthier.*

LE CURÉ DE VILLAGE. *Édition présentée et établie par Nicole Mozet.*

LES PAYSANS. *Préface de Louis Chevalier. Édition établie par Samuel S. de Sacy.*

CÉSAR BIROTTEAU. *Préface d'André Wurmser. Édition établie par Samuel S. de Sacy.*

LE CURÉ DE TOURS, suivi de PIERRETTE. *Édition présentée et établie par Anne-Marie Meininger.*

LA RECHERCHE DE L'ABSOLU, suivi de LA MESSE DE L'ATHÉE. *Préface de Raymond Abellio. Édition établie par Samuel S. de Sacy.*

FERRAGUS, CHEF DES DÉVORANTS (« Histoire des Treize » : 1er épisode). *Édition présentée et établie par Roger Borderie.*

LA DUCHESSE DE LANGEAIS. LA FILLE AUX YEUX D'OR (« Histoire des Treize » : 2e et 3e épisodes). *Édition présentée et établie par Rose Fortassier.*

LA FEMME DE TRENTE ANS. *Édition présentée et établie par Pierre Barbéris.*

LA VIEILLE FILLE. *Édition présentée et établie par Robert Kopp.*

L'ENVERS DE L'HISTOIRE CONTEMPORAINE. *Préface de Bernard Pingaud. Édition établie par Samuel S. de Sacy.*

BÉATRIX. *Édition présentée et établie par Madeleine Fargeaud.*

LOUIS LAMBERT. LES PROSCRITS. JÉSUS-CHRIST EN FLANDRE. *Préface de Raymond Abellio. Édition établie par Samuel S. de Sacy.*

UNE FILLE D'ÈVE, suivi de LA FAUSSE MAÎTRESSE. *Édition présentée et établie par Patrick Berthier.*

LES SECRETS DE LA PRINCESSE DE CADIGNAN et autres études de femme. *Préface de Jean Roudaut. Édition établie par Samuel S. de Sacy.*

MÉMOIRES DE DEUX JEUNES MARIÉES. *Préface de Bernard Pingaud. Édition établie par Samuel S. de Sacy.*

URSULE MIROUËT. *Édition présentée et établie par Madeleine Ambrière-Fargeaud.*

MODESTE MIGNON. *Édition présentée et établie par Anne-Marie Meininger.*

LA MAISON DU CHAT-QUI-PELOTE, suivi de LE BAL DE SCEAUX, LA VENDETTA, LA BOURSE. *Préface d'Hubert Juin. Édition établie par Samuel S. de Sacy.*

LA MUSE DU DÉPARTEMENT, suivi de UN PRINCE DE LA BOHÈME. *Édition présentée et établie par Patrick Berthier.*

LES EMPLOYÉS. *Édition présentée et établie par Anne-Marie Meininger.*

PHYSIOLOGIE DU MARIAGE. *Édition présentée et établie par Samuel S. de Sacy.*

LE CHEF-D'ŒUVRE INCONNU, PIERRE GRASSOU et autres nouvelles. *Édition présentée et établie par Adrien Goetz.*

SARRASINE, GAMBARA, MASSIMILLA DONI. *Édition présentée et établie par Pierre Brunel.*

LE CABINET DES ANTIQUES. *Édition présentée et établie par Nadine Satiat.*

UN DÉBUT DANS LA VIE. *Préface de Gérard Macé. Édition établie par Pierre Barbéris.*

Impression CPI Bussière
à Saint-Amand (Cher),
le 11 juin 2009.
Dépôt légal : juin 2009.
1er dépôt légal dans la collection : novembre 1989.
Numéro d'imprimeur : 091787/1.
ISBN 978-2-07-038052-7 /Imprimé en France.